·

꿈꾸는 죽음

꿈꾸는 죽음

강규 한창훈 김이정 송경아 김영하 윤효
백민석 조경란 권여선

문학동네

차 례

금 여름 —불망(不忘)

강규

1964년 서울에서 태어나 이화여대 정치외교학과를 졸업했다.
1992년 『문예중앙』 신인문학상에 당선되어 작품활동을 시작했다.
장편소설 『마당에 봄꽃이 서른번째 피어날 때』와 『베두윈 찻집』이 있다.

금 여름 – 불망(不忘)

여자가 나올 시간이다. 토마토처럼 불그레한 뺨과 생오이채처럼 젖은 머리칼. 플라스틱 바구니엔 로션과 비누. 그 몸에서는 김이 아직 나는 것도 같다. 그러니 저 이것 좀, 하고 차가운 쌕쌕주스라도 그 손에 쥐어주면 좋겠다. 여자는 비시시 웃으며 국도 쪽으로 고개를 돌릴 것이다. 시원하게 그늘진 미루나무 길을 지나면 한갓진 국도가 나타나고, 멀리 해안선을 찾아가는 차들만 뜸한 소식처럼 지나가는 동네에서의 한철이다.

화(火) – 온천장 입구

"여기서 온천장까진 얼마나 걸리죠?"

꼭 그쯤에서 여자가 물었다. 온양에서 '도고－예산－삽교'로 이어지는 45번 국도변에서였다.

"온천장이라면 지금 제가 가는 길인데요."

남자는 때마침 그리로 가려던 길이었다. 늦더위가 발톱을 세우고 고양이처럼 그르릉거릴 때였다.

여자와 남자가 만나게 된 사연은 그리 된 것. 대나무 가방을 받쳐들고 차를 기다리던 여자를 옆자리에 태우고는 늦더위로 달아오른 이차선 국도를 달렸던 것. 방금 전 세차를 하고 난 남자는 얼마든지 달릴 수 있을 것같이 기분을 냈지만 온천장까지란 그래봤자 오 분에서 십 분 거리였다.

"마침 온천에 가시나보죠?"

"아뇨. 그 마당 옆에 정구장이 있거든요. 거기서 네시부터 다섯시까지 정구를 하지요."

"여기 분이신가요?"

"웬걸요, 이 고장에서 한 닷새 묵고 있을 뿐인 거죠."

휴가중이거든요. 묻지도 않은 말을 덧붙이고 난 남자는 근육질의 어깨를 불룩거리며 정구채를 꺼낸다. 미루나무가 있고 정구장이 있고 지금도 뜨뜻한 온천이 솟구치는 모텔 앞마당에 막 도착하고 난 때였다.

지금부터 사 년 전 일이다.

그날 여자는 "방이 다 나갔는데요. 화요일쯤 와보시든지요."라는 지배인의 말을 들어야 했다. 설마. 해수욕장은 폐장되고 휴양지도 속속 파장 차비를 하는데 비수기 온천장이 만원이라니…… 하지만 "이곳은 나이 든 온천객들이 며칠씩 묵어가는 곳인 걸요. 정말로 뜨거운 탕을 찾아온 사람들 말예요. 철이 따로 없지요." 온천장의 지배인은 자부심을 가지고 말했다. 해서 여자는 군말없이 인근 호텔로 옮겼던 것이다. 홍콩과 동경, 런던과 뉴욕의 현지시각을 알리는 시계들이 나란히 걸린 카운터에 나비넥타이를 매고 섰던 관광호텔의 웨이터는 객실요금표를 가리키며 일금 팔만육천원을 요구했다. "딱 하나 남은 방입니다. 앞이 툭 트인 좋은 방이에요." "싱글이 맞나요?" "아뇨, 트윈이죠." "제게 필요한 건 싱글인데요." 일금 팔만육천원짜리 방, 그것도 한적한 소읍의 방이 다 들어찰 리는 만무했겠지만 남자는 공연히 이것저것 체크하는 체하고 나서야 비로서 "여기 있군요, 딱 하나 남은 방." 했다. 객실료는 당장에 절반으로 내렸다. "하지만 온돌입니다." 아무렴 어떠냐. 그렇지 않아도 이틀 후엔 처음 그 온천장으로 옮겨갈 셈이었다.

이틀 후, 여자가 온천탕에서 나와 요구르트를 마시며 나무그늘 아래 쉴 즈음, 남자는 지금 막 정구를 끝내고 수건으로 땀을 닦고 있었다. 그 시간이란 건 늦여름 오후 다섯시. 남자와 여자가 다시 만나게 된 사연은 그런 것. 남자의 상기된 얼굴에 반색이 가득하다.

"그 동안 어디 있었어요?"

"저기 가야장호텔요."

"거긴 좀 비쌀 텐데."

"그래도 안전하잖아요."

말해놓고 나니 이상하기도 했지만 그건 사실이었다. 어째서 그리 겁이 많았는지 모르지만 문걸이에 안전핀까지 도합 세 개를 해야 안심이 되는 것이 여행지의 밤이라는 것이었다. 그래도 온천지랍시고 한적한 국도변에 식당촌이 있고 노래방에 나이트클럽이 있어 쿵짝쿵짝 쉬지 않고 뽕짝 메들리가 울려퍼지는 이상한 곳이다. 아침에 일어나 커튼을 젖히면 전면창 가득 인적없는 평야가 한눈에 들어오는 곳. 그래도 그것 하나만은 좋아서 여자는 창밖을 내다보며 풍년가라도 불렀던 것이다. 그리고는 그날 아침 온천장으로 옮겨온 것이다. 뜨거운 오후, 혼자 정구를 치던 남자는 수돗가에서 푸하푸하 얼굴과 목덜미를 닦고는, 가슴께가 땀으로 펑 젖은 티셔츠를 손으로 들썩거리며 다가와 앉았다.

"이곳으로 올 때 녹의홍상 신부를 보았어요."

"신부?"

"녹색 저고리에 다홍 치마 색시요. 물봉선같이 예뻤어요."

하기는 오늘 아침 이곳으로 옮겨올 때 젊은 부인이 택시에서 내리고 있긴 했었다. 녹의홍상. 초록 저고리에 다홍 치마다. 신혼여행에서 돌아오는 길인가 싶었지만 한 손에 여행가방을 든 신랑은 다른 한 손엔 대바구니를 들고 있었다. 십중팔구 이바지 음식이겠다. 이를테면 꿀 바른 유과와 산자와 절편 따위. 말하자면 신행길이겠다. 그 앞에 길이란 것은 좁다란 논둑길. 황금색 햇볕 아래 신랑과 색시는 꽃분홍 양산을 받쳐들고 히히내며 신행을 가고 있었다. 음양오행 운운하는 사람은 녹색은 목(木)이고 다홍은 화(火)니 상생(相生)이구만, 상생, 하겠지. 그런 것 귀에 담진 않지만 어쨌든 상생이라니 좋겠다. 이제 막 손톱에 물든 봉숭아꽃 같은 시절이겠다.

"아, 좋을 때군요."

남자는 한숨까지 내쉬며 장단을 맞춘다. 서른다섯이라는 남자

나이에 꼭 알맞는 한숨이다. 이를테면 뭘 좀 안다는 듯하면서도 근수는 그리 나가지 않을 성싶은 한숨.

"사실은 말입니다. 누가 나를 총각, 하고 불러줬으면 좋겠어요. 총각이라고? 저는 순진한 척 놀라며 뒤를 돌아보는 거죠."

"돌아보면……?"

"돌아보면 아줌마들이 총각, 이것 좀 들어줘요, 하겠죠. 저로 말하면 이런 국도 근처에 혼자 사는 총각이어서 이따금 김치통을 들고 찾아오는 처녀라도 있는 거겠죠. 뭐 우체국이나 휴게소 매점의 처녀 말이죠. ……하지만 쉽게 혼인 약속 같은 건 하지 않는 겁니다. 핫하하."

남자는 이젠 건달 흉내를 내고 싶어 어쩔 줄 모르는 얼굴이었다. 처음 만났을 때 약간의 경계의 기색을 띠는 여자를 보고, 아닙니다, 나 나쁜 사람 아녜요, 착한 사람입니다, 손사래라도 칠 듯싶던 남자였다.

"필요한 게 다름아닌 여자친구라니, 어찌된 일이죠?"

"어찌되긴. 시간 남고 기운 남으니 그렇겠죠."

"하긴 휴가중이긴 하네요. 핫하."

하는 남자는 무단결근을 하고 지방으로 내뺀 샐러리맨 같은 얼굴을 잠깐 하다 말았다. 설령 그렇다 해도 한갓진 과수원에서 사과가 익어가는 마을이다. 남자가 여자친구 만나기에 마땅한 동네는 결코 아니었다. 온천탕에선 쉴 새 없이 수증기가 올라오고 노인들은 신경통을 달래느라 방을 잡고 며칠씩 묵어간다. 낮에는 그런대로 온천객들로 북적이지만 밤이면 외딴 집처럼 덩그러니 불을 켜고, 지배인은 유령처럼 순찰을 도는 것이다. 그런 마을이었다. 마을 일이란 것은 그래봤자 부처님 손바닥이고, 소문이란 건 녹슨 삼천리자전거 바퀴보다 빨리 굴러갈 동네였다. 마을 청년들은 원정이라도 가고 싶다는 얼굴로 저쪽 홍성이나 대천 쪽을 바라볼 곳이었다.

"신혼여행을 경주로 갔을 때였지요. 해가 기울고 바야흐로 노을 지는 왕릉을 지나는데 처의 얼굴이 백일홍같이 물들었었죠. 차 안에서 처의 허리에 팔을 둘러서 그랬던 것. 그때만 해도 손톱에 봉숭아물도 들일 줄 알던 처였죠. 아, 그게 벌써 팔 년 전의 일."

"장가를 일찍 든 축이네요."

"처의 뱃속에 어린애가 덜컥 들어섰거든요."

"음, 좋은 때였군요."

여자가 알 만하다는 듯 배시시 웃는다.

"둘 다 외로운 시절이어서 그리 됐겠죠. 이젠 어린애도 컸고 처는 이제 내 앞에서 옷을 훌렁훌렁 잘도 벗어젖힙니다."

"해서 이젠 봉숭아물이 지겹던가요?"

"아니, 처나 자식이라기보다 꼭 내 선생 같아서요."

"……."

"처가 뭔가, 자식이 뭔가…… 그런 것 말입니다."

여자는 절로 한숨이 흐른다. 그렇지 않아도 화단 한구석엔 봉숭아가 저절로 지고 있었다. 남자는 처음 만난 사람에게 선뜻 제 속을 내놓은 품을 멋쩍어하며 앉아 있다. 매미는 악을 쓰고 운다. 온천장 마당의 나뭇잎은 더 뻗을 때가 없나 두리번거린다. 매미도 잎도 마지막 힘을 다 소진할 때까지 제 주장을 하는 때다. 말하자면 청춘인 시절.

이제 스물아홉과 서른다섯. 청춘의 벼랑을 미적미적 넘어가는 여자와 남자는 언제까지고 혼자 있고 싶은 마음이 반, 혼자 식당을 찾아들고 혼자 벙어리처럼 다니다 밤이면 숙소로 기어들어가는 것이 끔찍해지는 마음 반, 해서 마냥 온천장 마당에 앉아 있던 것이다. 남자와 여자 앞으로 목욕바구니를 든 사람들이 부지런히 드나들었다.

수(水)-읍내

여자가 부러 읍내에 나온 것은 농협에 볼일이 있어서. 볼일이라야 돈을 찾는 일이다. 숙박비가 예정에 없이 많이 나간 데다가 아무래도 객지에선 지갑이 두둑해야 마음도 두둑해지는 탓이다. 여자가 돈을 찾아 농협을 나올 때 건너편 조산원 간판이 눈에 든다. 저런 곳이 아직 있었구나…… 싶을 때 그 문을 열고 나온 건 고무풍선처럼 '얼굴' 부은 애엄마와 포대기에 싸인 갓난쟁이 하나. 일행은 단지 그뿐인지 산파로 보이는 흰머리 여자가 나와 어서 가요, 조심해 가요, 손짓을 하고 있었다. 산후 귀가 길이 저처럼 단출한 것은 보던 중 처음이다. 풍습을 기억하는 산파라면 포대기에 비단을 접어 생년, 생월, 생일, 생시를 적어주었겠다. 저 갓난쟁이는 영문도 모를 사이 93년 8월 이십 몇 일, 자(子)시에서 해(亥)시 사이의 사주와 팔자를 갖게 되었을 것. 그리고는 때마침 들이닥친 늦더위의 질긴 공기를 들이마시고 있는 것이다. 섭씨 29도에서 30도. 밝고 청명한 공기다. 과수원에선 사과가 익어가고 식당 아가씨는 하품을 하고 온천탕을 나온 노인들은 온몸에 김을 내며 느릿느릿 산책을 하는 마을.

남자와 여자가 만나는 둘째 날이다. 수요일이다. "수(水)의 성질은 동(冬)과 장(藏). 씨앗과 뿌리를 품고 있는 겨울 땅속 같은 때죠." 여자가 들려준 말. 그 말은 맞겠다. 저 애엄마의 지난 열 달 자궁 같은 날이었겠다.

남자와 찾아들어간 곳도 꼭 그런 곳. 천장이 낮고 실내는 무덤처럼 어둑한 곳. 햇볕을 피해 들어오느라 들어온 것이 하필 그런 곳이다. 읍내에서 제일 후미진 다방. 오후 세시라면 그 중 가장 한적한 시간. 하품하는 다방 아가씨를 바라보던 남자가 꺼낸 말은 그런 것.

"언젠가 조카들을 데리고 소풍을 갔었죠."

"소풍요……?"

"형수 사십구재를 지내고 난 봄날이었어요."

"?……."

"엄마가 안 온다고 매일 보채는 아이들을 달래서 저기 어디쯤 동구릉 같은 곳으로 말예요. 탄불에 구운 감자와 찐 달걀에다 칠성사이다를 싸가지고 말이죠."

"네에."

"애들은 전쟁놀이라고 나뭇가지를 휘두르며 죽어났다 살아났다 하는데 저는 내내 그 말만 연습하고 있는 거예요. 니들 엄마는 이제 없다. 죽었다. 그래서 김밥 싸줄 사람도 없다."

"……."

"그러다 집에 갈 시간이 되자 작은 애가 훌쩍훌쩍 울기 시작했죠. 엄마 어디 갔어? 그런 거였겠죠. 먼데 갔다. 먼데 어디? 먼데, 아주 먼데. 빨리 오라 그래, 삼촌. 오기가 힘이 들어. 저 달

만큼? 그래, 계수나무 달만큼. ……그런데 달 얼굴이 곰보인 거 너 알지? 우리 접때 먹었었지? 곰보빵 맛있었지? 맛있으면 바나나지? 다음 소풍 올 때 우리 바나나 사가지고 올까? ……기껏 얼러본다는 게 그런 것."

"아이가 울음을 그쳤던가요?.

"웬걸요."

"형수는 어쩌다 그리됐대요?"

"형수가 죽던 날 연신 추워, 추워, 입술이 하얗게 질린 채 허공에 손을 저었죠. 밤새 그렇게 연탄을 땠는데도 허한이 나서 말이죠. 무슨 병인지 도무지 모르고 앓던 거예요. 그러다 어느 새벽 방에 들어가 보니 형수는 군불 때다 남은 삭정이처럼 식어 있었죠. 형이란 인간은 어딜 갔는지 사흘째 집에 안 들어오고 있을 때였죠."

형수는 재봉학원을 나와 재봉에 자수에 매일 방귀신처럼 앉아 일을 하던 여자. 신라여자처럼 긴 머리를 친친 잡아 매고 일하던 여자다.

"그리고 그런 것도 닮는 것인지 환절기만 되면 조카들은 춥다고 이불을 뒤집어쓰고 앓았죠. 저희 어머님은 계피를 끓여주면서 불쌍한 놈들, 불쌍한 놈들 하셨죠. 허한이 났구나, 허한이 났어."

그러고 보니 계피가 계수나무 껍질이겠네, 아이들은 계수나무 달을 보고 울었겠네, 하고 있을 때 남자가 다시 꺼낸 말.

"죽은 형수가 아니었다면 전 지금쯤 건달이 되어 있었을 거예요. 저의 태생이 유복자인 데다 젊어서 죽은 삼촌에, 형수에…… 대학이랍시고 들어가서도 사는 게 어렵나, 죽는 게 어렵나, 혼자 쩔쩔맸던 거죠."

"버둥버둥 말이죠?"

"맞아요, 버둥버둥. 그러다 달을 보고 우는 아이들을 보고는 정신이 번쩍 든 것이죠. 전집물 외판도 해보고 문공부에서 임시직도 하다 맘 잡고 착실히 봉급 주는 회사에 들어간 거죠. 그리고 저도 제 자식을 낳았지요. 쭈글쭈글 주름 잡힌 데다가 낯까지 찡그린 자식, 3.5킬로그램짜리 어린 자식을 안자 가슴에 회한이 밀려왔지요. 세상에 나와 자식을 떨군다는 것에 환호성과 슬픔이 범벅이 되어 그날 술을 많이도 퍼먹었죠."

"……."

"인연이라는 게 무서워 죽겠다, 그런 생각을 한 적도 있어요."

알 수 없는 남자다. 누가 날 총각, 하고 불러줬으면 좋겠다고 할 때와는 완연히 다른 얼굴이다.

그날 저녁 남자는 차 뒷자리에서 커다란 봉투를 가져와서는 그 속의 것을 꺼내 보였다. 여자가 삶은 토마토 같은 뺨을 하고 젖은 머리를 찰랑이며 온천탕을 나온 때였다. 읍내에서 온천장으로 돌아온 후였다.

"내가 찍은 것들이요."

그것들이란 연꽃과 모란, 소슬꽃과 나비, 파랑물총새, 자라, 물고기와 매화가 새겨진 대웅전의 꽃문들이었다. 극락정토의 꽃밭 같은 색. 그래서인지 꽃문양은 터무니없이 화사하면서도 애잔했다.

"주로 꽃문, 닫집, 명부전 그런 걸 찍습니다."

"사진을 하시는군요."

"지난 초여름까진 앨범 만드는 회사에 다녔었죠."

"한데요……?"

"한데, 지난 장마가 지날 무렵부턴가 어쩔 수가 없었어요. 처에게 사정을 했죠. 시간을 달라고. 내가 정말 만들고 싶은 건 앨범이 아니라 사진집이라고."

어쩐지 무단으로 장기결근을 하고 내일 아침이면 사표를 들고 올라갈 것 같던 남자였다.

"앨범 유행이란 것이 접착식이 포켓식으로 바뀌고 다시 복고 바람을 타고 접착식으로 돌아오고 장인되는 양반의 회사이긴 하지만 차츰 승진을 하고…… 그런 게 아니라 명부전이나 꽃문을 찍고 싶다고. 그리고 우주의 중력에 꼼짝없이 붙들린 행성처럼 나도 삼백육십오 일 무언가를 중심으로 돌고 있다는 생각을 하게 된단 말입니다. 그게 설마 계수나무 달은 아니겠죠. ……알아요, 이런 것?"

알긴 당신이 뭘 알겠냐는 얼굴로 남자는 여자를 바라보았다. 이 여자가 그것을 알기나 할 것인가. 하지만 어쩌면 알지도 모른다. 그러기에 남자는 연이틀 일행처럼 여자 곁에 앉아 있었겠다.

목(木)-오래된 절

밤 사이 천둥 번개가 치고 비가 장대처럼 쏟아지다가는 날이 밝자 개었다. 내리기도 무섭게 내리고 개기도 무섭게 갠 날이었다.

아침부터 남자는 열심히 명부전을 찍고 있다. 제단엔 향로와 화병, 화병엔 노란 국화, 노란 황국은 꼭 제자리인 듯 모양 좋게 꽂혀 있다. 남자는 필름을 갈아 끼우러 나왔다가 꽃밭 앞의 여자를 향해 말을 붙인다.

"적적할 땐 어떻게 해요?"

"그냥 내버려둬요."

"내버려둔다고 되나."

"나중엔 적적이 뭔지도 잊게 되요."

그러는 여자의 손엔 절의 입장권이 쥐어져 있다. 작년에 왔을 때는 이런 입장권이 석 장. 말하자면 삼 일을 줄곧 왔다는 말. 매일 아침 식당에서 밥을 먹고 몇 백원짜리 입장권을 끊고 들어와서는, 새로 지은 조잡한 돌계단을 지나 아직 기승인 뙤약볕에 곤충들 우는 소리도 지나 서두를 것도 없이 대웅전 마당으로 들어섰을 것이다. 적적(寂寂)······ 폭염의 사찰엔 적막뿐이고 요사채 쪽에선 무슨 수리중인지 드릴 소리가 드르르르, 드르르르, 이따금 파적을 하던 여름이었다. 그 아래 서점 겸 매점 그늘에 앉아 금강경을 읽다가 붉고 호사스런 중국풍 침실로 꾸며진 진신사리 모신 방도 기웃거리던 여름이었다.

여자는 그때처럼 명부전 꽃밭에 앉아 끝물 더위에 자지러지는 벌레 소리를 듣고 있다. 찌르르르르르. 그 똑같은 장소에 선글라스 낀 아버지와 청바지 입은 어머니가 서 있다. 그들 앞에는 쏟아지는 봄볕에 미간을 찌푸리고 선 어린 그 여자가 곰보빵을 먹고 있다. 살구꽃놀이를 나온 봄날이다. 조산원 앞 포대기 속 아이 같던 여자는 보리싹처럼 자라 어느새 학교 갈 나이가 되었다. 이십 년도 넘은 사진. 물론 흑백이다. 그 아래를 웬 어린애가 꽃나무 가지를 흔들며 지나가다 수국아, 수국아, 제 부모가 부르자 도로 그 곁으로 간다.

그새 일이 끝났는지 카메라가방을 둘러멘 남자가 여자 옆에 와서 앉는다. 앉기만 한 게 아니다. 예의 그 딴 데 보는 시늉에, 별것 아니지만 마침 생각이 나서, 하는 듯한 얼굴로 시작한 말이다.

"중국 호남성 장사라는 곳에 마왕퇴라고 있어요."

"또 심각한 얘기 하려는 거죠?"

"들어줘요. 그 한 묘에서 초미인이라고 나왔다지요."

"초나라 여자?"

"그 미인은 조각 같은 네 겹 장식관 속에 잠들어 있었다죠. 가는 몸매에 삼단 같은 머리채를 틀어올리고 재봉질 흔적 없는 비단옷을 걸쳤었다죠. 아무래도 이승의 옷은 아니었겠죠."

이상하다. 번번이 뜬금없는 말인데도 묘하게 집중시키는 데가 있는 남자다.

"관을 덮은 비단그림에는 붉은 태양과 뽕나무 가지와 두꺼비와 토끼 한 마리, 초승달과 항아 선녀가 그려져 있었다죠. 지금부터 이천 년 전 이야기예요."

비단천 그림이라면 남자 옆에 합장묘처럼 앉아 있는 여자도 전에 본 적이 있던 것. 오렌지빛 등황, 토홍(土紅), 광택나는 홍색 주사, 은분의 안료가 몽유병 걸린 처녀 같은 색을 냈던 것. 그게 바로 선염기법이라는 것.

"총각 시절 사귀던 아가씨가 하나 있었어요."

이제서야 본론이라는 듯 남자의 목소리가 낮아지고 여자는 한적한 시골 우체국이나 휴게소 매점에서 일하는 처녀를 생각한다.

"젊어서 혼약을 한 처녀였죠. 친구들 몇 불러놓고 우리들끼리 우선 하는 그런 혼약. 눈썹이 초승달 같던 처녀였어요. 처녀는 한때 절로 들어갔었죠. 해도 절집이 세간의 고된 일 피해 들어가는 데는 아니겠지요. 그러길래 삼 개월 만에 다시 나왔던 거죠."

"무슨 굽이진 사연이 있었기에……?"

"저희 집에서 그 약속을 파했죠. 이유는 단 한 가지, 둘이 서로 상극이라는 거죠. 혼인을 하게 되면 남자가 일찌감치 단명한다는 거였어요. 궁합을 보고 온 어머니는 한겨울 무처럼 새파랗게 질렸겠죠."

"아무리 궁합 하나에?"

"할머니는 병으로 일찍 죽은 삼촌 생각에 노상 우는 게 일이고 형수는 겨울날 언 사과 궤짝처럼 추워, 추워, 덜덜 앓다가 죽고, 아이들은 어른들 몰래 달을 보고 울고…… 슬픔이 집안에 많던 집이었어요. 그렇다 해도 혼례를 못 하면 차라리 지금 죽겠다고 소동을 피웠죠. 스물둘에 사귀어 스물다섯 때 일어난 일이에요. 열이 많을 때였겠죠."

"……."

"처는 어찌어찌 뒤늦게 그 사실을 알고는 펄쩍 뛰었어요. 죽겠다고 했다면서요, 왜 같이 죽지 그랬어요? 당신은 그깟 싸구려 사랑이나 하고 다녔군요! 그렇지 않아도 앨범공장집 외딸, 상처니 흠이니 하는 것 나는 모른다는 듯 자만심 강했던 여잔데 상처를 받았다는 거죠."

"네에."

"그 뒤 들은 소문으로는 아가씨는 저 때문에 시집도 안 가고 있다고도 했고 이름 모를 병을 얻었다고도 했죠. 그리고는 소문조차 끊기고 영 행방불명이 되었죠. 그것도 지난 봄에서야 들은 얘기."

여자는 아무래도 나훈아가 부르는 〈소문〉을 생각하게 된다. 광주에서 살더라는 소문도 있고 몰라보게 변했다는 소문도 있고 …… 그리고는 이윽고, 영영 나는 못 잊는다, 아아아아 아아아아 결코 잊을 수 없다, 고백을 하지.

"차라리,"

그렇게 말해놓고 남자는 잠시 망설인다. 차라리 손 모아 행복을 빌리라. 그런 노래는 누가 불렀던가. 여자는 유행가 가사 같은 결말, 종내 박약했을 사랑의 결말을 생각해본다.

"차라리 그때 어린애를 먼저 낳고 살 것을 그랬어요. 어린애가 허한이 나고 아프면 계피차도 끓여주고 돌에는 색동옷 입혀서 사진도 찍고 말이죠. 아, 그때 그렇게 생짜로 헤어지는 게 아니었어요. 그 여자, 산부인과 찾아가지 않게 해야 했어요."

남자는 그 속에 아직 남은 불이 있다는 듯 명치께를 문지른다. 남자의 가슴은 화전(火田)처럼 넓고도 가파르다. 연녹색 면셔츠 사이로 가슴뼈가 화석처럼 드러난다. 언젠가 저 가슴에 홍역 같은 불을 놓았겠지. 스물셋에서 여섯이라면 모르긴 해도 불같은 시절. 젊은 시절 불을 놓고 앓다가 그 젊은 사랑의 얼굴은 곰보가 되었겠지. 남자의 곰보 초승달에는 행불(行不)이 된 항아, 산부인과에 다녀온 항아가 숨어 살겠지. 허리가 아픈 항아는 자주 펄펄 끓는 구들장을 지고 누웠었겠지. 남자는 이제 서른셋. 이제 산허리 비탈진 밭을 일구는 나이가 되었어도 이따금 그 불을 어쩔 수가 없던 거겠지. 여자는 그 불이 낯설고, 희한하고 그립다는 듯 한숨을 쉰다.

"행불이 되었다 해도 십몇 년이 지나도록 내 달에 살아 있는 여자예요. 항아 같은 여자. 그러고 보니 그 여자, 토끼띠였군요. 하하."

항아라면 달에 살고 있다는 선녀. 하(夏)나라 제후 예가 서왕모에게 청한 불사약을 훔쳐 달아난 선녀.

"항아는 불사약을 먹고 남자의 달에 살아 있군요."

"맞아요, 그것도 훔쳐온 불사약……."

경내는 여전히 적막하다. 국화를 든 중늙은이 부인 하나가 그들을 지나쳐 명부전으로 가고 있다. 그러고 보니 낼모레가 칠월 보름 백중날. 여자는 사무소 앞에 붙여진 기도 동참 안내문을 바라보고 있다. '부처님께 몸과 마음의 온갖 정성을 다 바쳐 지극정성으로 기도를 올려 각 가정의 업장을 소멸시키고 온갖 번뇌를 끊어 삼재팔난과 관재구설을 면하오며 병고자 즉득쾌차, 학업자 학업성취, 사업자 재수대통, 직무자 수분성취, 자손창성, 수명장수, 부귀영화가 만대에 충만하시기를 바랍니다.' 그러니 인생고해라는 것. 살구꽃놀이에 잠시잠깐 즐거워도 인생고해라는 것. 만나고 싶은 인연과는 못 만나고, 만나지 말았으면 좋았을 인연과는 만나서 고해라는 것. 접근하는 방식의 차이일 뿐 고리타분하긴 매한가지인 세상 모든 경(經)이란 것도 실은 세간 인생을 향한 연민이 없다면 아무것도 아니라는 것.

나뭇가지를 흔들며 돌계단에서 놀던 아이는 이제 "저기 비단잉어 있다. 우글거린다." 하는 부모를 따라가고 있다. 어린애가 떨구고 간 꽃나무 가지에는 잎마다 가느다란 잎맥이 뻗어 있다.

말하자면 저것도 잎의 손금이라는 거겠지. 잎을 펼치면 제 나무의 가지며 뻗어나갈 방향이며 모조리 제 운명을 흉내내며 손금을 그리고 있다는 거지. 아이를 바라보던 남자가 느닷없이 목은 어떤 성질이냐고 묻는다. 말할 것도 없이 목(木)이란 생(生)의 성질. 색은 녹색, 계절로 치자면 봄. 아버지 어머니와 절에 꽃구경을 왔던 봄. 올라올 때 보니 절 입구에 아이 하나가 오락기 옆에 붙어 있었다. 오락기라고 해봐야 왜 때려, 왜 때려, 하는 두더지잡기라든가 소주와 담배, 캐러멜 따위를 걸고 표적을 맞추는 조잡한 것들뿐. 아이의 해진 운동복은 밑단이 껑충 올라가 있었다. 아이는 지금 봄나무 같은 나이. 물이 오른 나무줄기처럼 등짝은 자꾸만 위로 올라가려 한다. 바야흐로 제 생의 뼈대가 세워지는 나이인 줄도 모르고 아이는 왜 때려, 왜 때려, 되바라지게 소리치는 두더지나 표적 맞추기가 하고 싶어 안절부절이다.

경내는 다시 적막강산. 남자와 여자는 두 그루 나무처럼 그 자리에 꼼짝없이 다리를 뻗고 앉아 있다. 그런데 목은 색으로 치자면 녹색, 계절로 치자면 봄? 남자는 새삼스레 제 가슴에서 무언가 소생하는 듯한 두근거림을 듣는다. 그리고는 여자를 돌아본다. 그들이 부모미생전(父母未生前)부터 알아왔던 사이 이려면 하루가 더 걸렸다.

금(金)—사하촌 여관

아침부터 수은주는 자꾸만 올라간다. 여자는 사하촌의 한 여관 툇마루에 앉아 있다.

여자가 온천장에서 이리로 옮긴 것은 어제 해거름 무렵. 남자는 어젯밤 아마도 남쪽으로 떠났겠다. 여자를 여기까지 데려다주고 자신은 부안 내소사로나 가겠다고 한 것. 섭섭함이 없을리 없었겠지만 그렇다 해도 저 갈 길이 따로 있는 작별이었다.

작년 이곳으로 올 때는 때늦은 비가 쏟아졌었지. 사방이 칠흑 같고 한치 앞을 분간하기 어려운 때. "정전인가?" "정전이래." 누군가의 말소리가 들렸다가는 전깃불처럼 툭 끊기고 인기척마저 끊긴 으스스한 밤길을, 그것도 초행길을 혼자서 겁을 먹고 올라오던 때였다. 얼마쯤을 왔을까. 언덕 저 앞에서 가느다란 불빛이 흘러나왔지. 그게 하필 상가여서 차일은 비에 젖고 조문객들은 양초 몇 개의 어둠 속에서 둘러앉아 있었지. 거기서 양초 하나를 얻어 칠흑 속에 여관을 찾아들었다. 높다란 계단 위에 있는 한옥이었다. 아침이 되어 보니 그 여관이란 것은 마당에 까맣게 여문 해바라기가 있고 빨랫줄엔 옥양목 호청이 빳빳하게 널린 곳. 말하자면 햇볕이 많고 밝은 곳. 주인인 노부부가 종일 일을 하고 여자의 방값으로 일용품을 사던 집이었다. 언제 가나? 오늘 가나? 겸연쩍게 묻던 집.

남자가 무거운 카메라가방을 메고 여자가 묵은 여관을 찾아온 것은 저녁밥 때가 다 되어서.

"왜 할머니뿐이죠?"

"할아버지는 저 아래 삽교 상가에 가셨어요."

여자는 여긴 또 어쩐 일이냐, 하는 말 대신 속삭이듯 덧붙였다.

"호상이래요. 상복을 입은 이들이 은은한 곡을 하고 있을 거예요."

아무래도 노인들이 많은 동네인 까닭이겠다.

그보다 우선 남자는 이 집을 찾아오길 잘했다는 생각을 한다. 여자와 저녁 한 끼 더 먹고 남쪽으로 간다고 해서 나쁜 것은 아니었다. 여자도 같은 생각인 듯 식사를 가는 걸음이 밥상보처럼 가볍다. 그날 식당 메뉴는 꽁보리밥. 가을에 씨 뿌려서 봄에 수확하고 여름에 풋고추에 된장 해서 비벼 먹는 밥.

남자는 고춧잎나물에 젓가락을 가져가며 생각한다. 이 여자를 어떻게 만나 벌써 몇 끼 식사를 같이했나, 정 들었나. 벽제 어디쯤 공방에서 도자기를 굽는다는 여자. 그걸 굽는 가마 속엔 섭씨 천 도도 넘는 불이 있지요. 초벌이 끝나고 안료를 쓰고 난 뒤 거기에 국화문을 새기지요. 소국, 만개한 황국, 바람부는 날의 들국 그런 것들…… 여자는 지금 무슨 생각을 하고 있나. 입 밖에 내지 않고는 귀신도 모를 것이 사람 속이라 했나.

여자는 그때 제 부모의 신혼사진을 생각하고 있다. 뜬금없이 사진은? 뜬금없이는 아니다. 논둑에서 녹의홍상 색시를 보았을 때부터 줄곧 생각했던 것. 61년 제주도 성산포. 어머니의 녹의홍상이 바람에 휘날리는 사진. 호텔 커피숍에서 뜨거운 커피를 마시는 사진. 신혼집 서재에서 두 분이 나란히 신문을 읽는 사진. 그리고 그 후, 지금 막 잔치를 끝낸 한복 차림의 젊은 부친이 웃고 있다. 64년, 11월, ×일, 묘시 생. 첫돌을 맞은 여자를 안고 뜰 앞 벚나무 아래서 찍은 사진이다. 여자는 언젠가 형부의 슬라이드로 벚나무 아래 자신과 젊은 부친을 보았다. 색동옷을 입고 오방낭자 색동주머니를 차고 앉은 여자와 여자를 안고 있는 젊은 부친. 그 집에는 자주 모임이 있고 조부와 부친의 손님들이 초대된다. 조부와 친분 있는 어른들이 와서 여자의 장구머리를 쓰다듬고는 거실의 항아리와 화병과 연적들을 둘러본다. 모란과 국화, 당초와 물고기 문양이 새겨진 도자기들. 여자가 자라면서 매끼 밥을 먹듯 보아온 모양과 문양들. 훗날 여자가 항아리 굽는 여자가 된 것도 그 때문이겠다. 그리고 잊지 못하는 그 노래, 추월만정(秋月滿庭).

추월은 만정(滿庭)하여 산호 주렴으 비치어 있고 청천(晴天)의 외기러기난

월하(月下)으 높이 떠서 뚜루루루루루 낄룩 울음을 울고 가니 심황후

기가 막혀 기러기 불러 말을 헌다

심청이 헤어진 심봉사 생각에 우는 대목. 조부가 돌아가시고 난 후의 아버지처럼 여자도 그것을 들었지. 소파에 앉아 추월만정을 듣고 계신 부친. 그 안색은 창백하다. 열여섯의 여자는 사춘기랍시고 방문을 걸어잠그고 책에 빠져서는 그 기색을 눈치 못 챈다. 그가 병색의 얼굴을 감추고 흔들의자에 앉아 독서라고 하시지만, 얼마 후 기진할 것같이 다시 눕게 된다는 것. "……나중에 말이다. 내가 어딜 좀 가세 되면 이 서재를 네가 맡아다오." 여자, 지금 막 알에서 나오려고 쭉쭉 소리를 내는 병아리 같던 여자에게 부친은 말씀하신다. "어딜 가시는데요?" "좀 멀리다." 여자는 그때 부친의 회한, ……벌써라구? 설마, 농담이겠지. 아무래도 이건 너무 이르잖아. 아직 다 크지 않은 저애들을 남기고 가야 한다니……, 하는 회한을 읽었어야 했다. 십삼 년

전 부친의 회한을.

그 얼마 후 여자의 집엔 장의 예식이 진행중이다. 입관 전 꼽추 장의사가 부친의 손톱 발톱을 깎자 얌전퉁이 언니의 볼에서 병아리똥 같은 눈물이 뚝뚝 떨어진다. 우리 언니가 우나? 정말 울어? 언니는 내가 모르고 있는 것을 꼭 알고 우는 얼굴 같구나. 지난 봄 학교에서 색색의 부활절 삶은 달걀을 받아온 여자의 머릿속은 엉뚱하고 뒤죽박죽이다. 사람이 한 번 죽어도 그의 영혼은 사흘 만에 다시 살아난다. 그리고는 영영 산다. 그러니 부친은 돌아가신 것이 아니라 돌아오시는 것이야. 여자가 생각하는 것은 그런 것. 거기에 불공도 시주도 많던 외가의 내세관이 보태진다. 해서 여자는 부친과의 마지막 대면이라는 것을, 최후의 대면이라는 것을, 조금치의 눈물도 없이, 아침 조회처럼, 교장선생님 훈시처럼 지루하게 견디고 있을 뿐이다. 사흘이 지나 여자는 부친의 방을 가본다. 달걀에서 병아리가 나오듯 눈을 비비며 뭔가 생(生)할 거라는 생각은 어이없이 깨진다. 방은 텅 빈 닭장처럼 말끔하고, 부패하는 냄새를 감추느라 잔뜩 피워댄 향이 부나비처럼 돌아다닐 뿐이다.

사는 게 더 어렵나, 죽는 게 더 어렵나.

둘 다 어렵지요, 어려워요. 남자는 이제 정종 반 병을 비웠다. 언제부턴가 제법 하게 된 술이다. 해마다 형수 기일에 따르던 술이다. "형수, 이런 수는 무슨 뜻으로 놓는 거죠?" 형수는 일감 맡은 이불보에 부지런히 십장생 수를 새기며 말상대를 해줬지. "늙지 말고 아프지 말고 오래오래 살라는 뜻이죠." "금슬종고락

(琴瑟鍾鼓樂)? 이건 또 뭐죠?" "그거야…… 부부 금실 좋으라는 뜻이지요, 도련님." 젊은 형수는 얼굴을 붉혔지. 그리고는 붉은 공단 베갯모에 壽 福 多 男 子 하는 길상어(吉祥語)와 그 글자 사이사이에 칠보문을 수놓는다. 원하는 일이 뜻대로 이뤄지길 비는 마음은 청홍 보자기에 칠보문으로 새겨졌겠다. 방에는 갖가지 공단과 비단과 무명이 제 차례를 기다리고 있다. 남자는 그 후 '61년 만에 찾아오는 복돼지해 윤년' 하는 수의(壽衣) 광고를 보게 되었지. 순수 국내산. 최고급 천연삼. 마 100%. 손삼베 일백칠십만여 원에서 기계삼베 사십만원까지. 갖은 수의 남자 18가지 여자 17가지. 저고리, 두루마기, 버선, 댓님이나 원삼, 속곳, 치마, 속치마를 챙겨 입고 저승을 간다는 거지. 시집 와서 진종일 옷만 지어내던 형수는 제 몫으로 성근 삼베옷 몇 가지만 챙겨 입었을 것이다. 장례 때 남자는 흰옷을 입고 길을 밝혀주었다. 저승길이 어두우니 그 길을 밝히자는 옷. 갓 심은 묘목이 흠뻑 젖던 날이었다. 형수의 영혼은 성근 삼베옷을 입고 비를 맞으며 밝은 그 길을 건너갔을 것이다. 불망(不忘). 아무것도 모르는 조카들은 어린 마음속에 봄날 묘목 같은 글자를 새겼겠다.

사는 게 더 어렵나, 죽는 게 더 어렵나.

여자는 시외전화를 걸러 식당 밖으로 나온다. 남자는 정종 한 병을 거의 비워가고 있다. 아무래도 남자에게는 사무치는 밤인 듯. 전화선을 타고 조카 목소리가 금세 달려온다.

"이모, 내일이 외할아버지 제사랬어. 그래서 외할머니 댁에 갈 거다."

"이모도 내일 아침에 가지. 가서 전도 만들고 고기도 만들 건데 넌 뭐 할 거니?"

"나는 종이에 뭐라고 쓸 거지."

"뭘까?"

"뭐게?"

"말해보렴. 아, 궁금해서 밥솥처럼 가슴이 탄단다."

"뭐냐면은 외할아버지 어서 오세요, 그런 거지. 내일이 그런 날이래. 외할아버지가 오시는 날."

외할아버지 어서 오세요. 기일을 잊은 건 아니었지만 여자의 가슴은 탄 밥솥 같아진다. ……그때, 십삼 년 전이다. 부친의 방은 말끔히 치워지고 아무것도 없었지. 술병이 발견된 것은 그 후의 일. 서재 뒤편에서 됫병짜리 정종이 대여섯 병 나왔던 것. 그 술을 누가 사다주었을까. 간병을 나오던 오십대의 부인이라지. 젊어서 남편을 잃고 간병일을 하며 살아온 부인은 부친의 청대로 몰래 술을 들여오고 술병을 감춰주었다고 했다. 설마 아버지가? 병중의 그가? "……자네 부친이라고 뭐가 다르누. 문병객들은 자나깨나 투지니 용기니 희망이니 하지만 정작 그 통증을 감당해내는 건 자네 부친 혼자뿐이지. 진통제 떨어질 시간 되면 빚독촉하듯 들이닥치는 통증이 뭐가 달라. 그게 지옥같이 외로워서 부들부들 떠는데 뭐가 달라?" 간병인 부인은 수소문 끝에 찾아간 여자에게 말했다. "안 아파본 사람들은 몰라, 백 번 죽었다 깨도 몰라. 자네 부친은 차라리 자진하고 싶다고 하셨지." 여자는 한겨울 저수지처럼 심장이 얼어붙는 듯했다. 설마 아버지가? 아, 이렇게 살아 있다는 게 여간 좋지 않구나. 치료 잘 받아서 곧 자리 털고 일어나겠네, 해서 어머니를 안심시켰다던 부친이었지 않나. "만약 내일 아침에도 내가 살아 있다면 그땐 이불로 얼굴을 덮어씌우고 바짝 눌러줘. 내 가족들이 알면 절대 안 되지. 자네 부친은 내게 부탁했다네. ……하지만 그런 수고는 필요 없었어. 그날 새벽녘에 운명하셨으니……." 간병부인은 한숨 쉬며 청자담배를 피워 물었다. 여자는 덫에 걸린 심정이 된다.

그런 것인가? 그런 것인가? 생이 겨우 그런 것?

어린 시절 여자의 긍지와 자부심이 되었던 부친이라 할지라도 사십대 어느 날 그를 기다린 건 지독한 방사선요법과 항암제와 모르핀과 하염없는 육체의 손상뿐. 가슴의 박동도 손목의 맥박도 그 속에 찐득이는 뜨거운 피도 비극적으로 시들고, 비극적으로 소멸하는 육체를 바라보며 부친은 식구들 몰래 술을 구해 마시고 내일 아침에도 내가 살아 있다면…… 하는 간청을 한다. 그것은 어쩔 수가 없나? 불가피한가? 여자는 덜덜, 십삼 년 전 언니처럼 운다. 그리고 몸과 영혼에 대한 제 생각을 전면 수정해야 한다고 생각한다. 그 후 부친 서재의 그 많은 책, '인생이 무어냐?'를 말해줄 것 같은 동서고금의 책들을 닥치는 대로 읽어치운 여자는 너무나 맥이 빠져서 그렇게 외친다. 설마 농담이겠지!

그러니 그런 것인가? 무거운 농담처럼 어이없고 변덕스럽고 자주 무익한 것? 희망이란 것, 생에 대한 불치 같은 희망은 인세나 저편에 있고 여자는 덫에 걸린 외기러기 같아졌지. 소용없다. 소용없어. 신입생 대표로 선서를 하고 여고를 입학했지만, 언니나 동생처럼 모범생이었지만, 이제 그런 것이 무슨 소용, 교과서 사이에 다른 책을 끼고 읽던 날들이 시작된 것이지. 나만은 인생을 탐구해보련다 하는 얼굴, 실은 혼란스럽기 짝이 없는 얼굴이 되었던 거지. 어째서 그렇게 사무쳤는지 알 수가 없지. 다른 누구도 여자의 발목을 꺼내어 내 말을 들으렴, 인생이란 말이다……, 달래줄 것 없었지. 그러고 보니 꼭 십삼 년이군. 그리고는 해마다 이맘때 한나절 전을 부치며 외통수 얼굴을 하곤 했었군. 아버지, 어서 오세요. 그 사랑스런 인사 한번 해보지 못한 여자가 식당으로 돌아온다. 남자는 정종 한 잔에 구운 삼치 한쪽을 입에 넣고 있다.

아버지 어서 오세요, 이 음식 좀 드셔보세요. 아버지 이 술 좀 받아보세요…… 이제는 스물아홉이나 먹어서 더더욱 그 인사나 할 수 있겠는가. 아버지, 이건 제가 훔친 불사약이에요. 이것 좀 드셔보셔요.

남자는 흑관 하나만큼 거리를 두고 나란히 걷고 있는 여자를 흘낏 훔쳐본다. 낮에는 햇볕이 그렇다지만 밤은 여실히 다른 공기다. 오슬오슬 떨고 있는 듯한 여자 어깨에 남자가 손을 내민다. 저도 모르게 그 손이 뜨겁기가 뜨겁다. 이거 야단이다, 야단이다. 남자는 그러고 있고 추위 때문은 아니게 여자는 떨고 있다. "금의 성질이라면 수(收)겠죠. 거두고 수렴하는 것. 계절이라면 단연 가을." 식당에서 여자가 했던 말. 여자가 담벼락 해바라기 꽃대궁처럼 대뜸 기울어온다면 남자는 어깨를 펴고 담장이 되고 싶다지만…….

"그만 잡시다."

남자가 좁디좁은 방, 여자가 묵는 옆방에 들며 말한다. 일금 일만오천원의 방, 비수기라며 일만삼천원을 받은 방. 비닐장판에 나일론 이불이 버석대고 옹색한 주전자와 재털이가 놓인 방이다. 내일 아침이면 이불을 개고 일어나 남자는 남쪽으로 여자는 서울로 돌아갈 밤의 방이다.

남자가 문을 두드린 것은 그날 밤, 금의 날 밤. 초승달이 뜬 밤이다. 외딴 오두막 같은 방이다. 여자는 스스륵 자객처럼 문을 열고 들어와 그녀 옆에 누운 남자를 바라본다. 이것을 무엇이라 말하면 좋을까. 이것은 낯선 남자의 몸, 화전 같은 남자의 몸. 계수나무와 초승달 항아가 숨어 있는 남자의 몸. 걱정과 슬픔 많던 집안 내력과 어찌할 수 없는 연민이 달빛처럼 흘러가는 몸. ……남자도 여자의 그것을 바라본다. 깨물면 퍼렇게 멍이 드는 목덜미와 움켜쥐면 꽈리처럼 부푸는 젖가슴, 간지르면 돛단배처럼 출렁이는 아랫배와 도자기를 빚는다는 여자의 마디 거친 손. ……이것은 이것은 부모미생전부터 알아온 듯한 여자의 몸. 당신인가? 당신인가? 남자는 막 마중을 나가듯 여자의 몸을 에워싸고는 끙끙댄다. 당신…… 이제는 녹색 저고리에 다홍 치마를 입어. 항아리처럼 단단한 배를 움켜쥐고 계수나무 같은 아이를 낳아. 남자의 목소리는 점점 더 떨리기도 떨린다. 다시는 오래된 절 앞에 가지 말아. 사흘 내내 입장권을 끊고 들어가 무슨 생각을 그리도 오래 하지 말아. 명부전 근처엔 얼씬도 거리지 말아…….

토(土)–온천장 입구

그리고 그날은 토요일. 45번 지방국도 위에는 귤빛 햇볕과 청명한 바람과 높은 하늘이 제각각 깊은 생각에 잠긴 체한다. 입추와 처서는 벌써 지난 때다. 백일홍이 내내 피고 끝물 더위나저 혼자 기승인 때다.

온천장 입구에 여자는 내린다. 온천장엔 여전히 수증기가 올라오고 시든 사과 같은 노인들이 느릿느릿 식당으로 들어가고 있다. 그 몸에선 김이 아직도 모락모락 나고 있다. 앞마당에 차를 세운 남자가 말한다.

"……다시 혼자군요."

"……혼자긴 왜에."

정구장에선 두 남자가 땀을 흘리며 공을 치고 있었다. 인근 호텔 앞에선 여전히 뽕짝메들리가 쿵짝쿵짝 울리고 휴게소 매점 아가씨는 하품을 하고 한갓진 과수원에선 사과가 익어갈 것이다.

"혼자가 아니면 뭐겠어요."

"그래도 꽃문이 있잖아요. 그리고……."

돌아가면 제 아버지 잔에 술을 따라야 할 기일이, 만져주고 구워주고 무늬 새겨줘야 할 항아리가 기다리고 있는 여자가 말한다. 남자라고 왜 아닐까. 그가 만들고 싶은 건 접착식 졸업앨범이 아니라 사진집이라고, 형수와 초승달 같은 아가씨와 슬픔이 많던 집안 내력을 달래는 듯, 남자는 서해안 어디쯤 꽃문 달린 절을 찾아갈 것이다.

"늙지 말고 아프지 말아요."

남자는 지난 밤 일금 만삼천원짜리 방에 함께 있던 여자, 부모미생전부터 알아온 듯한 여자, 지금은 다만 쌕쌕주스를 손에 쥐고 국도 쪽을 바라보는 여자에게 말한다. 잊지 못해요, 차마 그 말은 못 한다.

그 후로 수십 번 초승달이 흘러갔다.

여자는 지금 막 주둥이가 널찍한 화병을 구워낸다. 1100에서 1200도씨의 고열. 거기에 모란과 소슬꽃, 나비와 자라, 파랑물총새를 새겨넣는다. 지금부터 사 년 전 여름 여자는 온천이 있고 정구장이 있고 고려 적 절이 있던 마을에 있었다. 매미가 우르르 떼지어 울고 담벼락엔 해바라기니 백일홍이 피던 여름이었다. 초승달 뜨던 밤, 남자가 스르륵 여자의 나일론 이불에 들었고 덩달아 맨몸이 되던 때였다. 그 몸의 맥박과 심장 박동을 항아리처럼 어루만지던 밤이었다.

지금도 한 색시는 유과와 산자 이바지음식을 들고 신행을 가고, 부인들은 壽 福 多 男 子 길상어를 수놓고 자식들은 제 부모의 수의를 준비하고, 누군가는 재봉질 흔적 없는 비단옷에 불망(不忘) 수를 놓는다. 불망. 비단옷을 입고 해마다 부친은 처서처럼 입추처럼 돌아오시리. 형수도 아가씨도 담벼락 붉은 백일홍처럼 돌아오리. 아버지도 형수도 아가씨도, 훔친 불사약을 먹고 오늘 밤 곰보달에 숨으리. 저 달을 따와, 저 달을 따와. 어린애들은 달을 보고 조르리.

……잊지 못하리.

가던 새 본다

한창훈

1963년 전남 여수에서 태어나 한남대를 졸업했다.
1992년 대전일보 신춘문예에 단편 「닻」이 당선되어
작품활동을 시작했다.
소설집 『바다가 아름다운 이유』가 있다.

가던 새 본다

겨울 찬바람을 버티며 그 와중에도 암중모색 희고 노란 기운을 우려내던 진달래 개나리 벚 살구나무가 한동안 제 흥에 취해 흐드러지게 뿜어내던 진한 꽃기운을 하늘과 땅이 다 거둬가고서야 산과 밭은 실로 낮고 더웁고 진한 내음을 풍기기 시작했다. 풍풍 터지던 꽃망울이나 물이 올라 돋아나던 새순은 사실 초여름의 풍광을 몇 발자국 앞서 내뻐던 것들이었는데 그런 겉기운이 다 스러지고서야 사방은 제대로 왕성한 때깔을 내보이기 시작한 거였다. 산 더욱 깊고 들판 광활히 넓어지는 것은 말할 나위 없는 데다 나무나 풀과 밭의 작물들은 오른 물을 잘도 간수해 하늘이 낮다며 제 몸을 키워올리고 호수는 높아져서 더욱 깊어졌다.

그런데 할매는 이런 생명력 왕성한 초여름의 복된 풍경을 두고 새벽에는 꼭 죽을 것 같았다. 하긴 어쩌면 날마다 죽을 채비를 차리는 게 할매의 중요한 일인지도 몰랐다. 할매들이란 게 틈만 나면 누가 시키든 말든 끊임없이 웅얼중얼대고 뭐라고 씨부렁대는 이들인데 그게 죽음의 공포에서 벗어나기 위한, 어깨 뒤를 타고 앉은 저승사자의 혼을 쏙 빼놓기 위한 전략들인 것이 분명했다. 그러니까 염라대왕 명에 따라 혼백을 거둬가기 위해 강림한 저승사자들이 그래도 마지막 인정은 있어 이 넋두리 끝나면 데려가야지, 이왕 시작한 주접이라도 다 내뱉게 그냥 둬야지 하다가 몇 달 몇 년이고 엉덩이에 이끼를 키우는지도 모를 일이었다. 평상시에는 별 말수 없는 할매는 그런 관계로 어깨에 태우고 다니는 사자가 모가지에 오랏줄을 걸기 직전인 상태일 것이다. 그러나 술만 들어가면 사설이 시작되었는데 그러고 보면 사자가 밤마다 사설 듣느라 낮에는 그저 잠에 빠져 제 할 일을 잊어버리고 있기도 할 거였다.

긴 사설이 끝나고 나서도 한참이나 뭔가를 씨월거리다가 할매는 비틀비틀 대중없는 걸음으로 잔별들이 바글거리는 하늘 한번 쳐다보지도 않고 집을 빙 돌아 내 방과 합판 한 겹으로 만나고 있는 안방으로 갔다. 탁, 방문 닫는 소리를 끝으로 사방은 소용했으므로 나도 누웠고 선잠이 들었고, 그랬다가 새벽에 별스런 말소리를 듣고 깨었다.

그랑께…… 말이요…… 즈가부지…… 쌌소…… 알었……께라…… 했소야…… 그라잖게라…… 한식 때요…… 좀 지둘리…… 워채서…… 사요…… 니당…… 알았소…… 그랍시다…….

할매는 부뚜막에서 올라오는 연기 같은 목소리로 가래를 끓여가면서 누군가와 이야기를 하고 있었는데 호수의 안개가 스믈스믈 피어오르다가 초장에 지쳐 더이상 오르지 못하고 그저 변소 옆에 각도를 길 쪽으로 두고 서 있는 가로등 옆으로나 모일 때면 늘상 들리던 그런 잠꼬대는 아니었다.

저승사자가 와부렀구나. 올 것 같기는 하구만 근디 번지수는 안 틀렸을까. 그라믄 지금 할매가 죽는다는 이야긴디 그렇다믄 낼 아칙에 할매를 나가 맨 처음 발견을 하는 것인디…… 가만있자 그라믄 뭐가 워띠케 되겄냐…… 할매가 죽어뿔믄…….

나는 나도 모르게 그런 생각들을 저 깊은 어떤 곳에서 만들다 부수다 했었다. 그러다가 아직 밖이 깜깜한 게 너무나 진하고 선명했기에 깨지 않은 척, 밤중에 찾아온 며느리나 상점 아줌마와 이야기하고 있을 거라고, 당장 에고곡(哭)은 필요 없을 거라고 만들어 생각했다. 그러면서도 바깥 세상과 꿈에서 만들어지는 느낌이 뒤엉켜 지금 저 방에 가보면 할매는 몸을 열두 발 사다리처럼 길게 뽑아 올려가지고 대가리가 천장을 뚫고 올라가 꼬리를 뻴에 묻고 몸통만 위로 뻗대고 있는 뱀장어처럼 이승과 저승 사이의 그 무슨 강 물결에 흔들리며 영감과 이야기를 하거나 어쩌면 반대로 영감이 몸을 거머리처럼 늘여가지고 고개만 쑤욱 내려와 형광등 아래서 또아리를 틀며 할매와 수작을 할지도 모른다는 생각이 들곤 했다.

어젯밤은 할매의 사설이 유난히 길었다. 그 동안 짬짬이 내놓던 이야기를, 다른 날이라고 여러 잔 술을 안 먹었던 것도 아닌데 어제사말고 별스럽게 취해 길게 풀어놓았던 것이다.

세상천지 만물 중에 나맹이 짠한 것이 또 있겄냐이. 총각아. 나도 인자 죽을란다. 죽어뿔란다. 콱 죽어뿔란디, 아이 총각아 어찌 이리 죽고잡은디도 죽어지지가 않는다냐. 왜 그런다냐.

죽고 사는 것이 맘대로 되는 게 아닌 것을 뻔히 알면서도 할매는 들어간 술보다 더 많은 양의 넋두리를 꺼낼 채비를 차렸다.

나도 우리 영감처럼 산으로 가서 콱 죽어뿔란다. 여엉감. 여엉감아. 총각아, 정신 어만 데로 가지 말고 그랑께 내 이약 좀 들어도라.

나가 일곱 살 띠 종년으로 갔단 말다. 새복이믄 안방 건는방 사랑방 불 때고 머리 쥐백히고야. 이모들이, 친이모가 아니구 나이든 종년 언니들을 그렇게 불렀어야, 이모들이 받아온 쌀 안치믄서 반찬 맹글믄 심바람하고 욕 얻어묵고 비질하고 걸레질하고 밥은 대궁으로만 묵고 빨래하고 빰 읃어터지고 주인집 애 보다 종아리 맞고 그렇게 한 칠 년인가 살었어야. 나가 거기서 열시 살 띠 도망쳤으니께 멫 년 살었겄냐? 회기 좀 해봐라야.

그 대목에서 할매는 독오른 암뱀처럼 나를 쳐다보는데 내가 보기에 말들이 마치 혀처럼 날름대며 입보다는 눈에서 나오는 듯했다.

잉, 인자 열시 살 띤디이 하루는 너물을 캐오라고 하드라…… 금자라고 나같이 종년인디 징한 년이 하나 있었단 말이다. 금자이모가 요만한 소쿠리를 줌서 야, 너물 잠 한나 캐오라고 그러더라이. 주인네 매질보다 그 이모 매질이 더 무서웠잉께, 씨발년 저도 나처럼 매받이루 컸는디 참말로 징한 년이었당께. 징상스럽기도 징상했어야. 한번은 나가 주인집 애기 오짐 싼 옷을 카

카리 빨아갖고 부삽에다 말리는디 깜박 졸다가 안 타부렀냐. 오매, 그 엄동설한 야심한 밤에 그년이 나를 뒷사립 뒤에다 세워놓고는 찬물을 확 찌끄리드라야, 바가지로 멫 번을 찌끄리고는 나를 대나무 뿌렝이로 패 조지드라야.

너 같은 년은 죽어라, 이 빙신아.

하믄서 패는디 겨울 밤 가르는 소리가 휘휘 나고 엉덩이고 허벅지고 등짝이고 옆구리고 어깻죽지에 그냥 살을 파고드는디 너무 아파서 울도조차 못 했당께.

그 대목에서 할매는 숨을 길게 내쉬었고 숨 끝에 술잔을 들어 쭈우욱 빨아 마셨다.

그 금자가 너물을 캐오라고 시키는디 나가 그날로 도망을 했단 말이다. 도망치는 날이라서 생각이 나기도 허지만 그날로부터 메칠 전에 나가 몸것(초경)을 봤어야. 처음으로 경도를 보고 놀래기도 했지만 금자가 이렇게 거시기를 해주기는 했으니께 어찌 보믄 나쁜 년은 아닌 상싶기도 허지만, 그날도 얼릉 안 캐오믄 너 몸것 한다고 소문 내분다이, 허기는 허드라. 쌍헌 년. 징헌 년. 도간 년.

봄날 햇살이 참 장하기도 허드라. 참 좋기도 허드라. 쑥 멫 닢 뜯다 말고 햇빛이 따땃한께 그냥 앉었는디 어찌께나 엄니가 보고 접든지 막 울었어야. 슬(설)에, 그랑게 두 번인가 집일, 방앗골 아재 따라 가보기도 허고 엄니가 어짜다 한 번씩 왔다 가기는 했다. 근디 쑥 같은 것도 꼭 식구들 모양 즈그들끼리 붙어 살고 있는디 왜 나는 멫 년을 식구들 얼굴도 못 보고 사나 싶어서 영 서럽드라. 서러븜이 넘쳐서 막 울다가 그 길로 그냥 내빼부렀어야.

그 대목에서 할매는 이마에 검댕 묻힌 아이처럼 히히 웃었다.

저기 저짝쯤이 집이것다 싶어 무조건 걸었다이. 쬥일을 걷다 보니께 무슨 큰 디가 나오드라야. 광주제. 인자 도망을 쳐도 지대로 쳤다 싶드라고. 종일 도망질로 걷니라고 숨 한 번 못 쉬본 것을 거기서 크게 쉿으니께. 근디 밤이 짚어 어디로 갈지를 몰라 그냥 걷다가 섰다가 하는디 뭐, 군인들 집이 나왔단 말이다. 문이 이만한디 그 앞이서 이런 총든 군인들이, 그렇제 일본놈들이제, 사람들을 꼬나보고는 시비를 걸고 막 그러드라. 겁나서 거그를 넘어가지를 못 허고 서 있는디 다라이를 인 워떤 아짐쎄가

너 왜 그러고 섰냐?

헝께 이참저참 해서 저기를 못 지나가고 있어라, 도망질 쳤다는 소리는 빼고 말했제. 긍게 그람 나 따라오니라 하고는 내 손을 잡고 거그를 지났어야. 글고는 너 보아하니 오갈 디가 읎어 뵈니께 나 따라 우리 집 가자, 가서 밥하고 빨래 좀 해주고 살아라, 허드라. 갈 디가 읎기는 왜 읎다냐? 허지만 거그서 우리 집을 갈라믄 월매나, 워디로 가야 할지도 몰르겄고 도망쳤다는 소리는 못 하고 우선 내가 당장 묵고 잘 집이 없는 것은 진실이고 하니께 그냥 따라간 것이여.

그 아짐쎄는 생선 행상을 하는디 아들만 꼭 닛이드라. 스무 살 정도 묵은 큰아들부터 내 또래 닛찌까정 다섯이 그렇게 방 하나서 살드라야. 나가 좀 일을 잘하냐. 새복에 일어나 불때고 보리쌀 안치고 밥 채리고 다 나가고 나믄 소제하고 빨래하고 저녁이믄 또 밥 해놓고 험서 어찌께 살다봉게 일 년을 살었어야. 일 년이나 살어부렀어야. 쫌만 살다가 갈라고 그랬는디 너 참 일 이삐게 잘한다, 쫌만 더 해주고 살믄 너한티 돈도 주고 그러

마 아짐씨가 그랬응게 이냥저냥 날짜를 보내부렀제. 나중에 알고 봉게 그 아짐씨가 나를 자기 아들 중에 하나랑 엮어서 메느리 삼을라고 그랬던 것이여. 웃지 마야.

그 대목에서 할매는 웃지 말라고 타박을 하면서도 자기는 또 히히거렸다.

왜 그랬냐믄 이, 한 일 년 살았는디 하루는 싯찌가 일을 안 나가고 괜히 배비작배비작 함서 알랑거려야. 우엣 것 둘은 넝마 댕기고 싯찌는 제재손가 어디 댕기고 닛찌는 어디 식당 심바람 허로 댕기는디 싯찌가 일을 안 가고 뭉개뭉개하는디 눈치가 영 이상하드란 말이다. 그래서 다라이에다 빨랫거리 담고 나갈라는디

너 워디 가냐?

묻드라.

빨래 가요.

빨래 쫌 있다가 가고 이리 잠 와봐라.

빨래가 겁나 많아서 얼른 가야 되라.

에헤, 쪼매 오랑게.

할말 있으믄 거기서 하시요.

아따 말 안 듣네.

이라등만 방문을 열고 나와서 내 폴목을 확 나꿔채드란 말이다.

워째 이러요.

폴을 뺄라고 그랑게 사정없이 나를 다라이채 방으로 끌고 들어가야. 그람서 나를 자빠뜨레갖고 올라탈라고 막 그러드라이. 나가 용을 씀서 빠져나갈라고 그랑게

소용 읎다이, 니가 심으로는 안 됭게 포기하고 말 들어라, 안

그래도 우리 엄니가 올 안으로 너랑 나랑 엮어준다 그러드라. 이왕 엮어지는 거 아니겄냐.

아, 이 지랄을 하드라야 히히. 내 옷을 막 베낄라고 그래서 믿었던 아짐쎄가 야속허기도 하고 아들놈덜이 징그럽기도 하고 해서 그래, 너는 나무 져날르믄서 심을 키웠다믄 나는 빨래로 심을 키웠다, 속으로 맘 묵고는 그냥 그놈 손구락을 인정사정 읎이 꽉신 물어부렀다. 아야야, 비명을 지름서 튕겨나강게 나가 폴딱 일어서서는 다라이 안에 있는 빨래방맹이로 대갑빡을 내리쎄리부렀서야. 오매 나 죽네, 하고는 대가리를 싸매고 꾸부러징게 오냐 뒤져부러라 이 썩을 것아, 하고는 몇 대 더 씨언하게 조사부렀다. 죽는다고 방바닥을 뒹굴다가 팽, 도망을 가드라. 으쨔냐, 잘했지야. 흐흐.

그 대목에서 할매는 한동안 말을 잇지 않았는데 보아하니 그때 그 사람을 패 조지던 기분에 잡혀 있는 듯했다. 그 동안 한번도 들어보지 못했던 대목이라서 재미가 난 내가 그래서 워찼게 됐소 야? 얼릉 해보이다, 채근을 해도 담배 한 대를 다 빨아들일 때까지 나만 뻔히 쳐다보고 있다가 이윽고 다시 입을 열었다.

뽀채지 말어야. 그랑게 그 참에 나도 그 집을 나와서 또 안 길있나. 어니가 워니요? 눌어봐쌈서 걷고 또 걷고 그랬다. 넘으 집 굴떡 밑이서도 자고 주막 같은 디서 일 해주고 읃어묵고 자고 함서 가다보니께 인자는 꺼꿀로 한참을 지나와 부렀어야.

그걸 워치게 알었냐믄 워떤 주막이서 하루 나무하고 설거지 해주고 읃어자는디 밤중에 오짐이 마래서 밖으로 나왔어야. 보름 달빛이 감나무고 독아지고 담쟁이고 펭상이고 도굿통이고 모다 훤한디 하얀 소복을 입은 젊은 색시 하나가 시암 옆이서 달을 쳐다보고 있드라. 나는 첨에 무슨 구신인 줄 알었다. 바리데기가 환생헌 줄 알었당게. 가만히 봉게 달을 쳐다보믄서 소리도 안 나게 울드라. 달빛에 눈물이 빤짝거린게 나가 알었제. 어째 울까 싶어서 숨도 못 쉬고 쳐다보고 있는디 아, 신발을 벗드란 말이여. 긍게 시암에 빠져 죽을라고 그런거제. 아이고매, 나가 덤벼들어서 막 시암에 들어갈라고 허는 것을 허리를 잡었어야.

이것 놋씨요, 지발 이것 놋씨요.

앙탈을 하는디

잠 나와보시요, 사람이 죽을라고 그라요.

악을 씅게 사람들이 문짝을 열고

아이고 아가.

험서 풍채가 좋은 노인네가 쫓아 나오드라. 듣고 봉게 샥시가 시집온 지 슥 달 만에 서방이 징용을 끌려갔는디 죽었다는 기별이 온 것이여. 그래서 시댁이서 샥시를 도로 친정으로 델다 주로 가는 중에 주막에 들었던 거제. 노인네가 밤새 지키고 앉았기도 거시기항께 나보고 잠 지케달라고 그라드라. 그래서 그 샥시 방에서 같이 날밤을 샜어야.

알고 봉게 그 샥시 친정이 우리 마을하구 산 하나 이짝 저짝이드라. 나가 그띠는 사램이 죽는 것이 뭔지나 잘 알었겄냐. 그때 샥시가 왜 죽을라고 그랬는지 얼른 몰르겄드라. 서방이라는 것이 죽으믄 저렇게 따라 죽어야 쓰는갑구나 그런 생각만 들드라.

나가 살어 뭐한다요. 서방 죽었는디 나가 살어 뭣한다요. 봇시요. 왜 날 말갰소. 아까침에 말개지만 안 했어도 지금쯤 죽어서 쩌기로 갔을 건디…….

샥시가 그렇게 우는디 나가 뭐래기는 뭐랬겄냐. 암말 않고 딜다보고만 있었제.

그 대목에서 할매는 독이란 독은 모두 써버리고 기진한, 또아리까지 풀어버린 암뱀처럼 보였다.

다음날 노인네가 내 말을 듣고는 길을 잘 아니께 데려다주마 해서 같이 따라갔다. 한나절을 걸으니께, 긍게 나가 가던 쪽하고 반대로 다시 올라온 것이제. 뭔 산이 나오는디 산 밑이서

아이, 느그 집은 저짝으로 질게 가믄 나온다.

해서 헤어지고는 한참 걷다보니께 아닌게아니라 산 모냥이 슬슬 눈에 익등만 우리 동네가 나오드라. 그냥 맨발로 쫓아서 올라강게 거진 저녁이 다 되았는디 엄니가 보이드란 말이다. 도구통에다가 보리쌀을 돌리고 있다가

엄니.

부르니께 오매, 놀라등만

아가, 내 새끼야.

험서 달려들어 나 손을 잡드라. 그랑게 도망질 쳐서 일 년하고 슥 달 만에 집에 온 것이제. 참 많이도 울었어야. 엄니 손만 잡고 뻐칠 때까지 울어부렀다. 밤에 듣고 봉게 주인집서 멧 번 찾으러 왔다고 하드라. 인자 안 오겄지라 인자 엄니하고 살라요, 동상늘하고 살라요. 사정을 했다이. 나 밑이 동생은 나가 종년가기 전에 업어주기도 하고 그랬응게 알겄는디 그 밑이 둘은 그때 츰 봤지 뭐어. 저기, 원지 봤제? 저짝 산 너메 사는 동상네하구 서울서 사는 것들. 이, 그래 재섭이네 하고 홍섭이네. 그 동상네를 그때 츰 봤당게. 그런디 아부는 밤새 댐배만 피우등만 다음날 나보고

가자, 따라온나.

해서 따라갔제. 시오리 걸어 워디 집이다가 나를 놓고는

너는 인자 이 집서 살아라이. 너는 인자 죽어도 이집 구신이 되어야 쓴다.

하고는 가불드라. 우리 집서 딱 하룻밤 자고 민며느리로 들어간 것이여 나가.

그 대목에서 할매는 울듯울듯 하면서도 울지는 않았는데 할매가 남 앞에서 눈물을 보인 적은 없었다. 할매는 눈물 대신 소리로 우는 이였다. 나는 할매의 대목대목들을 이제 끊어놓아야겠다 싶었다. 그렇지 않으면 안방에서 할매 혼자 울 때 노상 나오는 대목들이 또 나올 듯했는데, 일본 가서 살다가 해방되고 들어오던 배에서 미군 폭격기에 놀란 사람들이 이쪽저쪽으로 우쏠리는 틈에 발에 밟혀 죽은 큰딸 이야기나 정신이 살짝 나간 영감이 집 버리고 돌아다니다가 산에서 얼어 죽어버렸다는 그날까지 나온다면 할매 홀로 버티기에는 너무나도 많은 대목들이 되레 할매의 목을 감고들 것 같았기 때문이었다.

첫날밤 생각나요?

생각나제. 근디 건 뭣하게 묻는다냐?

할매는 낄낄 웃었다.

기분이 워챘습디여?

기분이란 것이 뭐 있었간디.

좋았제라?

그래 좋았다. 으짤래.

또 낄낄 웃었다.

한분 더 해봤으믄 쓰겄제라이.

지랄한다. 열니 살에 민며느리로 들어가 두 해 동안 같이 밥 묵고 같이 밭 매고 같이 물긷고 했는디 뭐 새삼스럽게 별난 게 있겄냐?

오매, 그람 그전이 먼저 했소?

허기는 뭘 해.

워처께 합디여.

그때라고 다르겄냐. 시암이서 동이를 들어올리믄…… 얼래 총각이 별 소리를 다한다 이.

할매도 참 넘새스럽소 이.

아, 몰라, 나 갈란다.

아따 할매. 나가 잘못했소.

…….

영감님 보고 잡제라.

보고 잡다. 으짤래.

워쩌기는, 그냥 물어본거제라.

니가 나한테 영감 만나게 해줄래?

나보고 할매를 직에달라 그 말이요?

그래 직에도라.

아따 취했소. 그만 가 자시요.

한참이나 더 씨월대다가 할매는 깨진 독 보듬은 것마냥 비틀비틀 걸어갔고 그에 누군가와 만났드랬다.

참말로 무섭습디다 이.

이른 아침 샘가에서 본 할매의 얼굴은 그러나 죽은 자의 그것은 아니었다. 할매는 그새 뽑아 올렸던 대가리를 거둬들였거나

또아리를 틀었던 영감의 길고 긴 혀를 향 살라 올려보냈는지 멀쩡한 얼굴로 개밥을 끓이고 있었는데 그 너머로 날파리들처럼 가로등 주변에서 힘들게 슬렁슬렁 날개짓을 하던 안개 끄스러기들은 서서히 푸르스름한 기운으로 변해 흩어지며 짧았던 하룻밤의 삶을 마감하고 있었다.

뭐가 무섭간.

나는 참말로 오늘 새복에 할매가 꼭 죽는 줄 알았소.

나가 죽어?

야, 맨날 영감님 아니믄 엄니 아부지를 부르기만 하다가 주무시던디 어저께는 꼭 참말로 영감님하고 서로 말을 합디다이.

그랬냐?

생각 안 나요?

안 난다.

그짓말 마시요, 영감님허고 모처럼 만내서 회포도 풀었겄구만.

별 대꾸가 없는 할매의 얼굴은 흙으로 대충 지어올린 아궁이에서 삐져나온 붉은 불기운 때문에 황동색으로 더 무겁게 보였다. 어느 친척의 주선으로 날짜 지나 반품된 어묵 얻어온 것에 보리쌀과 푸성귀와 된장을 두고 끓이는 개밥솥에서는 구수한 냄새와 함께 김이 뭉클뭉클 피어올라 사라져가는 안개 뒤꽁무니에 매달리고 있었다.

한 그럭 할래?

개밥을 먹겠느냐는 소리였다. 그도 그럴 것이었다. 사람 바글거리는 곳을 버리고 산과 호수와 밭이 있는 이곳에 입산(入山)하는 기분으로 이사 온 지 얼마 되지 않았던 어느 새벽에 나는 두고 온 것들에 대한 미련을 못 버리고 마셨던 술에 시달리다 잠에서 깨었다. 변소에서 한 바가지의 오줌을 쏟고 정신없이 구역질도 하고 나니 속이 어찌나 쓰리고 허전한지 견딜 수가 없었다. 아니, 집은 텅 비었는데 어디선가 구수한 냄새가 내 속에 거지를 들여앉혀둔 것이었다. 나는 그 기가 막힌 냄새를 풍기는 곳이 솥단지임을 알았고 뚜껑을 열자 거기에는 김이 모락모락 나는 국밥이 그득 들어 있었다. 염치불구, 할매들이란 게 원래 이런 국밥을 참으로 잘 끓이는 이들이랑게, 어쩌고 하며 국자로 국물까지 넉넉하게 건져내어 퍼먹었다. 개들이 지랄발광을 하든 말든 맛 하나는 끔찍하게도 기가 막혔다.

모다 사램이 묵는 것으로 낄힌 것인디 괜찮제.

그 구수한 멀국이 갈라진 위장 사이로 속속 스며들어 긴 숨을 내쉴 때쯤 가게로 해장 나갔던 할매가 돌아와서 내 밥을 개밥으로 퍼주며 아무 일도 아닌 듯 중얼거렸다. 배가 불러 나는 할매를 쳐다보며 헐헐 웃기밖에 못했다.

들어가서 밥 묵을라요. 자꾸 개밥 뺏어 묵으믄 쓰겄소.

할매는 별 대꾸 없이 장작개비를 더 쑤셔넣으며 볼에 황동색만 키웠다. 하긴 내가 이곳에 와서 먹는 게 개나 개밥만이 아니었다. 할매의 손은 총각 남정이 보기에는 참으로 기찬 데가 있어 손이 가는 곳에서 먹을 게 나왔다. 나는 사실 나물이라곤 시장 좌판에 흔하디흔한 것밖에 몰랐었는데 이곳으로 와서 냉이 달래 벌금자리 국수댕이 비름 돌나물 쓴나물을 알았고 그것들을 캐는 방법이나 해먹는 요량을 배웠다. 멀리 두면 눈에 띄지도 않고 가까이 두어도 모르는 눈으로 보면 백날 잡풀에 불과한 것들이 사램이 못 묵는 것이 뭐 있간디. 개구리밥이나 못 묵을까.
하는 할매의 입과 손을 거치는 순간 쌉싸름하면서도 감칠맛 도는 먹을거리로 변하는 것을 보면 참으로 재주는 재주였다.

어제 할매와 안주로 먹다 남긴 돌나물김치 멀국에 찬밥을 말아 뒤틀린 위장을 바르게 펴고 있는데 할매는 그건 그렇고 개나 좀 잡아달라고 했다. 할매 집에 흔한 게 푸성귀 다음으로 개였다. 내가 사는 뒷방에서 변소를 가려면 우물가와 할매가 개밥 끓이는 솥과 텃밭을 지나야 하는데 그중 유별나게 소란스러운 곳이 개집이었다. 검둥이 누렁이 상관없이 손에 잡히는 대로 먹여 길렀는데 잡거나 팔려나가고 또 강아지가 들어오고 하여 노상 예닐곱 마리가 언제나 살고 있었다. 보거나, 먹거나 어느 한 쪽으로 치우치지 않고 고루 가까이하는 나는 어쩌다 과자 부스러기가 생기면 던져주었고 이름도 붙여주곤 했다. 놈들은 내가 나타나기만 하면 울에 다리를 걸치며 꼬리를 쳤다.

검둥이 두 놈만 잠 잡아도랑개.

세들어 산 지 석 달된 즈음이었다. 그때는 강아지 네 마리에 제법 큰 얼룩이가 있었는데 얼룩이는 암놈이었고 나하고 금방 정이 들었다. 얼순아(내가 붙여준 이름이다), 부르면 소리만 듣고도 몸을 잔뜩 땅바닥에 붙이고 꼬리로 노를 저어 상감 맞는 궁녀처럼 궁둥이를 끝간 데 없이 벌려대며 어쩔 줄 몰라했다.

어느 날 돌아와보니 할매네 안방이 찾아온 아들과 딸네들로 시끌벅적했다. 내 방에 가 앉아 있자니 할매는 불에 달궈진 새우 껍질 얼굴로 앉은뱅이 냄비와 소주 한 병, 깻잎, 마늘, 양파를 소반에 받쳐 밀어넣어주었다. 얼순이었다.

밤중에 변소 가서 똥눌 때 문을 살짝 열어놓으면 낑낑대며 내 얼굴을 바라보곤 하던 얼순이가 고사리와 깻잎에 뒤엉켜 기름 둥둥 뜬 국물 속에 빠져 있었다. 나는 한동안의 생활비를 벌기 위해 여러 날째 도시 저쪽으로 새벽 차를 타고 가 종일 등짐을 져 날랐기에 너무 지쳐 있었고 배가 고팠으므로, 그리고 그 구수한 기름국의 유혹이 너무나 컸기에 먹고 마셨다. 얼순이가 내 몸속에서 컹컹 짖었다. 어쩌면 나는 내가 아니고 이미 얼순이어서 짖을 곳을 찾고자 뒷산 호수로 도둑놈처럼 슬며시 올라가 푸르딩딩한 색깔을 만들어내는 초저녁 기운 아래에서 수음을 했다. 슬퍼서, 비장해져서 수음이라도 하지 않으면 빌어먹고 나자빠질, 내가 어떻게 될 것 같았다. 마치 내 몸에서 얼순이의 그 팅팅 불거진 젖꼭지들이 돋아날 것 같았다. 얼순이는 모르쇠로 늘어붙어 끈기 있게 버티다가 비로소 나의 지고한 노력 끝에 뿜어져나와 호수 속으로, 그 푸르딩딩한 색깔 속으로 사라져갔다. 얼순이를 내보내느라 힘을 써버린 나는 한동안 병든 괭이모양 멍하니 잔물결 하나 없는 호수 표면을 바라보면서, 점차 그것들이 하늘과 산에서 만들어진 색깔에 잠식당하다가 끝내 이거여도 좋고 저거여도 좋은 상태가 되는 것을 바라보면서 다시는 정이 든 개를 먹지 않겠다고 참으로 볼썽사나운 약조를 스스로 하기도 했다. 그 뒤로는 유난히 밉살스러운 놈만 먹었는데 하긴 검둥이들이 유독 밉상이기는 했다.

내가 개를 워치게 잡는다요.

왜 못한다냐. 장젱이.

저그, 개 잘잡는 대나무집 영감 안 있소.

딸네 갔단다.

그래도 못 한단 말이요.

그람 저 둔덕 너매 개 도축장에서 좀 잡어와.

난 검둥이 두 마리를 끌고 빈 리어카를 밀며 철길 아래 개잡는 집엘 갔다. 뭐 별 차이는 없겠지만 그래도 그 두 놈을 죽이기 위해 리어카에 싣고 가지는 못할 노릇이었다. 목에 사슬이 걸리고부터 한 번도 제대로 걸어보지 못했던, 한 마리는 따라오지 않으려고 아예 네 다리를 뻗대고 또 한 마리는 멋도 모르고 길가에 나 있는 잡풀과 돌무더기에 코를 쑤셔박으며 정신없이 휘돌이를 해댔기에 놈들을 끌고 그 집에 가기까지 적잖이 힘이 들었다.

낮은 언덕을 넘고 마늘밭과 건널목을 지나 산모롱이를 돌자 외따로 떨어진, 그 개잡는 집이 나왔다. 눈이 날카롭게 찢어진데다 키는 전봇대만한 개도둑 사내와 (개를 사러 다니다가 주인이 없으면 훔쳐간다고 소문난 이다) 겉모양이 사촌쯤은 족히 되고도 남을 남자들이 피 묻은 팔뚝을 어깨에 달고 있고 금복주 소주병에 붙어 앉아 있는 게 더 어울릴 것 같은 또다른 하나는 산만한 배에 겹겹이 주름을 만들며 마룻장에 앉아 화투패를 나누고 있었다.

마을과 뚝 떨어진 이 집은 낡은 지붕에 풀까지 솟았고 돌담에는 먼지와 이끼가 뒤섞여 있었는데 마당 하나는 확실히 넓었다. 평평한 징검돌이 놓여 있는 마당을 가로지르면 다섯 개의 교수대가 있었다. 이미 그곳에는 두 마리가 하늘로 오르다 못해 축 늘어져 있고 한 마리는 마지막 몸부림을 치며 제 몸에서 나머지 영혼의 찌꺼기를 힘겹게 내보내고 있었다. 그 옆에는 커다란 가마솥에서 김이 뿜어져 나오고 있어 담벼락 구멍에서 조각조각 부서지는 햇살만 아니었더라면 내가 죽어 야차들이 설치는 지옥

에라도 들어온 것 같은 착각이 들 뻔했다.

뭐요?

개도둑 사내가 개 같은 눈을 찢으며 물었고 나는 개를 잡고자 왔다고 대답했다. 사내는 두말 않고 겁에 질려 오금을 떠는 놈과 아직도 정신을 못 차리고 사방팔방을 두리번거리며 풀이나 돌멩이나 이런 것들을 찔러보고 건드려보고 하는 놈을(저가 처한 상황을 짐작하고 가만히 죽음을 기다리는 놈과 죽기 전에 한 번이라도 세상의 것들을 상관해보고 싶어하는 놈 중 어떤 놈이 더 현명한지는 글쎄 잘 모르기는 했다) 덥석 쥐더니 마치 옥수수를 묶어 걸어놓듯이 너무도 쉽게 교수형에 처해버렸다.

나는 허공에서 버둥대는 놈들을 피해 마룻장으로 고개를 돌렸다. 사내들은 자신들이 떠나보내는 영혼들을 위한 약간의 경건함도 없이 바쁘게 패를 돌리고 피 묻은 똥피로 피 묻은 똥광을 먹고 있었다. 검둥이들은 죽었고 도깨비들 입에서 나온다는 화염보다도 더 무섭게 뿜어져나오는 가스불에 털이 타고 살결이 그슬려졌으며 그 중 껍질 두어 토막은 된장과 마늘과 소주와 어우러져 사내들의 뱃속으로 들어갔다. 나는 조용히 그 작업이 끝나기를 기다렸다가 할매가 반 값에 잡아오라고만 했기에 각은 뜰 필요 없다고 말하고 리어카에 그것들을 싣고 구불텅거리는 길을 다시 걸었다. 두 놈은 리어카 안에서 너무나도 조용하게 있었으므로 아주 편하게 올 수 있었다.

털로 뒤덮인 몸체를 보면 제법 큰 것 같지만 털을 태우고 나니 한 주먹거리밖에 되지 않는 놈들을 할매는 식칼을 갈아와 각을 뜨기 시작하고 나는 옆에서 쪼그려 앉아 구경했다.

개는 죽으믄 워디로 갈꺼라…… 사람 있는 디로 따라갈꺼라,

아니믄 즈그들끼리 따로 갈까라. 참말로.

워치께 안다냐.

할매만큼 살었으믄 어디 짐작 잠 안 돼요?

그거 알믄 뭣한다냐?

……왜 자식들은 좋아하는디 할매는 개고기럴 못 묵소?

영감이 개를 참 좋아했어야. 영감이 골골하다가도 개장국만 들여놓으믄 땀을 뻘뻘 흘리며 묵었어야. 속이 헛헛한 거제 뭐. 굶는 게 하루 큰일처럼 살었응게. 그렇게 살었응게.

하긴 그랬을 것이다. 안방 천장 밑에 모셔진 영감의 사진을 보면, 온통 가는 선만으로 이루어져 있었다. 몇 줄 되지 않는 머리카락, 주름과 별로 분간이 안 되는 얼굴 선과 잡스런 주름살들과 얇고 긴 입술, 신경질적으로 날선 콧날 따위가 개장국 아니면 육신을 움직이기 힘들 몰골이었다. 그러나 그 흑백사진은 죽은 이가 아직도 이 세상과 관여하고 있다는 증거이기는 했다.

할매는 배를 죽 가른 다음 식도를 끊고 심장 간 폐 위장 대장 소장을 한꺼번에 들어내어 함지박에 담은 다음 호스를 내장이 빠져나가고 남은 갈비뼈 막에 쏘았다. 뻘건 핏물이 내를 이루어 길게 채송화를 거느리고 있는 대추나무 옆 하수도로 빠져나갔다. 핏물은 굽이가 쳐서 무더기의 맨 끝, 대추나무 바로 아래 한 포기 채송화의 몸을 적셨고 나는 그것을 보다가 저 채송화한테 개귀신이 쓰이겠다는 생각을 했다. 할매는 내장을 한바탕 닦달한 다음 각 관절 사이로 칼을 집어넣어 뼈와 뼈끼리, 살과 살끼리 잘라내었다.

할매 손에 죽은 개가 숱하겄소이.

아니어. 이 짓두 츰엔 못 했어야. 영감 살았을 적이는 영감이다 했는디 영감 세상 베리고 나자 새끼들 믹일라고 허다 봉게 나가 이 짓 허게 안 되았냐. 그때까정은 개 끄슬리는 데도 못 갔어야. 무서버서. 짠하고 무서버서.

…….

히우…… 몰르겄다. 개 잡으믄 죄받을 줄 알고 절이두 못 갔는디 인자는 모르겄다 야. 자석들 믹일라고 하니께 하제. 죄받으믄 받제 어쩐다냐.

…….

뭣한다냐.

꽃 보요.

뭔 꽃아.

채송화요.

이.

핏물을 머금은 채송화꽃은 이제 막 정오가 지났기에 그 오롯한 꽃잎을 막 오므리기 시작하고 있었다. 나는 할매가 막걸리를 받으러 간 사이에 오란씨 피이티 병을 잘라 개 잡을 때마다 핏물을 머금은 그 채송화를 옮겨 심고는 얼른 내 방에 갖다 놓았다.

할매와 나는 대야에 뒤섞여 담긴 검둥이 두 놈을 옆에 두고 막걸리를 마셨으며 (할매와 나는 이렇다. 비 온다, 비 갰다, 해 떴다, 해 졌다, 누가 왔다, 누가 갔다; 아무도 오거나 가지를 않아 심심하다, 따분하다, 서럽다, 구진스럽다, 헛헛하다, 이것 저것 너무 할 일이 없다 따위의 이유를 붙여 노상 막걸리를 가까이했는데 이를테면 이번처럼 내가 할매 심부름을 했거나 해서 할매가 사거나 아니면 할매가 변소를 펐다, 물김치를 담가주었다 식의 크고 단단한 이유가 있을 때의 술은 다른 때보다 조금은 뒤가 든든하고 더 행복했다) 제각기 제 방에 앉아 가만히 있다가 저녁을 맞이했으며 그리고 할매의 딸과 사위와 아들들과 며느리들이 왔다.

밤중에 나는 억지로 불려나가 내장 두어 점을 얻어먹다가 구석에서 뾰루퉁한 얼굴로 벽만 노려보고 있는 큰며느리 바라보기가 너무 뭣해 슬그머니 돌아왔다. 이 집 식구들이 모여 개고기 먹는 장면은 제법 장관이다. 할매는 먹는 모습만 빤히 쳐다보면서 간간이 시중만 들고 그이들은 김이 오르는 멀국통과 도마와 부추와 소주병을 가운데 두고 빙 둘러앉아 땀을 삐질삐질 흘리며 내장을 집어먹고 큰며느리는 으레 굳어진 얼굴이었다. 하룻밤 자고 다음날 오후가 되자 각단지게 한 묶음의 고기와 뼈를 들고 그들은 갔다. 그들이 가고 나서야 할매는 쟁반에 탕을 한 사발 들고 와 내 방에 놓고 갔다.

나는 검둥이들이 나를 손님으로 착각해 짖다가 나중에야 알아보곤 하던 그 멍청함과 저가 조금이라도 수가 틀리면 주인한테도 으르렁대던 불충함과 붙임성이 없어 그저 고기로밖에 쓸모가 없었던 점을 억지로 기억해내며 그것을 먹었고 소주를 마셨다. 취했다. 이것도 참으로 가난한 병이다. 소주 두 홉이면 그럭저럭 밤을 넘기련만 기름 뜬 고깃국이 뭐라고 술을 더 마셔야 할 것 같단 말인가. 밤중에 가는귀 먹은 상점 두드리기도 뭣해 아예 됫병으로 사다둔 소주를 그 껍질이 둥둥 뜬 국물에 거진 반 병 너머 비웠던 것이다.

검둥이탕 한 그릇 등에 업고 노상 마시던 양의 두 배를 마셔버린 나는 이틀 전 할매가 그랬던 것처럼 홀로 주절거리기 시작했다.

나는 취해 어제 옮겨다 놓은 채송화를 보고 있었는데 채송화는 별과 친한 것이라 시든 눈으로 보기에도 잔뜩 시들어 있었다. 내 방은 종일 가도 빛이 들지 않는 데다 노상 꿉꿉하게 습기가 떠돌아 그 가당찮은 화분에 흙 골라지라고 뿌려놓은 물도 말라 있지 않았다. 그냥 두면 죽을 것 같아서 그것과 이런저런 이야기를 하고 있는데

누가 왔다냐?

베니어판 너머에서 할매의 목소리가 나와 채송화와의 관계를 끊어놓았다.

술 자셌소?

그래 묵었다, 으짤래?

으짜기는…… 점빵서 자셌소?

…… 나가 이, 일곱 살 적에 넘으 집으로 종살이를 갔는디이…….

아따, 그건 했소.

할매는 한동안 말이 없었다. 보아하니 자기가 했는지 안 했는지 궁리하는 게 아니고 멀고 먼 엉뚱한 세계로 순식간에 한 행비한 듯했다.

아이, 그 씨발년이 나보고 지랄을 하드란 말다.

할매 목소리에 유독 가래 끓는 소리가 났다. 상할 대로 상한 속이 술과 만났다는 뜻이었다. 두 집 건너 홀로 사는 장촌댁 할매는 외동딸 하나 두고 청춘에 과부된 이로 할매와 친구긴 한데 툭하면 서로 감정이 상하는 관계였다.

또 쌈했소?

쟈가 조란당게. 나가 뭣하러 그런 것하고 쌈한다냐? 메느리가…….

할매는 이틀에 걸쳐 며느리와의 한판을 치렀다. 누가 이기든 지든 그러고 나면 할매는 꼭 가게에 가서 그 집주인 아줌마나 장촌댁 할매랑 술을 마시고 돌아왔다. 속이 상해 며느리 흉을 봤을 것이고 장촌댁 할매는 또 호강에 받쳐 요강에 똥싸는 소리하고 자빠졌다고 타박을 했을 터였다. 말이지, 뭐 그 정도에서 나나 할매나 더 말할 필요가 없었다.

앗따, 얼릉 자시요.

누가 왔간디 말을 해싼다냐.

아무도 아니요. 얼렁 자랑게라.

뭐한디 너는 떠들고 나보고만 빨리 자라고 그라냐.

나가 취했소. 그래서 할매 말도 듣기 싫고 그랑게 암말 마시요.

누구랑 말 하냥게.

아따, 채송화하고 말하요. 할매 자랑께 드럽게도 뽀치기는. 잠 안 오요? 그라시요. 그래 뿔시요. 조지나…… 세상 천지 만물 중에, 그 소리 한 가닥 해불시요.

할매 한다.

세사앙 처은지 마으은므을 중에 나가이치 서루운 니 이있거 었냐아

우리 아부 무신 여엉화를 볼라고 나를 놓고
우리 엄니 무신 여엉화를 볼라고 나를 질러
조옷타는 복 다 내부르고 워째 저승사람 되았소

열여섯 청춘 부질읎다아

키질해서 부모 믹이고 너물 뜯어 서방 믹이고

새옷 사서 아들 입히고 빨래해서 딸네 입히고

무신 죄를 지었가니 애간장을 한숨으로 녹이는고

춘하추동 세월 가도 이 내 몸은 찬바람 부는 하늘 기러기 신세

세사앙 처은지 마으은므을 중에 나 맹이 서루운 니 또 이있거었냐아

워따 잘하요. 가수 하시요. 하춘화 하시요. 하춘화 하랑께 어째 안 하요. 옴매 참말로…… 뭐하로 우요. 왜 또 울어라우. 와따 우지 마랑께라. 아니, 아니, 아니, 아니, 우시요, 나가 잘못해서 우시요? 녕감 보고 잡소? 이런 씨…… 하여간 보고 잡겄제라. 씨언하게 울어불시요. 그것백에 할 것이 또 뭐가 있겄소.

근디 할매는 평생 봤던 사람잉게 좀 나슬 것이요. 나는이라…… 아 자랑게. 자부르란 말이요. 뒤져부르란 말이요. 나도 죽어불랑게.

새 우요. 새가 웅께 할매는 우지 마이다. 새가 대신 안 우요이. 글고 봉게 갑재기 생각난 것이 하나 있소. 노랜디라우. 노랜디 그런 것이 있디란 말이요. 긍게 그것이 옛날이 산날이 학교서 배운 건디,

나는 부를 때마다 가락이 달라지는 할매의 창가를 본떠 한가락 뽑았다.

우러어라 우러어라 새에여 자고오니이러 우러어라 새여어

너어얼라와아 시이르음하안 나아도오 자고니이러어 우니노오 오라

가드은 새에 가드은 새에 보온다 무을 아래에 가드은 새에 보온다…….

뭐 그런 것인디요. 그것이 뭔 말이냐 하믄 날아가는 새를 보는디, 아따 조용하란 말이요, 새 미잘을 보든 공알을 보든 하여간 새를 보는디 긍께 그 잡것이 막 자다가 깨갔고 새 좆 빠지듯이 날아가는디, 예, 뭐라? 나가 안다요? 숫놈이믄 좆 빠지고 암놈이믄 씹 빠지고 그러겄제라. 하여간 그 새가 날아가는디 너처럼 나도 자빠져 자고 나서 또 너처럼 지랄맞게 운다 그거요. 왜 울겄소? 할매 같은 게 울제. 새가 대신 안 웁디여. 우리 그냥 울등가 자등가 합시다. 세살(말)은 그만 좀 까고.

내 말 알긋냐, 요 막걸리 잔아. 이 평생 썩은 물만 떠받치고 산 것아, 살아갈 것아.

아따 아니랑게, 나가 막걸리잔한테 한 소리랑게. 채송화한테 한 소리란 말이요. 뭐라고라. 미쳤소? 취했소? 할매는 맨날 죽어부른 구신한테 말하는디 나는 살아 있는 그럭한테 말도 못 한단 말이요? 살아 있는 채송화한티 말도 못 붙인단 말이요? 차라리 자랑개라. 밤새 울랑개라.

할매가 운다 해봤자 소리나 창가로 우는 것인데, 그렇게 둘은 합판을 사이에 두고 소리로나 징징거리며 시간을 보냈다. 다시 저 호수에서 물알갱이들이 피어오르고 피어오른 것들이 장하게 승천도 못 하고 간신히 가로등 아래로나 서넛 모이는 때가 되자 할매는 기영코 또 모가지를 열두 발 솟구쳐 올려 귀신 만나는

소리를 냈다. 그러고 보면 저 호수에 사는 이무기는 햇수가 짧은 놈이었다.

날 샜다. 할매 진작 일어나고 나는 한참이나 더 있다가 깼다.

검둥이는 내 몸속에서 완전히 분해가 된 모양이다. 아침에 산에를 갔다오니 배가 고프다. 똥은 누지 않았고 수음도 하지 않았으므로 검둥이의 살은 내 몸속 어디론가로 잠적했는데, 이미 나와 같은 것이 되었는지도 몰랐다. 그렇다면 우리는 아메바나 짚신벌레들처럼 끊임없이 서로 만나서 한몸이 되었다가 사그라지는 그런 것인가. 소화(消化)라는 게 어쩌면 콩나물이나 냉이나 고추나 마늘이나 쑥이나 검둥이나 누렁이나 이런 것들의 살과 내 살을 한데 뭉쳐 또하나의 나를 만들어내는 것의 다른 이름 아닌가. 냉이를 아무리 먹어도 내 몸이 냉이가 되지 않듯 무덤 위에서 송장을 빨아먹고 사는 쑥이 사람이 되지 않듯 모든 게 나로 들어와 내가 되는 것인가. 그럼 검둥이나 나는 처음부터 다른 것인가 같은 것인가.

어쩌면 할매는 이미 영감이 되어버렸고 어쩌면 영감은 죽는 순간부터 할매의 몸속으로 들어와 할매가 되어버린 것은 아닌가.

아이, 어저께 취했드냐.

야, 취했어라. 개장국만 묵으믄 술이 더 취단께라.

흐흐. 어째, 해장 한 잔 해부끄나.

안 할라요. 나가서 일거리나 찾아볼라요.

워채, 한 멫칠 안 나가등만.

인자 또 나가봐야제라.

그랴, 벌어야제.

…….

…….

한나 물어봅시다.

뭐시간디.

녕감 만났제라.

뭐한다고 아측부터 고런 말을 한다냐.

녕감님 만났제라. 녕감님이 뭐라고 했습디여?

만내기는 누를 만내? 죽은 사램을 워칙게 만난다냐? 꿈속이믄 몰라도.

할매는 광에서 헌병 화이버에 작대기를 뚫어 박은 두레박을 꺼냈다. 그러면 나는 일 나가는 것을 내일로 미루고 막걸리를 받으러 가야 했다. 막걸리 한 되 받아오자 할매는 국회의원 선거 때 받은 수건으로 머리를 넉넉하게 두르고 있었다. 밭이고 나무고 들이고 풀이고 돌멩이에 내리쬐는 아침 햇살 사이에서 두레박을 꼬나 쥐고 있는 할매는 마치 종교적인 장군처럼 보여 나는 푸시시 웃음이 나왔다.

어째 웃는다냐?

안 웃었어라.

나가 웃기냐?

야, 웃깁디다. 겁나게 웃깁디다.

뭐 땜시.

맨날 돌아가신 녕감이랑 만내는디 그람 웃기제라.

그 말에 할매는 대답 않고 내가 따라놓은 막걸리만 한 잔 쭈욱 들이켰다.

만났제라.

그래 만났다. 으짤래.

뭐랍디여?

추워지기 전이 뎃고 간다고 그라드라, 이 벅수야.

참말로 그랍디여?

할매는 한동안 아카시아꽃으로 수놓은 산을 바라보다가 변소로 향했다. 내가 할 일은 뻔했다. 나는 괭이를 들고 텃밭 고랑을 파기 시작했다. 할매가 니 똥 내 똥 구분 없이 퍼온 것이 들어갈 곳이다. 고랑을 갈던 사이 언뜻 보니 몸의 반을 변소 속에 들이밀고 있는 할매한테서 냄새가 풀풀 피어올랐다. 저 똥이 변소칸 안에서 묵어 독(毒)이 다 걸러졌단다. 그러고 보면 할매는 어렸을 적 종살이하듯 저승에서 이승으로, 몇 뼘의 육신에 영혼이 유배를 당해 험난한 일생으로 독을 빼고 이제 다시 맑은 모습으로 돌아갈 것인지도 몰랐다. 바리데기처럼 길고 긴 여정을 이제 서서히 끝내는 것인지도 모를 일이었다.

해가 중천인데 그제야 야호, 야아호 등산객들 다 올랐다는 소리가 생뚱맞게 들려온다.

수의(壽衣)

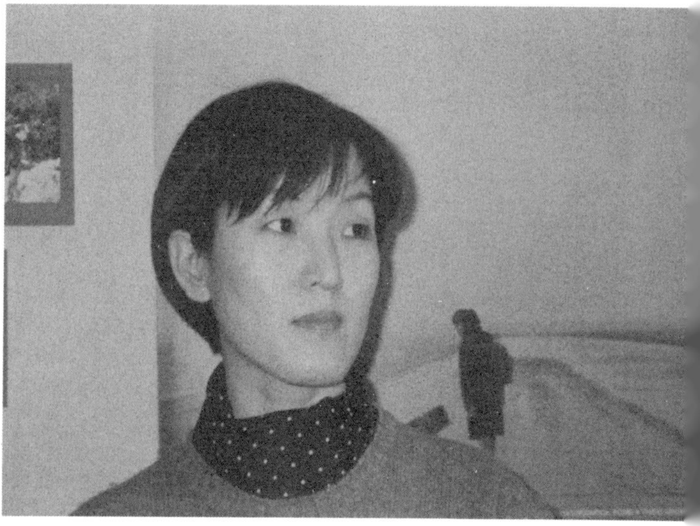

김이정

1960년 경북 안동에서 태어나 숭실대학교 철학과를 졸업하고 동대학원 국어국문학과를 수료했다.
1994년 문화일보 문예공모에 단편 「물 묻은 저녁 세상에 낮게 엎드려」가 당선되어 작품활동을 시작했다.
장편소설 『길 위에서 중얼거리다』가 있다.

수의(壽衣)

내가 아버지의 부음을 들은 것은 아홉시 뉴스가 막 끝나가던 무렵이었다. 외출복을 미처 갈아입지도 않은 채 의자에 앉아 멍하니 텔레비전 화면에 눈을 박고 있던 나는 갑작스런 전화벨 소리에 깜짝 놀라 일어섰다. 시계를 보니 집에 돌아온 지 이미 한 시간이 지나 있었다. 그 동안 나는 뉴스의 내용을 듣는 것도 아니면서 눈만 화면에 박고 있었던 것이다. 네 번의 벨이 울리자 나는 마지못해 전화기로 손을 뻗었다. 순간 전화기에서 내 목소리가 흘러나오기 시작했다. 아침에 나가면서 틀어놓은 자동응답기가 돌아가고 있었던 것이다.

저는 부재중입니다. 메시지를 녹음해주시면 연락드리겠습니다.

나의 부재를 알리는 목소리가 흘러나왔다. 목소리는 그 작은 방안은 물론 이 땅 어디에도 나라는 사람은 존재하지 않는다는 듯이 텅 비어 있었다. 그 순간 나는 잠시 자동응답기 속의 내 목소리가 알려주듯이 스스로 존재감이 느껴지지 않는, 완벽한 공허 속에 빠져버렸다. 순간적인 의식의 공백 상태였다. 그러나 곧 이어 울리는 삐 소리에 나는 다시 깨어났고 응답기에서는 몹시도 조심스러운 여자의 목소리가 흘러나왔다.

해연이네…… 맞지?

선뜻 기억나지 않는 낯선 목소리였다. 의자에서 일어나려던 나는 엉거주춤 다시 앉아버렸다.

나…… 미연이야. 시골…… 도서관 전화번호를 알 수가 없어서…… 여러 번 전화했는데…… 할 수 없이 녹음이라도 해놔야 할 것 같구나…… 아버지가…… 돌아가셨어…… 오늘 새벽에 …… 시간 되면 한번 다녀가…… 아니…… 꼭 와…… 마지막인데…….

낯선 목소리가 매우 느리고 힘겹게 이어졌다. 인내심이 부족한 응답기는 그녀가 말을 채 맺기도 전에 툭, 말끝을 잘라버렸다.

나는 끊어진 그녀의 말끝을 이어보기라도 할 듯 다시 자동응답기의 재생버튼을 눌렀다. 여자의 목소리는 두번째 들어도 역시 낯설었다. 아니 낯선 것은 여자의 목소리만이 아니었다. 여자의 목소리를 통해서 흘러나오는 말들…… 아버지, 돌아가셨어, 마지막…… 나는 마치 지구 반대편에 있는 어느 오지 마을의 해독불능의 언어라도 듣고 있는 듯한 느낌이었다.

경수의 마지막 말을 듣고 있던 순간에도 나는 그런 느낌에 빠졌었다. 해독불능의 언어를 듣고 있는 듯한 느낌. 말끝으로 번지는 여음이나 말 사이 사이 끼여들던 짧은 침묵까지, 오랫동안 귀에 익숙해져서 내 목소리보다 더 친숙하던 그의 음성이 그토록 낯설게 느껴질 수도 있다는 게 나는 다만 신기할 뿐이었다.

다른 여자를 사랑하게 됐어.

그의 마지막 말은 지금도 해독되지 못한 채 내 귓가를 떠돌고 있었다. 그러다가 어느 순간 예고도 없이 불쑥, 내 일상에 끼여들곤 했다. 도서관으로 걸려온 친구의 전화를 받는 중이거나 저녁 식사 후 몇 안 되는 그릇들에 두세 번씩 세제를 묻혀 닦고 있을 때, 혹은 열람실의 파손된 장서들에 투명 테이프를 붙이는 사이 사이, 그의 목소리는 불쑥 불쑥 내 귓속을 파고들어왔다. 그때마다 나는 친구의 긴 얘기에 아무런 대꾸도 하지 못한 채 멍하니 수화기를 들고 있다가 마침내 화가 난 친구가 끊어버리는 전화기의 갑작스런 단절음에 놀라 당황했다. 때론 그릇이 보이지도 않을 만큼 세제를 풀어 설거지통 속에서 장난이라도 하듯 그릇들을 만지작거리다가 순간적으로 접시 하나를 바닥에 떨어뜨려 산산조각을 내버리기도 했다. 어제는 소설 코너의 낡은 책들을 빼내와 테이프를 붙이던 중 표지에만 붙여야 할 테이프를 책 전체에 둘러 봉해버리다가 옆자리의 동료에게 팔꿈치로 옆구리를 채이기도 했다. 그럴수록 그가 남긴 말은 점점 더 미궁 속으로 빠지고 말았다.

나는 이제 한번도 들어본 적이 없는 낯선 이의 목소리로 그의 말을 듣곤 한다. 낯선 목소리는 내게 말한다. 그는 떠났다. 그러나 나는 아직도 그 말이 무얼 의미하는지 알지 못한 채 하루에도 몇 번씩, 가는 대나무 귀이개로 귓속을 후벼낸다.

나는 밤길을 나섰다. 유난히 밤눈이 어두운 내가 차를 몰고 늦은 밤 길을 나선 것은 순전히 그 해독불능의 말 때문인지도 몰랐다. 아니 밤새 귓가를 윙윙거리면서 떠돌 말의 잔해들이 두려운지도 몰랐다. 나는 끝내 이어지지 않던 자동응답기 속의 여자의 음성을 어두운 방안에 남겨둔 채 밤길을 나섰다.

예상대로 밤길 운전은 쉽지 않았다. 한번 다녀가라는 이모의 전화가 대여섯 번쯤 오고 나서야 겨우 한번씩 나서는 길, 기껏해야 일 년에 한두 번 정도 지나가는 길이었지만 밤길은 처음이었다. 늦은 시각이어서 지나다니는 차도 드문 국도는 갑자기 이정표도 없이 두 갈래로 갈라지거나 도로 가에 야광표지판도 없이 구부러져 있기 일쑤였다. 나는 앞서가는 차를 발견하면 속력을 내어 따라붙었다. 앞차의 불빛을 따라 정신없이 달리다가 잠시 숨을 돌리는 사이 앞차는 다시 멀리 달아나고 나는 혼자가 되어 장님처럼 더듬거렸다. 이천을 벗어난 지 얼마되지 않은 국도에서는 왼쪽으로 휘어도는 길을 두고 오른쪽으로 가다가 길이 끊기는 바람에 다시 되돌아 나오기도 했다.

다행히 장호원을 지나면서 구름에 가려져 있던 달이 나와 세상은 은빛으로 빛나기 시작했다. 물이 가득한 오월 중순의 논바닥은 달빛으로 출렁였고 나는 그 은빛 물결 속을 헤엄치듯 벌판 가운데를 달렸다. 집을 나선 지 두 시간이 넘었을까, 어느새 이화령 고개가 달빛을 받아 그 굴곡을 훤히 드러냈다. 어깨를 나란히 세우고 웅장하게 뻗어 있는 산줄기들. 고등학교 3학년 겨울, 대학 입시를 치르기 위해 처음 산을 넘은 이후로 나는 그 앞에 설 때마다 늘 현기증을 느끼곤 했다. 그것은 어릴 적, 아버지의 집에서 느꼈던 그 숨막힘 끝의 어질머리와 비슷한 것이었다.

내가 처음 그 집에 간 것은 초등학교 4학년 가을, 아버지의 생일날이었다. 집으로 찾아온 낯선 남자를 따라 나는 처음으로 그 고가에 발을 들여놓았다. 그는 자기를 큰오빠라 부르라고 했다. 그러나 그는 오빠라기엔 나이가 너무 많았다. 나는 끝내 그에게 오빠라는 호칭을 한번도 사용하지 않았다. 세 살 많은 이종에게도 좀처럼 오빠라는 호칭을 쓰지 않던 내게 낯선 중년의 남자를 오빠라고 부른다는 것은 아무래도 쉬운 일이 아니었다.

나는 그를 따라 처음으로 아버지의 집에 갔다. 어쩌다 한번씩 들러 나를 무릎에 앉히고 사탕을 쥐어주거나 어머니를 오랫동안 물끄러미 쳐다보던 아버지의 집은 생각보다 훨씬 컸다. 돌담에 둘러싸인 솟을대문을 밀고 들어갔을 때 한눈에 보이던 사랑채의 그 높은 죽담과 내 몸통의 배도 넘을 듯싶은 대들보, 그리고 사뭇 위압적인 기와 지붕…… 나는 집 안에 들어서자마자 기가 질려버렸다. 키 높이보다 높은 죽담 위로 선이 날렵하게 이어진 사랑채 난간을 쳐다보며 나는 새삼 내 키가 너무 작다는 생각을 하고 있었다. 그 위에서 아버지가 나를 내려다보았다. 아버지는 무릎에 앉은 내게 사탕을 까주던 그 너그러운 사람이 아니었다. 그는 전혀 낯선 얼굴로, 그 덩치 큰 집처럼 위엄이 잔뜩 서린 표정으로 의자에 앉아 있었다.

어서 올라가서 인사드리거라.

큰오빠라던 남자의 재촉이 아니었다면 나는 한 시간이라도 그 자리에 서 있었을 것이다. 갑자기 정신이 든 듯 조심스럽게 계단을 올라가 나는 사랑채 마루에 앉아 있는 아버지에게 큰절을 했다. 어머니가 몇 번씩이나 일러주던 대로 한 것이다.

안에 가서 큰어머니께 인사드리고 오너라.

아버지는 사탕은커녕 마치 화라도 난 사람처럼 내게 말했다. 나는 겁을 잔뜩 집어먹은 채 다시 큰오빠라는 사람을 따라 안채로 들어갔다. 안채에는 사람들이 많이 있었다. 음식 준비를 하는 듯 여자들이 펌프 가에 모여서 뭔가를 씻고 있었고 아이들 몇이 먼지를 일으키며 뛰어다니고 있었다. 그들은 일제히 나를 쳐다보았다. 호기심이 잔뜩 서린 눈길들이었다.

왔어요? 어서 들어가 어머님 뵈어야지요.

젊은 여자가 부엌에서 나오며 나와 큰오빠라는 사람에게 아는 체를 했다. 그의 부인인 듯싶었다.

오느라고 욕봤다.

절을 받은 여인은 내 얼굴을 찬찬히 뜯어보았다. 아직은 초로의 모습인 아버지에 비해 여인은 훨씬 더 나이가 들어보였다. 작고 마른 몸집에 유난히 굽은 등 때문인 듯했다. 거칠고 뭉툭한 손이 고단한 노동의 흔적을 뚜렷이 보여주고 있었지만 옥색 한복을 입고 있는 여인의 몸가짐에선 쉽게 다가갈 수 없는 엄격한 기품이 배어 나왔다. 머리카락 한 올도 흘러내리지 않은 희끗한 쪽머리엔 참빗 자국이 가지런했다. 여인은 화가 난 것도 아니고 그렇다고 기분이 썩 좋아 보이지도 않는 모호한 표정으로 나를 쳐다보고 있었다. 도무지 속을 짐작할 수 없는 얼굴이었지만 손가락 끝 하나 흐트러지지 않은 단아한 자세로 그 앞에 꿇어앉은 내 다리와 어깨를 충분히 뻣뻣하게 만들고 있었다.

나가서 인사시키거라.

얼마나 지났는지, 여인의 말에 번쩍 정신이 든 나는 얼른 일어나 방을 나왔다. 밖으로 나오자 마루 위로 쏟아지는 햇살에 현기증이 일었다. 겨우 두 마디를 했을 뿐인 그녀의 침묵에 나는 고문이라도 당한 듯 온몸이 저리고 어지러워진 것이다. 그러나 나는 다시 건넌방으로 들어가 몇몇 어른들과 청년들에게 고개 숙여 절을 해야 했다. 숙부와 숙모, 고모, 그리고 4남 2녀의 이복 남매들이었다. 모든 인사가 끝나고 각기 묘한 표정으로 바라보고 있던 그들에게서 나를 구해준 것은 그 집의 막내라던 여자아이였다.

나와 동갑내기인 미연이라는 그 아이는 쭈뼛거리며 다가오더니 재빨리 내 손을 잡고 밖으로 나왔다. 아이는 사람이 없는 집 뒤뜰의 사당 앞으로 나를 데려갔다. 처음 볼 때부터 아이는 레이스 달린 내 원피스가 부러운 듯했다. 처음엔 어색한 몸을 뒤틀 듯 슬쩍 스치더니 곧 내 치맛자락을 대놓고 만졌다. 매끈매끈한 천의 감촉을 즐기는 듯 두 손가락으로 살짝 비벼보기도 했다. 아이는 사당 앞에 서 있는, 고목이 된 배롱나무 밑동에 앉더니 내게 손짓했다. 나는 아이와 함께 반들반들한 배롱나무 밑동에 나란히 앉았다. 어느덧 붉은 단풍이 들어가는 배롱나무 그늘 아래로 아이의 색동 고무신과 내 빨간 에나멜 구두가 나란히 놓였다. 아이는 유난히 반짝거리는 내 빨간 구두의 반질거리는 코를 손가락 끝으로 슬쩍 만졌다. 구두에 아이의 손가락 자국이 선명히 남았다.

어머나 어쩌지?

아이는 몹시도 당황했다. 그리곤 곧 자기의 포플린 치마 끝으로 내 구두코를 닦아냈다. 입김까지 호 불어 반짝반짝하게 닦았다. 그제야 나는 잔뜩 웅크려져 있던 어깨가 겨우 누그러지는 느낌이었다.

나는 가끔 그때를 떠올리며 생각한다. 그 아이가 아니었다면 나는 그때 어쩌면 숨이 막히거나 어질머리 때문에 쓰러져버렸을지도 모른다고.

그 후로 나는 고등학교를 졸업할 때까지 아버지의 집에 가지 않았다. 어머니가 몇 번이나 나를 달래기도 했지만 나는 간혹 집에서 만나는 아버지에게 말없이 인사만 할 뿐 더이상 무릎에 앉지도 않았다.

그 동안 아버지의 고가의 기둥은 빠르게 기울기 시작했다. 소리도 없이 내려앉고 있는 서까래만큼이나 서서히 무너져내리는 아버지의 집은 해가 다르게 형편이 나빠졌다. 대대로 내려오던 전답의 절반 이상을 젊은 시절 마작으로 날리고 나머지 재산을 하나씩 처분하며 버텨온 큰 살림은 이제 자식들 교육조차 제대로 시키지 못할 만큼 어려워졌다. 아버지는 일평생 돈이라곤 벌어본 적이 없었고 한 달에 두세 번씩 찾아오는 갖가지 이름의 제사와 문중의 대소사들은 끊이지 않았다. 마을 앞 들판의 논 몇 마지기와 조상들의 유골이 묻힌 선산만이 아버지가 겨우 지켜낸 땅이었다. 평생 조상들의 이름을 목숨처럼 지키며 기리는 일을 생업으로 삼았던 아버지의 자식들은 장남과 막내만 제외하곤 뿔뿔이 도시로 흩어져 각자 자기 목숨을 지켜내야만 했다. 주위의 경멸어린 시선에도 불구하고 여전히 학교에 남아 있던 어머니 덕에 나는 그들에 비하면 형편이 아주 좋은 편이었다.

그러나 그들보다 좀더 나은 경제 사정은 내게 아무런 위로가 되지 못했다. 나는 기를 쓰고 공부에 매달리기도 했지만 그럴수록 마음속으론 허기만 차오르는 자신을 발견할 뿐이었다. 나는 도망치고 싶었다. 아버지의 집으로부터, 무너져가는 기둥과 서까래로부터, 아니 그 집의 그늘 아래에 있으면서도 늘 햇볕을 찾아 떠도는 내 자신으로부터…… 나는 그 집이 떠오르지 않는 곳으로 가고 싶었다.

나는 타지로 자식들을 보내지 않으려는 보수적인 그 지방 사람들이 장학금을 주겠다는 그곳의 국립대학을 굳이 마다하고 이 화령을 넘어 서울의 대학으로 진학을 했다. 어머니의 간곡한 만류도 뿌리치고 굳이 그곳을 떠나온 것은 어쩌면 상업 고등학교엘 가서 일찌감치 농협에 취직을 한 아버지의 막내딸 미연 때문이었는지도 몰랐다. 미연이 취직한 농협은 나와 어머니가 사는 동네 입구 큰길 가에 있었다.

그곳을 떠나온 이후 내가 아버지의 집엘 간 적은 두 번에 불과했다. 대학을 다니는 동안 방학만 되면 나는 집에 가지 않기 위해 아르바이트를 하거나 학원엘 다녔다. 대학 4학년 때 갑작스러운 어머니의 죽음 이후에야 나는 겨우 아버지의 집엘 갔다. 아버지의 부인, 그 여인이 보낸 큰아들의 오토바이에 실려서였다.

방학하면 이젠 여기로 오너라. 여기도 네 집이다. 다른 데로 괜히 떠돌지 말고…….

여인의 등은 훨씬 더 굽어 있었다. 그래서 내게 다가와 손을 잡고 있는 여인은 마치 애원이라도 하는 듯한 자세가 되었다. 나는 그런 여인에게 아무 말도 하지 않았다. 그 뒤로도 오랫동안 나는 그 집엘 가지 않았다.

어머니는 내가 대학 4학년이던 봄에 갑자기 죽었다. 자주 심장 혈관이 막히곤 하던 어머니는 어느 날 갑자기 막힌 혈관을 끝내 뚫어내지 못하고 죽었다. 나는 늘 그랬듯이 혈관이 곧 다시 뚫리길 기다리다가 어머니의 죽음을 맞았다. 어머니는 연락을 받은 내가 달려가는 동안 화장을 해서 시외곽의 산에 뿌려달라는 유언을 이모에게 남기고 죽었다.

미혼모, 부도덕한 교사, 한 여자와 그 가정을 불행에 빠뜨린 여자, 그러나 결코 고개 숙이지 않았던 한 아이의 어미…… 이 세상에 있는 동안 내 어머니가 가졌던 이름들이었다. 어머니는 단 한번도 그것들을 부정하려 들지 않았다. 처녀 몸으로 가정이 있는 남자의 아이를 낳고서도 어머니는 당당했다. 그것도 이름만 대면 그 집안의 몇대 조까지 족보를 줄줄이 꿰는 좁은 지역사회에서 한평생 체면과 명분을 목숨처럼 받들던 남자의 아이를 낳은 처녀 교사, 어머니는 퇴직을 종용하는 학교측에 맞서 인근의 도시로 전근을 한 것을 빼곤 그 어떤 비난이나 경멸의 시선에도 흔들리지 않았다. 그것은 아버지에 대한 사랑 때문만은 아닐지도 몰랐다. 자신의 정당성을 끝까지 지켜내려는 자존심이었는지도. 어머니는 아버지에게 그 어떤 요구도 하지 않았다. 경제적인 것은 물론 가끔씩 한번 들러 그날로 다시 돌아가는 아버지의 방문……, 심지어는 내 호적까지도 어머니는 아버지와 상의도 없이 자신에게 올려놓아버렸다.

어머니의 죽음으로 나와 아버지와의 인연은 완전히 끝난 듯 보였다. 적어도 내겐 그랬다. 어머니의 죽음 이후 나는 그토록 도망치고 싶었던 세계로부터 완전히 벗어난 느낌이었다.

내가 마지막으로 아버지의 집을 찾은 것은 3년 전, 그 도시에 사는 이모의 성화에 못 이겨 여름 휴가를 보내러 갔던 일주일의 마지막 날이었다. 나는 이모의 조심스럽고도 간곡한 말을 물리치기가 어려웠다.

아버지의 집은 그 동안 물기가 더 빠져나간 아버지의 몸만큼이나 낡아 있었다. 덩치만 커다란 기와 지붕 곳곳에는 여름풀들이 삐죽삐죽 올라와 있고 고목이 된 석류나무엔 힘없는 잎사귀가 듬성듬성 달려 있을 뿐 꽃도 피지 않았다. 기름기 하나 남아 있지 않은 사랑채 마룻장은 색이 더 바래졌다. 그곳에서 아버지는 잊혀진 골동품처럼 앉아 있었다.

한여름에도 꼭꼭 동여맨 대님과 가지런한 흰 수염이 여전히 꼿꼿한 자세를 흐트러뜨리진 않았지만 아버지는 어머니의 장례 때보다 훨씬 더 늙어 보였다. 소매 선에 닿으면 손이라도 베일 듯 빳빳하게 풀 먹인 흰 모시 적삼 사이로 언뜻언뜻 비치는 팔다리는 뼈만 남아 앙상했다. 아버지는 무생물이 되어가고 있는 느낌이었다. 집안 구석구석에 걸려 있는 낡은 족자와 벽장 속에 쌓여 있는 누렇게 변색된 이삼백 년 전의 필사본 책자 속의 고문자 같은 생. 그의 생은 한지로 바른 방안 한구석에 놓여 있는 빨간 철재받침과 그 위에 얹혀 있는 최신 모델의 텔레비전만큼이나 세상과 부조화를 이루고 있었다. 머지않아 광속이라도 따라잡을 듯이 빠르게 변해가는 세상 속에서 아버지는 여전히 그 고가에서 한 발자국도 나오지 않고 완강히 버티고 있었다. 더이상 그 고서 속의 글자도 보기 힘들 만큼 쇠락한 몸으로 하루종일 텔레비전을 켜놓고 생을 마무리해가고 있는…… 아버지는 화석이 되어가고 있었다.

나는 그런 아버지를 보면서도 아무런 느낌이 일지 않았다. 물론 쇠락해가는 것들에 대한 연민이 전혀 없는 것은 아니었지만 그것은 단지 사진이나 풍경 속의 노인을 볼 때 이는 순간적인 감상과 다를 바 없는 것이었다. 어느덧 아버지는 내게 하나의 사물이 되어 있었다.

아버지의 부인 역시 다를 바가 없었다. 아버지보다 네 살이 많은 부인은 어느덧 돌이킬 수 없는 노파가 되어 있었다. 열여섯의 나이에 종가에 시집을 와서 허리가 90도로 굽을 때까지 아버지의 아내로 살아온 그 여인, 노파는 이제 성별을 구별하는 것조차 무의미해질 만큼 방 한구석에서 오롯이 화석이 되어가고 있었다. 어두운 방 구석에 작은 보퉁이처럼 앉아 있는, 표정을 도무지 짐작할 수 없는 그 노파에게 나는 고개 숙여 절했다.

오냐,

노파는 마른 기침을 하며 깊은 골이 진 자신의 얼굴을 쓰다듬었다. 하얀 쪽머리는 여전히 단정하게 빗겨져 있지만 머리카락이 절반쯤은 빠져나간 듯 머릿속이 듬성듬성했다.

마을 입구에는 외등 하나만이 삐죽하니 서 있을 뿐 그 흔한 장의사의 노란 등불 하나 보이지 않았다. 나는 잠시 차를 멈추고 주위를 둘러보았다. 직접 차를 몰고 오긴 처음이어도 동네는 분명히 틀리지 않았다. 앞에는 마을 이름이 새겨진 입석이 서 있었다. 나는 라이트를 다 켜고 골목을 돌았다. 그제서야 불을 훤히 밝힌 마을 회관과 건너편의 솟을대문이 보였다. 차들이 벌써 여러 대 서 있었다. 나는 회관 마당 제일 구석에 차를 세우고 건너편 집을 바라보았다. 사랑채 마당에 켜놓은 불빛이 솟을대문의 날렵한 지붕 선을 음각으로 선명히 드러내 보이고 있었다. 나는 깊은 심호흡을 한번 한 후 천천히 그 집 앞으로 다가갔다.

몇몇의 남자들이 대문 앞에 서 있었지만 나는 고개를 숙인 채 마당으로 들어섰다. 기둥에 매달린 불빛이 눈부셔 잠시 눈을 뜰 수가 없었다.

누―군―가?

중년의 남자 하나가 내게 다가서며 물었다.

혹시…… 해연이 아니냐?

아마도 아버지의 아들 중 하나인 듯싶었다.

해연이?

여자 목소리가 사랑채 마루 위에서 튀어나왔다. 자동응답기 속의 목소리였다. 미연은 신도 미처 신지 못한 채 죽담 계단을 뛰어내려왔다.

왔구나. 그래, 잘 왔다. 너한테 연락이 안 될까봐 얼마나 조마조마했는지…… 어서 올라가자.

미연은 나를 부둥켜안듯이 데리고 올라갔다. 흩어져 있던 아버지의 아들들이 마루 한쪽으로 도열했고 나는 미연의 인도에 따라 병풍이 둘러쳐진 아버지의 시신 앞에 섰다. 갑작스런 초상에 아직 준비를 하지 못한 듯 주변은 어지러이 널려 있었고 사람들은 황망한 표정들이었다.

나는 갑자기 당황했다. 미처 생각지 못한 장면이었다. 눈물은 커녕 병풍 너머에 죽은 아버지가 누워 있다는 사실조차 실감이 나지 않았다. 나는 어쩔 줄을 몰라 당황한 낯빛으로 허둥댔다. 그때 곡소리가 시작되었다. 남자들은 어이 어이, 곡(哭)을 시작하더니 곧 흐느꼈고 여자들은 곧바로 큰 소리로 흐느껴 울었다.

나는 절을 해야 할 것 같아 엉거주춤 손을 올렸다. 그러자 미연이 내 손을 잡았다.

입관 전에는 절을 하는 게 아니야.

나는 손을 내리고 무릎을 꿇고 앉아 병풍만 쳐다보았다. 여전히 눈물이 나오지 않았다. 남자들과 여자들의 곡소리가 점점 커지고 있었다.

아버지, 해연이가 왔어요. 일어나보세요, 제발.

미연이 소리내어 울었다. 곡소리가 일제히 더 커졌다. 그러나 나는 아무래도 그들을 붙잡고 통곡을 할 수가 없었다. 나는 잘못 초대된 손님처럼 고개를 푹 숙인 채 눈을 감았다.

곡을 마치자 미연은 내 손을 맞잡고 퉁퉁 부은 눈으로 연신 나를 쳐다보았다. 내가 대학을 졸업할 무렵 같은 농협의 직원과 결혼을 했던 그녀는 나보다 훨씬 나이가 들어보였다. 눈가의 음영이 제법 또렷했다.

엄마 뵈러 가야지.

미연이 나를 이끌고 사랑방으로 들어갔다. 벽에는 아버지의 것인 듯 연회색 두루마기와 잿빛 중절모자가 걸려 있었다. 그 벽 아래에 노파가 쪼그리고 앉아 있었다. 노파의 눈엔 초점이 없었다. 절을 하는 나를 쳐다보는 시선도 마찬가지였다. 아무것도 보고 있지 않은 멍한 시선, 그것만으로도 노파의 자세는 사뭇 흐트러져 보였다. 흰머리가 귀밑으로 한 움큼 흘러내려 있었고, 무릎을 세워 안은 손으로는 자꾸만 시커먼 버선코를 뜯듯이 만지고 있었다.

그래, 왔나…… 나만 너무 오래 살아 있구나.

노파는 들릴락말락 낮게 중얼거렸다. 노파의 시선은 붉은 철제 탁자 위에 얹혀 있는 텔레비전에 가 있는 듯싶다가 다시 방구석에 있는, 닳아서 반질거리는 목침에 가서 머물렀다. 족자에는 파리똥인 듯 검은 점들이 수없이 찍혀 있었고 색은 누렇다 못해 검어지고 있었다. 도배한 지 오래된 벽지 때문인지 방안은 한층 더 추레해 보였다. 노파는 다시 버선코를 만지작거렸다. 나는 노파의 시선을 따라 방안을 두리번거렸다. 바로 그때 노파의 정처 없는 눈길을 따라 이리저리 시선을 돌리던 나는 그 어느 한순간 깨닫고 있었다. 아버지의 부재였다. 초점 잃은 눈으로 두리번거리고 있는 노파를 통해서 나는 비로소 이 집의 어느 한 부분이 완전히 내려앉은 것을 깨닫게 된 것이었다. 물론 그것은 순전히 아버지 집에서 확인할 수밖에 없는 부재일 뿐이었다. 내 마음속의 아버지는 이미 오래 전부터 부재 상태였다. 아니 어쩌면 아버지는 내게 한번도 실재한 적이 없었는지도 몰랐다.

내 마음속의 빈자리에 처음 들어온 타인은 바로 경수였다. 어느 날부터인지 그는 내 주위의 텅 빈 공간을 채워가기 시작했다. 처음부터 부재했던 아버지와 어느 날 갑자기 사라져버린 어머니. 그는 빠른 속도로 내 주변의 빈 공간들을 모두 메워버렸다. 아니 나는 어느새 그를 내 자신 속으로까지 불러들이고 있었다. 나는 그에게 기꺼이 내 몸속의 모든 공간을 내주었다. 단 한 번도 타인을 향해 자신을 열어본 적이 없던 나는 내주어야 할 것과 지키고 있어야 할 것들을 구분조차 할 줄 몰랐다. 간혹 나는 내 몸안의 내장이나 근육들이 모두 그의 것인 양 여겨지기도 했다. 피부 표면만이 겨우 최소한의 나를 유지하고 있는 듯한…… 그를 만나온 4년 동안 나는 오직 한 사람 앞에서만 살아 있었다.

경수는 그런 나를 자주 경계했다.

나는 다른 많은 사람들처럼 네 인생의 곁을 지나가는 사람이야. 그리고 그건 누구든 마찬가지야. 아무도 네 자신을 대신할 수는 없어.

몇 번씩 되풀이되던 그의 균형 잡기에도 불구하고 그는 여전히 내게 유일한 실존이었다. 나는 그를 통해서만 존재하고 있었다.

얼마나 잤는지, 나는 얼핏 들리기 시작하는 곡소리에 잠이 깼다. 밤길의 장시간 운전 탓인지 미연이 건넌방 구석에 깔아준 자리에 눕자마자 나는 잠이 들었던 듯했다. 곡소리는 점차 커지더니 어느덧 울음으로 변했다. 아버지의 아들과 딸들이 모두 일어나 새벽 첫 곡을 하고 있었다. 나는 난감했다. 새삼 대청으로 나가 같이 곡을 할 수도 없는 노릇이었고 그렇다고 누워서 모른 체하고 있을 수도 없었다. 방안에는 여러 명이 잔 흔적만 있을 뿐 그때까지 누워 있는 사람은 나 혼자였다.

그때 장지문을 열고 노파와 큰며느리가 들어왔다. 나는 벌떡 일어났다.

잘 잤어요?

어느덧 초로에 접어드는 큰며느리가 내게 한마디를 하곤 곧바로 벽장문을 열었다. 벽장 속에는 쾌쾌한 냄새가 나는 고서와 옛 물건들, 그리고 작은 나무 궤짝 등이 들어 있었다. 노파는 며느리가 열어준 궤짝에서 무언가를 주섬주섬 꺼내기 시작했다. 한복이었다. 노파가 궤짝에서 꺼내 며느리에게 건네주면 그녀는 그것들을 방바닥에 늘어놓기 시작했다. 옷은 한두 벌이 아니었다. 방바닥 여기저기에 금세 옷이 가득했다. 대부분 흐린 살구빛이거나 연한 옥색, 혹은 생모시 색으로 은은한 색감의 옷들이었다. 방안이 환해졌다. 잠시 후 대청의 곡소리도 줄어들고 미연이 눈물 맺힌 얼굴로 들어왔다.

아버지 옷이네.

미연은 옷들을 이리저리 헤쳐보았다. 나는 그제야 그 옷들의 정체를 깨달았다. 수의였다. 순간 나는 머릿속이 어찔해졌다. 죽은 자가 마지막으로 입고 가는 옷, 차디찬 주검에게 입히는 옷…… 나는 그 옷들에서 눈을 떼지 못한 채 사로잡혀버렸다.

물론 수의를 처음 보는 것은 아니었다. 어머니의 주검에 입혀졌던 그 거친 삼베옷은 아직도 내 눈앞에 또렷이 떠올릴 수 있었다. 유난히 얼굴이 흰 어머니는 삼베옷을 입자 그제야 죽은 자의 얼굴이 되었다. 그 후로도 가끔 나는 어머니의 죽음이 실감나지 않을 때는 그 거친 삼베옷을 입은 어머니의 낯선 모습을 떠올리곤 했다.

아버지의 수의는 그토록 거친 느낌만 주던 어머니의 수의와는 너무나 달랐다. 하늘거리는 명주에 은근한 색감들이 마치 한껏 멋부린 나들이옷이라도 되는 듯했다. 나는 그 옷들이 차디찬 주검에게 입혀질 것이라는 게 믿어지지 않았다.

접힌 자국들은 다려야 되겠는데요.

미연은 어느새 건넌방에서 다리미와 깔판을 가져왔다.

그래, 다려라.

노파는 옷을 다 꺼냈는지 궤짝을 닫았다. 지난 밤 그토록 허둥대기만 하던 눈길은 어느새 한복을 이리저리 뒤적이며 세밀히

살피고 있었다.

엄마는……, 그렇게 철마다 꺼내서 바람 쐬고 했는데 무슨 좀이 쓸겠어요.

미연이 노파에게서 연한 옥빛 저고리를 뺏으며 잔소리를 했다.

그러게 말이에요. 30년 동안이나 그렇게 정성 드려 꿰매고 손질하셨는데, 좀이 슬 새가 어디 있겠어요.

내가 처음 이 집에 왔을 때 젊은 새댁이던 며느리는 어느새 반백이 되어 있었다.

해연이 아가씨는 이거 처음 보지요? 수의는 바지, 저고리, 도포, 이불까지 전부 세 벌씩인 데다 이런 소품들도 굉장히 많지요. 이건 과두라고 얼굴 싸는 거고, 이건 손을 싸는 악수(幄手), 이건 망건이고…… 이 비단 수건들은 저승에 가서 동료 분들에게 나눠줄 정성이래요. 정성을 아버님처럼 이렇게 많이 해 가시는 분도 드물 거예요. 많이들 나눠드리면 좋겠지요…… 이것들 모두 어머님이 30년 동안 하나 하나 만드신 거예요. 옷감 좀 만져봐요, 요샌 이런 공단 구할 수도 없어요. 이 저고리는 손으로 직접 짠 명주예요. 참 곱죠. 어머님이 시집올 때 가져오신 명주래요. 어머님 바느질 솜씨야 워낙 알아주는 솜씨니까 이렇게 잠자리 날개 같은 옷들을 만들지, 우리 같으면 이런 옷감엔 감히 바느질할 생각도 못할 거예요. 더구나 수의는 실매듭도 없이 만들기가 얼마나 까다로운데……, 이거 전부 미싱 하나 쓰지 않고 일일이 손으로 하신 거예요. 바느질 자국이 옷감에 살짝 스친 것만 같으니……, 어머님, 이게 소렴금(小殮衾)이죠? 아가씨 이것 좀 봐요, 이 이불은 물까지 어머님이 직접 들인 거예요. 향나무 삶은 물에 들인 건데 참 은은하죠?

며느리는 아침 햇살에 어른거리는 거미줄 같은 그 이불을 내 눈앞에 펼쳐 보였다. 연갈색으로 아롱거리는 비단결에 나는 그만 현기증이 일어 순간 눈을 감았다.

엄마, 근데 이건 어디에 쓰는 거예요?

다림질하던 미연이 빨강, 초록, 노랑 색으로 만든 방울만한 비단 주머니를 들어 달랑이고 있었다.

그게 오낭(五囊)이라고 양쪽 손발톱하고 머리카락 넣는 주머니 아니더냐?

노파는 남색 비단으로 만든 신발을 만지작거리고 있었다. 나는 신발을 쓰다듬고 있는 노파의 손을 보았다. 마디마디가 툭툭 불거져나온 검은 손은 일평생 허드렛일만 해온 사람의 그것이었다. 손톱은 한결같이 두꺼워져 손끝에 작은 돌이 얹혀져 있는 형상이었다. 햇살이라도 걸러낼 듯이 투명하고 매끈한 옷들이 그 거친 손으로 만들어낸 것이라고는 믿어지지가 않았다.

죽은 사람은 왜 하나도 남김없이 자기를 다 챙겨갈까, 이렇게 주머니까지 만들어서 넣어갈 건 뭐람.

미연은 빨간색 주머니를 열어보며 무심하게 내뱉었다.

남겨두면 뭐하겠나…… 남은 사람들만 힘들지…….

노파가 탄식처럼 가는 숨을 내뱉으며 중얼거렸다.

경수가 남긴 것은 한때 내 몸을 가득 채웠던 물의 기억뿐이었다. 그가 빠져나간 자리에서 나는 마른 펄바닥처럼 황폐해져가고 있었다. 다시 밀물이 들어오지 않는 개펄은 더이상 아무것도 살지 않았다. 게구멍은 바람에 쓸려온 모래나 먼지로 메워졌고 조개들은 입을 벌린 채 마른 진흙 속에서 썩어가고 있었다. 그가 떠난 후 한참이 지나서야 비로소 나는 그걸 깨달았다. 하지만 내 눈은 여전히 물이 가득 찼던 흔적이 지워지지 않은, 바위의 허연 소금 자국만 바라보고 있었다. 나는 바위에 그려진 마른 소금 자국이 화석이라도 되길 기다리고 있는 걸까. 아니 어쩌면 나는 내 몸을 화석으로 남기려는 것인지도 몰랐다. 그것으로라도 그가 가져간 나의 존재를 증명하고 싶은 건지도…….

내가 그 방에 노파와 단 둘이 남게 된 것은 순전히 우연이었다. 새벽 곡이 끝나고 본격적인 장례 준비에 들어간 집 안은 부산해졌다. 남자들은 모여서 장례 절차를 의논했고 여자들은 아침 식사 준비와 본격적으로 몰려들 손님들을 위한 음식 준비에 들어갔다. 큰며느리는 부엌으로 돌아갔고 미연은 안채에서 자고 있던 둘째아이가 우는 바람에 불려갔다. 그녀는 적당히 불 기운이 오른 다리미를 나에게 맡기고 급히 뛰어나갔다. 나는 갑자기 내게 맡겨진 다리미를 들고 어쩔 줄을 몰랐다.

내가 다리래?

노파가 소매 자락이 길게 늘어진 도포를 든 채 나를 물끄러미 쳐다보았다.

아니에요, 제가 해 볼게요.

나는 반사적으로 말을 내뱉곤 황급히 다리미판을 끌어당겼다. 미연이 다림질하다 만 저고리의 앞섶이 펼쳐져 있었다. 손끝이 떨려왔다. 떨림은 그토록 매끄럽게 윤기가 흐르는 비단결을 뜨거운 불 기운으로 펴내야 하는 긴장 때문은 아니었다. 나는 내 손끝에 가 있는 노파의 시선이 무엇보다도 부담스러웠다. 지금까지 노파와 이렇게 단 둘이 있어본 적도 없었지만 이렇듯 내 모습이 노파의 시선 속에 남김없이 드러나고 있다고 생각하니 당혹스럽기만 했다. 순간 나는 어릴 적 처음 노파를 만났을 때 뚫어져라 나를 쳐다보던 그 시선이 떠올랐다. 나는 노파 앞에서 발가벗기우기라도 한 느낌이었다.

그래, 먼길 가는 네 아버지 옷이라도 네 손으로 다려드려라. 아마 많이 좋아하실 게다.

나는 왼쪽 앞섶을 다리던 손길을 멈추었다. 노파의 말이 명치 어디쯤에서 걸린 듯했다.

너는 나를 어떻게 생각하는지 몰라도 나는 이제 너나 네 어머니에 대해 아무런 원망도 미움도 없다.

노파는 손에 들고 있던 도포를 끝내 바닥에 밀어놓고 담배를 피워 물었다. 불똥이라도 튈까봐 그런지 옷들을 내 쪽으로 모아 밀었다. 나는 갑작스런 노파의 말문에 당황했지만 그렇다고 밖으로 나갈 수도 없는 노릇에 고개를 푹 숙인 채 다림질에 더 열중했다.

그래, 한때는 너와 네 어머니가 몹시도 미운 적이 있었다. 물론 한번도 밖으로 표를 낼 수도 없었지만 정말 야속할 때도 많았다. 열여섯에 네 아버지에게 시집와서 육남매를 낳으며 60년 넘게 살아왔어도 네 아버지와 같이 보낸 시간을 다 치면 요새 사람들 일 년도 채 안 될 거다. 몰락해가는 종가 집에 와서 체면치레에 급급하면서 사는 게 그렇게 쉽지 않았다. 애들은 배가 곯아도 제삿상이나 시어른들 밥상엔 부침 한 접시라도 빠짐 없어야 했으니…… 그래도 그건 견딜 만한 일이었지. 그런데…… 네가 나오고 나니……, 도대체 내 마음이 잡히질 않더구나. 우리 같은 여자들, 아무리 어른들이 정해준 대로 시집가서 정이 뭔지도 모르고 평생을 산다고 해도 그래도 네가 나오기 전까진 내 마음이 그렇게 허전하진 않았다…… 정말 네가 나왔다는 걸 알고선 어찌 그리도 허전하던지…….

노파는 두 개비째의 담배에 불을 붙였다. 나는 점점 혼란스러워져 더이상 다림질을 할 수가 없었다. 결국 나는 다리미의 전원을 꺼버리고 무릎을 세워 안고 비스듬히 노파를 비껴 앉았다.

그런데 하루는 네 백일이라고 집을 나선 양반이 반년이 되도록 돌아오지를 않았다. 손가방 하나 들고 나가지 않은 양반이 말이다. 그 사이에 미연이가 태어났지. 너하고 미연인 한 넉 달 차이가 날 거다. 나는 그 핏덩이를 안고 몇 날 며칠을 울었다…… 그땐 정말 네 아버지가 영영 오지 않을 것만 같더구나…… 내가 이 수의를 만들기 시작한 건 그때부터였다. 하루종일 집안 일로 파김치가 돼서 방에 들어와도 밤이면 잠이 안 오더라. 자꾸 무섭고 겁만 났으니까. 그래서 난 모아놨던 비단들을 꺼내서 옷을 만들기 시작했다. 그때 생각으론 네 아버지가 평생 너희 집에서 살 것 같더구나. 그래서 수의를 만들기 시작했단다…… 이렇게 영영 떠나보낼 걸 생각하면 그건 그래도 견딜 만한 일이지 싶었다. 이게 그래도 의지가 돼주더구나…….

노파의 음성엔 어느덧 물기가 배어나기 시작했다. 노파가 길게 담배 연기를 뿜어냈다. 연기는 천천히 내게로 번져왔다. 코끝으로 스며드는 담배 연기를 맡으며 나는 참을 수 없이 담배가 피우고 싶어졌다. 그러나 나는 손가락 하나 까딱할 수가 없었다.

난 아주 천천히 이 옷들을 만들었다. 어떤 땐 저고리 하나 가지고 일 년을 끌기도 했지. 바늘 한 땀을 뜨곤 하염없이 앉아만 있다가 잠이 들기도 했으니까. 그런 중에 네 아버지가 돌아왔지만 난 맺힌 마음이 좀체 풀리질 않더구나. 아주 오래 갔어. 이 옷들을 다 만들 때까지 말이다…… 아마 네 엄마가 죽기 한 일년 전쯤이었나, 이 옷들을 다 만들고 나니 거짓말처럼 너희나 네 아버지에 대한 원망이 싹 가셔버리더구나. 그제서야 너나 네 엄마, 그리고 네 아버지까지 전부 불쌍해지더란 말이다. 생각하면 네 아버지도 불쌍한 사람이 아니냐, 자기 뜻대로 한번도 못 살아봤으니…… 그나마 반년 간 소식 끊고 네 집에서 지낸 기간이 아마 꼭 한번 자기 마음대로 살아본 때였을 게다. 그런 저런 생각으로 어리석은 여편네가 너무 오래 마음 틀어먹고 지냈다고 가슴도 많이 쳤다.

노파의 가슴에 물이라도 차오르는지 목소리가 흔들리기 시작했다. 물이 흘러나오지는 않을까, 나는 속이 조마조마해졌다.

특히 네 엄마가 죽었을 땐 더했다…… 혼자서 밤새 가슴을 쳤지. 그렇다고 어디다 대고 그런 말을 하겠니……, 그저 이 옷에 좀이나 슬지 않게 바람 쐬고 말리는 게 내 일이었다…… 네가 이렇게 와서 이 옷들을 다리고 있는 걸 보니…… 내가 별말을 다했구나. 잘 다려서 입혀드려라.

가슴속 물결을 진정이라도 시키려는지, 노파는 밀쳐놓은 옷더미 위에 푸른빛이 도는 흰 명주 버선을 가지런히 올려놓곤 방문을 열고 나갔다. 직각으로 굽은 노파의 등 위로 아침 햇살이 빗살무늬를 이루며 내려앉았다.

노파가 나가고 나는 한동안 멍하니 앉아 있었다. 곧 당혹스러워졌고 뭘 어찌해야 할지 몰라 두리번거렸다. 당장 밖으로 나가 차를 몰고 멀리 달리고도 싶었다. 나는 일어서서 한동안 서성거렸다. 그러나 층층이 쌓인 옷더미를 두고 차마 발이 떨어지지 않았다. 나는 하는 수 없이 다시 앉아 다리미의 전원 스위치를 켰다.

얼마나 지났는지 다리미질을 다 마쳤을 때는 해가 방 안 깊숙이 들어와 있었다. 남자들의 곡소리가 자주 들리는 걸로 보아 문상객들이 하나 둘 모여들기 시작하는 모양이었다. 땀이 가득 밴 내 몸은 가벼운 열기에 사로잡혀 있었다. 손아귀가 얼얼하도록 힘을 다해 다림질을 한 것이었다. 무엇보다도 나는 다림질하는 내내 고운 바늘땀에 함부로 다리미 자국이 나지 않도록 조심했다.

사위어가는 오후 햇살을 받으며 나는 정자가 있는 마을 뒷산에 올랐다. 골목을 돌아 무작정 위로 난 길만을 따라온 것이다. 산 위에서는 마을 풍경이 한눈에 내려다보였다. 간혹 새로 얹은 기와나 시멘트 블록으로 쌓은 담들이 눈에 띄기도 했지만 집집마다 허물어져가는 토담과 깨진 기왓장들이 영락의 흔적을 남김없이 드러내고 있었다. 동네 한가운데 넓게 터잡은 아버지의 집이 보였다. 불두화가 희게 흐드러진 사랑채 앞마당과 텃밭에는 검은 옷을 입은 사람들이 서성이고 있었다. 지금쯤 아버지는 그 호사한 옷을 입고 관 속에 들어가 있을 것이다. 나와 어머니가 살던 작은 슬라브집도, 저 덩치 큰 고가도 아닌 아버지의 마지막 거처.

나는 그 마지막 거처로 들어가는 아버지를 차마 볼 수가 없었다. 아버지를 떠나보내기 위해 준비된 것이 내겐 아무것도 없었기 때문이다. 큰어머니가 수의를 만들며 준비해온 상실의 시간들, 내게 필요한 것은 어쩌면 그것일지 몰랐다. 경수를 떠나보내는 준비조차 마련하지 못한 내게 꼭 필요한 것은…… 아버지와는 그 후에 이별을 해도 괜찮을 것이다. 그 동안 부재했던 내 마음속에서 아버지는 조금 더 오래 살아 있어도 괜찮은 사람이 아니던가.

작은 토끼야 들어와 편히 쉬어라

송경아

1971년 서울에서 태어나
연세대 전산과학과를 졸업했다.
1994년 계간 『상상』에 「청소년 가출 협회」를
발표하며 작품활동을 시작했다.
소설집 『성교가 두 인간의 관계에 미치는 영향에
대한 문학적 고찰 중 사례연구 부분인용』 『책』과
장편소설 『아기찾기』가 있다.

작은 토끼야 들어와 편히 쉬어라

1. 숲속 작은 집 창가에

그날은 아침부터 날씨가 흐렸다. 바람도 제법 불었다. 그러나 하나도 시원하지 않고 끈끈하기만 한 바람이었다. 덕분에 후텁지근한 공기가 목에, 어깨와 옷 사이의 좁은 공간에, 엉덩이에 달라붙은 청바지에 턱턱 부딪쳐왔다. 먹구름에 덮인 하늘은 어둡고 구중중했다. 길 가장자리에 늘어선 가로수들은 바람이 불 때마다 음산한 소리로 울어댔다. 가지를 빼곡이 덮은 나뭇잎들이 평소보다 몇 배나 진한 초록색으로 번들거렸다. 금방이라도 가지에 달린 채 썩어 문드러질 것 같은 초록색이었다. 비라도 한줄기 쏟아진다면 시원해질 것 같았지만, 비도 오지 않았다.

목요일 아침 1교시 수업은 인문관이었다. 학교 정문에서 십 분 정도 걸어들어가 다시 숨이 헉헉거릴 정도로 가파른 비탈길을 십 분 정도 올라가면 인문관이 나온다. 겨우 비탈길에 접어들기 시작할 무렵이었는데, 이미 남방 셔츠는 땀으로 축축하게 젖어 있었다. 그 축축한 셔츠를 커다란 손이 철썩 때렸다. 나는 섬뜩해져서 뒤를 돌아보았다.

"뭐야, 깜짝 놀랐잖아!"

'문학의 이해'를 같이 듣는 광민이가 뒤에서 빙글빙글 웃고 있었다.

"야, 뭐 그렇게 서둘러서 가냐? 천천히 가자. 아직 안 늦었잖아."

"미리 가서 앉아서 숨 좀 돌리는 게 낫지, 시간에 딱 맞춰 가면 힘들잖아. 자리 잡기도 힘들고."

"어차피 출석은 끝날 때 부르잖아. 오늘은 사람들 별로 안 왔을걸, UFO 때문에?"

"하긴……."

"너네 집에서는 누구 직접 본 사람 있냐?"

"동생이 봤대. 어젯밤에 학교에서 자율학습 하고 집에 오는데 하늘 한구석이 훤하더래. 그래서 올려다봤는데, 커다란 빛뭉치 같은 게 떠 있다가 금방 사라졌대."

"너는 못 봤고?"

"너는?"

광민이는 어깨를 으쓱했다.

"봤으면 좋았겠는데 말이지. 뉴스 화면으로밖에 못 봤어. 우리 집 근처에도 나타났었대. 조금만 집에 일찍 갔으면 보는 건데, 리포트 때문에 도서관에 처박혀 있었으니. 아까워 죽겠어. 어제 서울 전역에 다 나타났었다며?"

"응…… 그런가봐……."

나는 우물우물 대답하고 입을 다물었다. 안 그래도 경사가 심한 비탈길에서 이야기를 나누면서 가니 더 숨이 찼다. 습기 찬 공기가 가슴을 눌러댔다. 그러나 광민이는 하나도 숨차 보이지 않았다. 체력이 약해진 건가? 어제 잠을 설쳐서 그런가? UFO가 우리 집 근처에 다시 나타날지도 모른다는 기대를 품고, 간밤 내내 작은 빛줄기 하나만 창문으로 지나가도 벌떡 일어나 망원경을 집어들었던 것이 갑자기 어리석게 느껴졌다. 새벽이 다 밝아와서야 '대단한 사건들 일어나는 거 목격하는 사람들이 뭐 얼마나 되겠어.' 하고 포기했지만, 그 중 한 사람이 여동생이었다는 것은 아무래도 질투와 아쉬움을 불러일으켰다. 대부분의 남자애들이 그렇듯이, 나도 어렸을 때부터 UFO를 보고 싶었다. 하물며 공과대학에 온 지금이야.

씩씩하게 걸어가는 광민이 옆에서 헉헉거리는 내 숨소리가 계속 귀에 거슬렸다. 광민이 녀석은 거기다 한술 더 떠서 휘파람까지 불어댔다. 나도 아는 곡이었는데, 무슨 노랜지 기억은 나지 않고 머릿속에서 가물거리기만 했다.

'아주 익숙한 노랜데…… 어렸을 때 듣던 동요 같은데…….'

그러나 입을 열어 물어보기는 싫었다. 비탈은 거진 다 올라왔지만 수업이 있는 3층 강의실까지 계단도 걸어올라가야 하는데, 쓸데없는 소리를 하느라고 진을 빼고 싶지는 않았다. 계단을 올라갈 때는 광민이도 휘파람을 그치고 헉헉거리는 바람에, 그게 무슨 노래였는지 물어보는 걸 잊어버렸다. 우리는 강의실로 들어섰다.

광민이의 예상과는 달리 사람들은 거의 빠지지 않은 것 같았다. UFO는 UFO고 출석은 출석인 것이다. '문학의 이해' 강사는 젊고 키가 크고 몸집이 좋은 사람이었다. 그러나 목소리가 우렁차고 강의를 재미있게 하는 대신 흑판에 쓰는 필체가 가늘고 알아보기 힘들어서, 나는 늘 될 수 있으면 앞자리에 앉기로 하고 있었다. 광민이가 내 옆자리에 앉았다. 강사가 헛기침으로 목청을 가다듬으며 입을 열었다.

"여러분들 어제 UFO 뉴스 다 보셨죠? 직접 보신 분도 있어요?"

"네!"

꽤 많은 목소리가 합창을 했다.

"여러분들, UFO와 흑마술, 사이비 종교, 흡혈귀 문학의 공통점이 뭐라고 생각해요?"

아무도 대답하지 않았다. 강사는 의당 그러리라는 듯이 싱긋 웃으며 강의를 계속해나갔다.

"이것들은 모두 기존 과학으로 설명되지 않는 것입니다. 정확히 말하면 기존의 학문체계나 사회제도에서 있을 수 없는 것으로 배제된 것들입니다. 자, 서양 사회에 국한해서 말하자면, 이런 초자연적 현상들에 대한 믿음이나 기존 신앙제도에 통합되지 않는 비교적(秘教的)인 믿음은 서양 역사에서 그리스도 탄생을 기준으로 천 년이 지날 때쯤, 하나의 사회현상이 될 정도로 왕성하게 나타났습니다. 이런 시대구분을 서양에서는 밀레니움이라고 합니다. 그리스도 탄생을 기준으로 천 년이 지났을 때, 그리스도가 예언했던 유토피아적 천년 왕국에 대한 믿음이 다시 불타올랐습니다. 이걸 지복천년이라고도 하는데요. 동시에 사람들이 체제에 대해 갖는 불신이 증폭되었습니다. '새 술은 새 부대에'라는 성경 구절과 같이, 새로운 지복천년으로 들어가는 길은 옛 체제와 옛 신앙을 통해서는 불가능할 것이라는 막연한 생각이 만연한 거지요. 그래서 사람들은 지금까지는 '미신'이라고 무시되어왔던 민간신앙이나, 기존 과학으로 증명되지는 않으나 나름대로 체계를 갖추고 있다고 주장하는 유사과학에 쏠리게 되었습니다. 이것을 통해 사회개혁을 시도하는 지도자들도 생깁니다. 조선 말의 동학이나 정감록 신앙을 생각해보면 금방 이해가 가지요? 조선 말의 지배층은 동학이나 정감록 신앙을 혹세무민(惑世誣民)하는 사교(邪敎)로 규정했습니다.

문학도 사회와 밀접한 관계가 있기에, 이런 세기말 영향을 받지 않을 수 없습니다. 몇 년 전부터 나타나는 젊은 작가들 작품에서의 허무주의적인 경향도, 이걸 단지 신세대의 경향이라고 보기보다는 세기말 현상으로 바라봐야 한다는 견해도 적지 않습니다. 이런 세기말 현상이 문학에 끼치는 영향은 크게 두 가지로 나눌 수 있어요. 퇴폐향락적이고 허무주의적인 경향이 하나. 여러분 '데카당스'라는 말 들어봤겠죠? 또하나는 초현실적이고 낭만적인 경향입니다. 이것들은 확연하게 구별할 수 있는 것이 아니고, 서로 영향을 주면서 우리가 지난 시간에 배웠던……."

아무래도 잠이 부족했던 것 같다. 강사의 커다란 목소리에도 불구하고 나는 꾸벅꾸벅 졸기 시작했다. 현실과 꿈의 경계 언저리에서 '리얼리즘은…… 우리는 두번째 밀레니움의…… 포스트모더니즘에서는…….' 하는 강사의 말이 조각조각 들려왔다. 그 목소리도 점차 가라앉고, 창밖을 지나가는 바람만 가늘고 몽롱

한 소리를 내며 자장가처럼 울리고 있었다. 나는 한참 동안 그 몽롱함 속에서 기분 좋게 흔들거렸다. 점점 깊이 가라앉았다가 떠올랐다가…… 내 숨소리가 들리는 것 같았다가 말았다가…… 지금 수업시간이고…… 강사가 빤히 보는 자린데…….

갑자기 옆자리에서 뻗어나온 손이 우악스럽게 어깨를 흔들어 깨웠다. 나는 깜짝 놀라 숨을 헉 들이쉬며 깨어 벌떡 일어났다.

'이게 웬 망신…… 졸다가…….'

그러나 아무도 나를 보고 웃지 않았다. 웃기는커녕, 교실은 경악에 찬 침묵에 빠져 있었다. 나를 깨운 것은 강사가 아니라 옆자리에 앉았던 광민이의 손이었다. 광민이도 내게 아무 말도 하지 못한 채 창문 바깥쪽만 손가락질해댔다. 강사도, 학생들도 모두 눈과 입을 크게 벌리고 창밖을 바라보고 있었다. 나도 그 쪽을 바라보았다. 그리고 입을 떡 벌렸다. 그곳에는.

커다란 은빛 원반이 공중에 떠서 빠른 속도로 회전하고 있었다. 손을 뻗으면 그 날카롭게 돌아가는 원반 날에 스쳐 피가 날 정도로 가까이에서.

2. 작은 사람이 섰는데

비행접시는 곧 사라졌지만 수업은 더이상 진행되지 않았다. 강사는 비틀거리며 맨 앞자리 책상에 주저앉아 아무 말도 하지 않았고, 아이들은 술렁거리다가 끝종이 울리자 재빨리 강의실에서 나가버렸다. 나는 충격에 빠진 채로 집에 돌아왔다. 원래는 수업이 두 시간 더 있었지만, 도저히 들을 기분이 아니었다. 손이 떨려 필기도 할 수 없을 것 같았다. 방문을 열고 가방을 내려놓자마자 나는 침대에 몸을 던졌다. 편안히 누워서 눈을 감고 심호흡을 하며 머리를 텅 비워버리려고 노력했지만, 아까 본 은빛 원반은 선명하게 눈앞에 남아 지워지지 않았다. 그들은 왜 지구에 왔을까? 왜 대한민국에? 미국에서는 외계인 시체도 보관하고 있다는데, 자기 동료 시체라도 내놓으라고 온 건가? 그러면 보관창이 있다는 알래스카에나 갈 일이지 우리나라에는 무슨 일이 있어서 왔을까? 혹시 전 세계적으로 다 나타난 걸까? 우주전쟁? 비행접시가 대학교까지 와서 설치도록 우리나라 공군은 뭐하고 있는 거야? 학생들이야 다쳐도 상관없다는 거겠지.

이런저런 생각에 빠져 있는 동안, 눈앞에서 내내 떠돌던 비행접시가 점차 흐릿해지며 두 개로, 네 개로 갈라졌다. 작은 비행접시들이 반짝반짝 빛나며 곡예비행을 했다. 나는 깜빡 잠이 들었나보다. 꿈속에서 외계인들이 광선총을 쏴대며 지구인과의 수교를 축하하는 축포라고 말했고, 한 집마다 비행접시 하나를 배당해주겠다고 했다. 비행접시들은 점차 작아지더니 파라볼라 안테나가 되어 아파트에 달라붙었다. 아이들은 파라볼라 안테나로 광선총 싸움을 벌였다.

작지만 선명한 노크 소리에 깜짝 놀라 잠에서 깨어났다. 방안은 어두컴컴했다. 시계를 보았다. 다섯시였다. 동생의 목소리가 들렸다.

"오빠아, 박재석, 자?"

"뭐야, 이런 새벽에."

"새벽은 무슨, 지금 오후야 오후. 잠이나 잘 거면 나 숙제 좀 도와줘."

나는 창문 바깥을 쳐다보았다. 온통 먹구름에 덮여 있는 하늘 때문에 시간을 새벽으로 착각했던 것이다. 한 대여섯 시간 잔 셈인데 머리는 여전히 어질어질했다. 그러나 더 자고 싶지는 않았다. 비틀거리며 마루로 걸어나와 동생을 찾았지만, 동생의 모습은 마루에 보이지 않았다. 나는 동생 방 쪽으로 목청을 돋구어 물었다.

"무슨 숙젠데 그래?"

"뭐 만들어 오라는 숙제야. 오빠, 방문 좀 열어줘."

방문을 열자, 커다란 나무 기둥 몇 개를 들고 있는 동생의 모습이 눈에 들어왔다. 나는 나도 모르게 동생에게서 나무 기둥을 받아들었다. 제법 묵직했다. 동생과 나는 낑낑거리며 사람 키만한 나무 기둥들을 마루로 날랐다. 사람 키보다 더 큰 것들이었다. 내가 잠든 사이 동생이 이걸 어떻게 집까지 들고 왔는지 상상할 수가 없었다.

"마루 다 긁히겠는걸. 도대체 뭘 만들어야 하는데?"

"십자가."

나는 고개를 갸웃거렸다. 동생이 다니는 고등학교가 미션 스쿨이긴 했다. 그러나 십자가를 만들어 오라니, 그것도 등신대로…….

"만든다 치고, 어떻게 내갈 건데? 문도 못 빠져나가겠다."

"그 정도는 아냐. 잠깐만 기다려."

동생은 마루 불을 켜고 문간에 가서 도구함을 가져와서는, 당연한 일이라는 듯 내게 톱과 망치를 내밀었다. 나는 어깨를 으쓱했다.

"숙제는 자기가 해야 하는 거 아냐?"

"난 가사 숙제도 해야 하는걸. 망치질하고 나면 손이 떨려서 바느질 못 한단 말야. 오빠, 내가 우리 반 애 미팅시켜줄까? 이럴 때 공돌이 오빠 둔 덕 좀 보자아."

어두운 하늘과 마루의 백열등 아래에서였기 때문일까, 생긋 웃으며 아양을 떠는 동생의 얼굴이 평소보다 예뻐 보였다. 어깨를 흔들 때 찰랑거리는 생머리도, 하얀 얼굴에 아직 애티가 벗겨지지 않은 채로 빛나는 얼굴 표정도. 이게 이른바 처녀 티가 나는 거구나 하고 생각하다가 피식 웃고, 동생이 내미는 톱과 망치와 못을 받아들었다. 동생은 바느질감을 가져와 내 옆에 앉았다. 톱으로 나무 기둥에 홈을 만들고 못을 박는 동안 우리는 다정한 친구처럼 대화를 주고받았다.

"재원아, 자율학습은 안 했어?"

"응, 오늘은 일찍 가래. 또 UFO가 나타났거든. 학교에서 걱정이 됐나봐."

"너희 학교에 UFO 다시 나타났어?"

"아침에 왔었어."

"비행기나 공군기 같은 건 안 날아오든?"

"올 필요가 없잖아. UFO가 나쁜 짓 한 것도 아닌데. 궁금하면 TV 켜줄까, 오빠? 그런데 서툴게 톱질 망치질하면서 그거 보다가 손 다치는 거 아냐? 안 보는 게 낫지 않아?"

그 말보다는 그 말을 하면서 동생의 눈 속에 비쳤던 어떤 빛 때문에, 나는 TV를 켜보라고 말하지 않았다. 그 눈빛은 따뜻하고 상냥하기도 하고, 약간 위압적이기도 했다. TV보다 그 눈빛이 좋았다. 동생은 하얀 옷감 위에 시선을 고정시키고 바느질을 하다가 때때로 눈을 들었다. 그때마다 동생의 눈과 내 눈은 부드럽게 마주쳤다. 여섯시가 다 되어가는데 어머니는 어딜 나가셨는지 아직 돌아오시지 않았다. 아버지는 일곱시가 넘어서야 돌아오실 것이다. 오랜만에 동생과 둘이 다정하게 마루에 앉아 있는 이 시간, 이 시간을 위해서 부모님이 조금 더 늦게 들어오셨으면 하는 생각이 들었다. 우리가 마지막으로 이렇게 둘이 있었던 때가 언제였더라?

그 질문에 대답하듯 동생이 바느질을 하며 낮게 허밍을 시작했다. 바로 아침에 광민이가 휘파람으로 불던 노래였다. 나는 망치질을 하던 손을 잠시 멈칫했다.

"그 노래, 나도 아는 것 같은데…… 무슨 노래더라?"

"엉…… 이거, 가사는 잘 생각 안 나는데. 하여간 어렸을 때 배운 노래잖아."

"그래? 너 바느질하는 건 뭐냐?"

"옷 만드는 숙제야."

"…… 숙제가 많구나. 힘들겠다."

"힘들긴. 어린 사람들이야 공부하고 숙제하는 게 일이지 뭐."

동생이 꽤나 어른스러운 표정을 지으며 말했다. 평소 같으면 동생답지 않은 말에 마구 놀려댔겠지만, 왠지 그럴 기분이 들지 않았다. 나는 다시 손을 움직였다. 부모님이 오시기 전까지는 일을 끝내야 하리라.

우리는 부모님이 오시기 조금 전에 일을 끝냈다. 동생은 바느질을, 나는 망치질을. 다 만들어진 십자가 두 개를 동생 방까지 들여놓자 곧바로 어머니와 아버지가 들어오셨다. 어머니는 들어오시자마자 늦었다고 호들갑을 떨며 저녁 준비를 시작하셨다. 마루 불이 침침해서 마루가 긁힌 것을 못 보고 지나가신 건지,

부모님은 아무 말씀도 하지 않으셨다. 어머니가 저녁 준비를 하시는 동안 동생은 베란다에 나가 창밖을 바라보고 서 있었다. 베란다에 나가 선 동생의 뒷모습을 바라보며, 다시 UFO가 나타날까 하고 기다리나보다, 그러고 보니 어깨선이 참 예쁘구나, 하는 생각이 들었다. 동생의 어깨 너머로 이제 막 색깔이 진해지기 시작한 둥근 보름달이 아슬아슬하게 보였다.

3. 토끼 한 마리가 뛰어와

그날 이후, 계속 날씨가 흐렸다. 봄 장마라기엔 너무 늦고, 여름 장마라기엔 너무 이른 시기였다. 흐린 날씨만 빼놓고는 모든 것이 별일 없이 돌아가는 것 같았다. 적어도 겉으로 보기엔 그랬다. UFO는 전 세계적으로 자주 출몰했지만, 이제 첫날처럼 놀라는 사람들은 거의 없었다. 정치면 뉴스보다 더 많은 시간을 할애하던 TV도, 대서특필하던 신문 분위기도 서서히 가라앉아 갔다. UFO와 유사과학에 대해서 더이상 보도할 것이 없었기 때문이리라. 세계 유수의 취재 기자들과 다큐멘터리 기자들이 덤벼들었지만, UFO에 대해서 떠돌던 소문이나 이미 알고 있던 것 이상 알아낼 방법이 없었다. 은빛 비행접시는 세계 각국의 최신 무기 시스템에 전혀 걸리지 않은 채 여기저기에 나타났다 사라지곤 했다. 해를 끼치는 것도 없었고, 도움을 주는 것도 없었다. UFO에 얽힌 재미있는 이야깃거리들과 농담 시리즈도 시간이 지나가자 시들해졌다. 사람들은 점점 둔감해졌다.

거기에서 시간이 얼마간 더 지나자, 이제는 모두들 UFO를 하늘 한구석에 걸린 장식물쯤으로 여기게 되었다. 소녀들은 붉게 물들어가는 황혼을 바라보는 것과 마찬가지로 UFO를 감상적으로 바라보았다. 심야 방송 DJ들은 종종 소녀 가장이나 장애인이 외계인에게 보내는 감동적인 편지들을 읽어주었다. 사실, 농촌의 전봇대 위에서 위엄 있게 빛나는 은빛 물체, 해가 점점 기울어갈 때 하늘 저편에서 희미하게 반짝이는 점 하나, 이런 것들은 너무나 무해해 보였다. 연인들은 밤하늘에 별처럼 반짝이는 UFO를 보면서 진한 포옹을 나누었다. UFO가 집 위를 지나가면 반가운 손님이 온다는 신종 미신도 퍼져가고 있었다. 한때 무서울 정도로 창궐하던 사이비 종교들의 세력도 별일 없이 사그러들었다. 모든 것이 다시 안정을 찾았다. 그렇게 거진 한 달이 지나갔다.

유월 중순은 대학생들이 바쁠 때다. 대부분의 과목이 종강을 했고, 기말고사 시험 범위도 게시판에 나붙어 있었다. 그러나 우리 예상과는 달리 '문학의 이해'가 종강을 안 하고 질질 끌어서, 나는 수업을 들으러 올라가면서 광민이에게 신경질을 냈다. '문학은 웬 문학?' 하며 별로 마음 내켜하지 않던 나에게 그 과목을 듣자고 부추긴 사람이 광민이였기 때문이다. 광민이는 어깨를 으쓱했다.

"조바심지지 마. 어차피 이게 마지막 과목이잖아. 분명히 기말고사 대치 리포트를 주거나 문제를 다 가르쳐줄 텐데 뭐."

"리포트를 쓰면 시간이 안 걸리냐, 문제 가르쳐주면 우리한테만 가르쳐주냐? 그럴 바에 차라리 시험을 치는 걸로 하고 지난주에 끝내주면 좋잖아. 더워 죽겠는데 이거 하나 때문에 학교에 나와야 된다니."

대답 대신 광민이는 휘파람을 불었다. 동요 비슷한 가락이었는데, 요즘 부쩍 자주 듣게 되는 멜로디였다. 쉽고 경쾌한 가락이라 무심히 있다 보면 나도 모르게 흥얼거리고 있곤 했다. 요즘 들어 어떤 유아용품 회사 선전에 CF송으로 나왔던 것도 같다. 그 여유작작한 휘파람 소리를 듣자 조금씩 마음이 가라앉았다. 아직 기말고사까지는 열흘 정도 남았고, 광민이에게 신경질을 내봤자 뾰족한 수가 있는 것도 아니었다. 학점 따기 쉬운 과목을 주체적으로 선택하지 못한 내 탓이 더 크면 컸지.

그러나 강사는 강의를 끝내며 '다음 시간에 종강하겠다'고 발표했다. 여기저기서 한숨 소리가 들려왔다. 나는 눈에 힘을 주고 광민이를 째려보았다. 광민이는 그제서야 미안한 듯이 머리를 긁적였다.

"이렇게까지 끌 줄은 몰랐지."

"됐어. 나중에 이거 시험 보고 술이나 한잔 사."

"오늘 살까? 마침 돈도 있는데."

"지금이 몇신데 아침부터 술을 마시냐? 그것도 그렇고, 어제 공업수학 리포트 밤새서 썼어. 집에 가서 잘란다."

"아, 그러고 보니 나도 오늘 동생 숙제 도와주기로 했구나."

"숙제?"

"응. 학교에서 십자가를 만들어 오래나. 급하대."

"내 동생도 비슷한 숙제 해갔었는데……."

"아참, 너 기현이 연애한다는 얘기 들었냐?"

늘 보는 친구들끼리 나누는 시시콜콜한 잡담과 농담을 해대며 학교를 걸어내려오다가 내가 신발끈을 다시 매느라고 걸음을 멈추었을 때, 흐린 하늘 저편에서 UFO 하나가 구름을 가르고 잠시 나타났다가 사라졌다. 그것을 바라보던 광민이가 무심코 말했다.

"재네들은 무얼 기다리고 있는 걸까?"

나는 집에 돌아오자마자 밥도 먹지 않고 곯아떨어졌다. 밤을 새고 노는 건 쉽지만, 밤을 새고 공부를 하거나 숙제를 하는 건 보통 고역이 아니다. 어머니는 나가셨고 동생은 학교에 갔으니 저녁때까지 날 깨울 사람은 없었다. 꿈도 없는 적막한 잠, 몸의 피로를 회복해 다음날부터 시험 공부를 할 수 있게 만들어줄 잠을 누구의 방해도 받지 않고 푹 자고 싶었다. 나는 저녁때까지 죽은 듯이 잤다.

눈을 뜨자 배가 고팠다. 시계를 보니 일곱시였다. 어머니가 저녁 먹으라고 한 번쯤 깨우셨을 법도 했다. 그런데 바깥은 조용했다. 나는 문을 열고 마루로 나갔다. 마루에는 동생 혼자뿐이었다. 동생은 침침한 백열등 불빛 아래, 온몸에 흘러내리는 하얗고 얇은 잠옷을 입고 소파에 앉아 있었다. 지금까진 동생이 그런 잠옷을 입은 걸 본 적이 없었다. 자칫하면 불빛에 온몸이 비쳐 보일 것 같았다. 아찔했지만, 고개를 돌리면 오히려 어색할 것 같아 고개를 돌릴 수도 없었다. 나는 될 수 있는 대로 시선을 다른 쪽으로 두려고 노력하며 물었다.

"재원아, 어머니는……?"

"쉿. 아빠 엄마는 주무셔."

동생이 입에 손가락을 갖다댔다. 하얀 손가락이 가 닿은 입술이 보석처럼 붉어 보였다. 나는 입을 다물었다. 동생은 소파에서 일어나 가볍게 걸어 내 쪽으로 다가왔다. 동생의 희디흰 발이

사뿐사뿐 움직이는 것을 바라보며 '발이 참 작구나' 하고 멍하니 생각했다. 동생이 내 팔을 잡고 다른 팔로 목을 휘감았을 때, 나는 잠깐 비틀거렸다. 몸에 와 닿는 동생의 체온이 따뜻했고, 머리카락에서는 청량한 샴푸 냄새가 났다. 동생이 귀에 대고 달콤한 목소리로 속삭였다.

"오빠, 한 달이 지났어. 오늘 밤엔 보름달이 떠."

"보름달이 뭐가 어때서?"

나는 자기도 모르게 마주 속삭이고 있었다. 동생이 생긋 웃었다. 하얀 이빨이 살짝 보였다.

"오빤 늦구나. 아직도 몰라? 난 이미 준비를 끝내놓고 한 달 동안 기다렸는데."

"무슨 준비……?"

대답 대신 동생은 내 귓가에 작은 목소리로 노래를 부르기 시작했다. 지난 한 달 동안 끊임없이 여기저기서 들어왔던, 그러나 가사는 한 번도 생각나지 않았던 바로 그 노래였다.

4. 문 두드리며 하는 말

드디어 밤이 되었다. 그러나 평소와는 달리 밤은 어둡고 고요했다. 보통때 도시의 밤은 밝다. 골목길에는 가로등이 켜지고, 상점의 네온사인이 얼룩덜룩한 색으로 거리를 수놓고, 아파트에서 새어나오는 불빛들이 길을 밝힌다. 그러나 그날은 달랐다. 가로등은 꺼져 있었고, 상점들은 모두 문을 닫았다. 아파트의 불빛은 여전했지만 건물 사이에서 울리던 TV 소리는 나지 않았다.

한 달 만에 처음으로, 오늘 밤에는 구름도 없었다. 보름달은 들쭉날쭉한 스카이라인 위로 희게 부풀어오른 배를 맘껏 드러내며 이 고요한 도시를 보고 미소를 지었다.

동생과 나는 베란다에서 함께 달을 바라보고 서 있었다. 나는 동생의 작고 동그란 어깨 위에 팔을 얹어놓고 있었다. 동생이 살며시 팔을 풀어내며 내 얼굴을 바라보고 속삭였다.

"이제 나가야지."

준비하는 데는 시간이 꽤 걸렸다. 우선 차 열쇠를 찾아야 했다. 동생이 어머니 핸드백 속에서 열쇠를 찾아냈다. 그 다음, 아버지 어머니의 옷을 벗기고 동생이 만들어두었던 수의로 갈아입혔다. 하얗고 헐렁헐렁한 수의를 입고 깊이 잠든 두 분은 마르고 깨끗해 보였다. 동생과 함께 낑낑거리며 아버지 어머니의 몸을 차 뒷좌석으로 옮겼다. 십자가는 차 위 스키 슬롯에 떨어지지 않게 잡아매었다. 한 달 전에 만든 거라 그새 곰팡이가 피어 있었지만, 상관없었다. 트렁크에 밧줄과 칼을 넣고 동생은 조수석에, 나는 운전석에 앉았다. 시동을 걸었다.

우리는 늦게 출발한 편이었다. 서울 시내의 모든 차들이 이미 도로를 꽉 메우고 있었다. 구정 때 도로 사정은 비할 바도 아니었다. 그러나 그들의 지시 아래 모든 차들이 질서정연하게 움직이고 있었다. 북쪽으로도 갈 수가 있어서 그나마 좀 나았다. 이제 군사분계선은 의미가 없었다. 서울 북쪽 차들은 황해도나 함경도 쪽으로 달려갈 것이다. 우리는 동해 쪽으로 가게 되었다.

방배동 길가에서 열 대여섯 살쯤 먹어 보이는 소년이 손을 흔드는 것이 보였다. 소년의 집에는 차가 없었던 것 같다. 소년은 아예 십자가에 부모님을 묶어둔 채로 어깨에 십자가를 걸치고 있었다. 힘겨워 보였다. 우리 차에 실어주고 싶었지만 자리가 없었다. 어떻게 할까 망설이고 있는 중, 내 앞에 밴 하나가 미끄러져 들어오더니 힘 좀 쓸 것 같아 보이는 남자애 두 명이 뛰어내려 자기네들 차에 십자가를 실어주었다. 마음이 놓였다.

고속도로에서는 속력을 낼 수가 있었다. 수호신처럼 달이 떠 있었고, 우리는 있는 힘껏 악셀러레이터를 밟았다. 모든 차가 바다로, 바다 쪽으로 달리고 있었기 때문에, 도중에 길이 갈리고 다른 차들이 끼어든다든가 하는 일은 생기지 않았다. 우리 차 옆에 고속버스가 한 대 지나갔다. 그 안에도 내 또래 아이들이 가득 타고 있었다. 나와 동생은 버스를 향해 한 손을 흔들었고, 그들도 마주 손을 흔들어 응답해주었다. 이 밤 어디선가는 바다를 향해 가는 기차도 달리고 있겠지. 나는 침착하고 즐거운 마음으로 운전했다. 한 번도 잡아본 적 없는 운전대가 하나도 낯설지 않았다. 그들이 도와주고 있는 것이다.

새벽 한시쯤 바닷가에 도착했다. 검은 파도가 밀려오고 있는 바닷가에는 이미 많은 차들이 서 있었다. 가장 바닷가에 가까이 선 차들이 헤드라이트를 켜놓아서, 파도 자락이 그리는 하얀 선을 따라 십자가들이 쭉 늘어선 것이 훤히 보였다. 차를 대충 세우고 문을 열자, 나보다 좀 어려 보이는 남자아이들 몇 명이 다가왔다.

"도와드릴까요?"

"고맙습니다."

바닷가 가득, 먼저 십자가를 세운 아이들이 나중에 도착한 아이들을 돕고 있었다. 내가 삽을 빌려 구멍을 파는 동안 그들은 차 위에서 십자가를 끌러 내렸다. 동생과 그 아이들은 부모님을 뒷좌석에서 끌어내려 십자가에 묶었다. 부모님은 여전히 깊은 잠—혹은 혼수상태—에 빠져 계셨다. 고통을 느끼지 않게 하려는 그들의 배려인 것 같았다. 나는 새삼 그들에게 고마움을 느꼈다.

두세 시간 가량 흐르자, 마침내 더이상 세울 십자가가 남지 않았다. 하얀 달은 검은 하늘과 검은 바다 위에 터질 듯이 부풀어 있었다. 일렬로 늘어선 헤드라이트 불빛 속에서, 바닷가에 가득 찬 십자가와 그 위에서 펄럭이는 하얀 옷자락들은 신성하고 장엄해 보였다. 이제 모든 준비는 끝났다. 곧 신호가 올 것이다. 우리는 땀에 흠뻑 젖은 채 신호를 기다렸다.

신호는 곧 왔다. 하얀 달 옆에, 천천히, 또하나의 달이 떴다. 푸르스름한 달빛에 눈부시게 반짝이는 은빛의 원반. 동생이 나를 바라보며 미소지었다. 동생의 손에는 트렁크에서 꺼내온 칼이 들려 있었다. 달빛 아래에서 펄럭이는 하얀 잠옷, 끊임없이 파도가 밀려오는 소리, 이런 것들이 너무나 아름답게 잘 어울렸다. 나는 동생의 손에서 칼을 받아들었다. 동생이 노래를 부르기 시작했다. 동생뿐만이 아니었다. 모두들 한꺼번에 노래를 부르고 있었다. 나도 함께 불렀다. 어린 시절에 불러본 이후 오랜만에, 정말 오랜만에 부르는 노래였다.

"숲속 작은 집 창가에
작은 사람이 서 있는데
토끼 한 마리가 뛰어와
문 두드리며 하는 말……."

동생은 우리 십자가 옆에 서서 내게 손짓했다. 동생의 눈이 촉촉하게 젖어 있었다. 동생은 손을 뻗어 부모님들의 어깨를 어루만지며 발돋움을 해서 부모님께 키스했다. 부모님들은 여전히 깊은 잠에 빠져 있었다.

"가엾은 토끼들."

나도 다가가 부모님께 작별의 키스를 드렸다. 가엾은 토끼들. 비행접시는 재촉하듯 공중에서 회전하고 있었다. 동생은 다음 소절을 불렀다.

"살려주세요! 사냥꾼이 쫓아와요!"

하얀 칼 끝에 피가 흘렀다. 나는 손에 힘을 주었다. 꼬록 소리가 나며 목뼈에 칼이 박히는 감촉이 손끝에 느껴졌다. 칼을 빼자, 아버지의 목이 커다랗게 입을 벌리며 뒤로 넘어갔다. 어머니 쪽은 아무래도 뼈가 좀 연한 것 같았다. 원래 여자가 남자보다 뼈가 덜 억센 거겠지. 아니면 혹시 골다공증이셨을까? 얼마나 고생을 하셨으면. 불쌍한 부모님, 편히 쉬세요. 동생과 나는 마저 노래를 불렀다.

"작은 토끼야 들어와 운명을 맞아라.
작은 토끼야 들어와 편히 쉬어라.
작은 토끼야 들어와 편히 쉬어라."

꽃향기처럼 진한 피비린내가 파도가 몰아오는 비린내와 섞여 바닷가 전체에 가득 찼다. UFO는 달과 함께 찬란하게 빛나고 있었다. 해가 뜰 때까지, 그때까지가 의식의 시간이다. 그때까지 UFO가 우리와 함께 있으면서 제관(祭官) 노릇을 해주리라는 것을 아무도 의심하지 않았다. 아이들은 자기 부모님의 가슴에 얼굴을 비비기도 하고, 수의를 매만져주기도 하고 있었다. 미리 꽃을 몇 송이 가져왔다가 부모님 옷에 꽂아드리는, 준비성 있는 아이들도 있었다.

우리는 서로 어깨를 끼고 뒤로 몇 발짝 물러나 우리 부모님들을 바라보았다. 목에 또하나의 입을 벌리고 그 입에서 피를 흘리며 뒤로 고개를 넘긴 부모님들의 모습은, 우리가 늘 보아왔던 초라하고 삶에 지친 모습이 아니었다. 그 모습은 당당하고 성스러워 보였다. 내가 불쑥 입을 열었다.

"안크(ankh) 십자가 같애."

"안크 십자가? 그게 뭔데?"

"크룩스 안사타(crux ansata)라고도 하는데, 이집트 비문(碑文)에 자주 나오는 십자가래. 암수를 나타내는 기호 알지?(여기서 동생은 얼굴을 약간 붉혔다) 그 중에서 암컷을 나타내는 기호 비슷하게 생긴 건데, 신이나 왕을 의미한대. 그걸 갖고 있는 사람은 생명의 창조자로 본대."

나는 얼마 전에 '이집트 십자가의 비밀'에서 본 대로 동생에게 설명해주었다. 말을 해놓고 다시 바라보니, 십자가에 묶인 채 하얀 수의를 나부끼는 부모님들의 모습은 더욱 안크 십자가 같아 보였다. 동생이 한숨을 쉬었다.

"틀린 것도 아니겠지. 희생이란……."

동생은 말을 잇지 못하고 몸을 바르르 떨었다. 드디어 밤바다의 한기가 스며들어오기 시작한 모양이었다. 나는 동생의 어깨에 팔을 둘러 꼭 안아주었다. 얇은 옷 아래 오슬오슬 솟은 소름이 느껴질 것만 같았다.

5. 작은 토끼야 들어와 편히 쉬어라

바닷가에 다녀온 후에도 일상은 별 변화 없이 굴러갔다. 밥과 빨래는 동생이 해주었고, 청소는 내가 했다. 동생은 아침에 학교에 가서 오후 네시쯤 돌아왔고, 나는 한 과목만 빼놓고 종강되었기 때문에 집에서 시험 공부를 했다. 도서관에 가서 아이들과 시험 정보를 교환할 수도 있었지만, 고등학교 때부터 집에서 공부해서 그런지 집에 있는 게 마음이 편했다. 그날 이후 단 하나 변한 것이 있다면 돈이 필요가 없다는 것이었다. 먹을 것이 다 떨어지면 가게에 가서 가져오면 되었다. 보통 가게를 보는 사람은 없었다. 가끔 가겟집 어린아이가 나와서 지키고 서 있는 날도 있었지만, 그 어린아이도 누가 얼마나 가져가는지에는 별 흥미가 없는 것 같았다. 그저 늘 나와 있었으니까 나와 있는다는 식이었다. 하늘은 맑은 날도 있었고 흐린 날도 있었다.

마지막 수업이 있는 목요일 아침엔 부탁한 대로 동생이 깨워주었다. 나는 아침잠이 많은 데다가 1교시가 있는 날이 일주일 중에 그날 하루뿐이었기 때문에, 평소엔 늘 어머니가 깨워주시곤 했다. 나는 벌떡 일어나 대강 세수를 하고 책가방을 집어들었다. 동생이 물었다.

"오빠, 시험 봐?"

"아니, 오늘 마지막 수업이야."

"일찍 오겠네."

"응. 너는?"

"난 오늘부터 시험이야. 어제 밤새서 공부했으니까, 오늘은 일찍 와서 잘 거야."

나는 보통때와 마찬가지로 땀을 뻘뻘 흘리며 비탈길을 올라갔다. 일주일 동안 학교에 오지 않았더니 그전보다 더 힘든 것 같았다. 강의실에 올라갈 때까지 내 어깨를 치는 사람은 나타나지 않았다. 보통때보다 약간 늦었나보다. 강의실은 빽빽하니 다 차 있었다. 종강 시간이니 강사가 시험 문제를 찍어주기를 바라고 모두들 출석을 한 것이리라. 나는 뒷자리에 앉았다. 광민이의 뒤통수가 앞에 보였다.

십 분이 흐르고 이십 분, 삼십 분이 흘러갔다. 강사는 나타나지 않았다. 강사에게도 자식들이 있었던 것이리라. 보통때라면 강사가 나타나지 않고 이 정도 시간이 흘렀으면 사람들이 술렁거리기 시작했으련만, 강의실은 쥐죽은 듯이 조용했다. 강사가 투명 인간이 되어 칠판 앞에 서 있기라도 한 듯, 모두들 앞을 바라보며 엄숙하게 앉아 있었다. 나도 뚫어지게 앞을 바라보았다. 쓸데없는 짓을 한다는 생각은 들지 않았다. 그냥 가만히 앉아 있을 뿐인데도 배워가는 것, 마음에 차오르는 것이 있는 것 같은 느낌이었다. 심지어 앞자리에는 뭔가 필기를 하는 아이들도 있었다. 사각사각거리며 종이를 긁는 펜 소리가 듣기 좋았다. 그러나 오십 분 동안 수업에 집중한다는 것은 힘든 일이었다. 이런저런 생각이 났고, 그 와중에 그날 비행접시에서 방사되던 메시지도 머릿속에 떠올랐다.

"우선 여러분들께 가르쳐드릴 것은, 모든 문명은 피의 기초위에 세워졌다는 점입니다. 일정량의 피가 흘러야 문명이 그 다음 단계로 발전할 수 있습니다. 생명이 있는 것으로 알려진 모든 별에서, 고대인들은 전쟁이나 혁명으로 문명을 발전시켰습니다. 역사는 그렇게 흘러가는 것입니다.

우리는 여러분들의 시간으로 약 이천 년 전에 이미 여러분들을 한 번 방문한 적이 있었습니다. 그때의 인간들이 흘리는 피는 조야했습니다. 전쟁의 규모도 작았고, 종교 예식에서 희생으로 바치는 것이 기껏해야 동물의 피였습니다. 우리는 여러분 인류를 몇 퍼센트만 남기고 다 절멸시켜야 하는지, 아니면 아예 다른 종의 동물에게 이 생태계를 맡기고 문명을 발전시켜야 하는지 고민했습니다. 그때 한 사내가 나섰습니다. 그는 자신을 '신의 아들'이라고 지칭하며 모든 사람을 위해 자신의 피를 흘리겠다고 말했습니다. 그의 말을 다 이해할 수는 없었지만, 우리는 그의 제의를 받아들였지요. 그 사내의 피는 적어도 '희생'이라는 것의 개념을 여러분들 인류의 머릿속에 박아넣을 수 있다는 시뮬레이션 결과가 나왔기 때문입니다. 고귀하고 성스러운 희생이라는 개념은 여러분들이 더 발전된 문명을 이룩하기 위해 필수적인 것이었습니다.

이번에 우리는 여러분들을 방문하고 깜짝 놀랐습니다. 여러분들의 인구증가율은 우리가 상상했던 것보다 훨씬 높았습니다. 피는 많이 흘렸지만, 여러분들의 인구 증가는 여러분들이 바친 희생의 총량을 훨씬 넘어서고 있었습니다. 여러분들의 문명은 정체와 퇴보의 조짐을 보이기 시작하고 있었습니다. 더이상 어디로 갈지 몰라 방황하는 어린 문명의 앞길은 어둡기만 했습니다. 희생을 해야 한다면 최소한으로, 아니면 필요한 희생의 총량에 꼭 맞도록 하자. 우리는 여러 가지 점을 신중히 고려했습니다. 노화되고 적체된 피를 방혈하는 것이 더 좋을 뿐만 아니라 필요하기도 하다고 진단했습니다. 그 방혈 작전을 우리는 '작은 토끼'라고 이름붙였습니다.

여러분들의 문명이 발전하는 것은 여러분들만의 이익이 아니라 우리의 이익이기도 합니다. 우리는 일종의 투자가들입니다.

우리가 발전시키는 문명의 에너지에서 우리 자신의 문명을 유지시키고 발전시킬 에너지들을 취하는 것이 우리가 하는 일입니다. 그러기 위해서는 투자 대상에 약간의 간섭을 하기도 합니다. 특히 여러분들처럼 유망하던 문명이 멸망하는 것은 우리에게 커다란 타격이 됩니다.

다행히도 여러분들의 문명에는 가정이라는 개념이 있습니다. 이것은 우리의 수고를 많이 덜어주었습니다. 희생될 자와 희생시킬 자를 인위적으로 분배한다는 것은 상당히 오랜 기간을 필요로 하는데, 가정이라는 것이 이미 존재하는 덕분에 대규모의 분배를 하는 수고가 거의 없었습니다. 이 제도는 다른 별의 문명에도 추천할 만한, 여러분들의 독창적인 산물입니다……."

잡념에 빠져 있는 동안 종이 울렸다. 사람들은 아무 말 없이 일어나 강의실 밖으로 흩어졌다. 광민이가 내 어깨를 스치고 지나갔지만, 나도 광민이에게 말을 걸지 않았다. 마침내 종강이었다.

내가 돌아왔을 때, 동생은 베란다 문을 열어놓고 마루 돗자리 위에서 잠들어 있었다. 제 방은 너무 더웠던 모양이었다. 동생은 그날 입었던 하얀 잠옷을 입고 있었다. 잠든 동생의 모습은 조그맣고 애처로워 보였다. 쌔근거리며 오르락내리락하는 동생의 가슴을 보고 있자니 그날 밤처럼 따뜻하게 안아주고 싶었다.

대부분의 신화와 마찬가지로, 그리스 신화에도 홍수에 대한 일화가 있다. 여호와가 노아의 방주를 만들어 인류의 씨를 보존했듯이, 제우스가 홍수를 내어 인간을 멸망시킬 때도 데우칼리온과 피라라는 두 부부를 살려두었다고 한다. 어느 신화에서는 그 둘은 부부가 아니라 남매였다고도 한다.

세상에 홀로 살아남은 두 인간, 데우칼리온과 피라.

밖은 조용했다. 매미소리 하나 나지 않았다. 그 적막 속에서 동생의 잠든 모습을 내려다보고 있자니, 여름 오후의 햇빛이 비추고 있는 이 세상, 지금 이 순간 살아남은 것은 우리 둘만인 것 같은 느낌이 들었다. 나는 동생 방에 가서 베개와 얇은 홑이불을 가져와 동생에게 덮어주고 그 옆에 누웠다. 동생은 깨지 않았다. 나는 동생의 몸 위에 팔을 살짝 둘렀다. 팔에서 느껴지는 따스한 체온이, 세상은 지겨운 것이 아니라고, 삶에는 희망이 수놓여 있다고 속삭이고 있었다.

서양에서는, 토끼 앞발을 잘라 가지고 다니면 행운이 온다고들 한다.

총

김영하

1968년 경북 고령에서 태어나 연세대 경영학과 및 동대학원을 졸업했다.

1995년 계간 『리뷰』 봄호에 「거울에 대한 명상」을 발표하며 작품활동을 시작했다.

1996년 장편소설 『나는 나를 파괴할 권리가 있다』로 제1회 문학동네신인작가상을 수상했다.

총

1

석태는 총의 노리쇠를 후퇴, 전진시키는 동작을 반복한다. 차르륵, 차르륵, 경쾌한 소리가 들린다. 총에서 나는 모든 음들은 말할 수 없이 산뜻하다. 그는 기억한다 처음 신병훈련소에서 M16 소총을 분해 결합하던 때의 희열을. 1분 30초 안에 총의 모든 부품들을 질서정연하게 분해했다가 다시 재결합했을 때, 그는 자신이 남자가 됐다고 느꼈다. 기름걸레를 꼬챙이에 끼워 총구 속으로 집어넣을 때면 그의 몸은 달아올랐다. 어쩌면 총을 소제할 때 쓰는 윤활유에는 마약이 들어있을지도 모른다고 생각했다. 그래야 전쟁이 벌어졌을 때, 죽어라고 쏴댈 게 아닌가.

그가 총의 노리쇠를 후퇴, 전진하는 소리를 낼 때마다 사람들이 몸을 움츠린다. 석태는 사십대 남자와 삼십대쯤으로 보이는 여자, 그리고 그들의 두 아이들을 바라본다. 사십대 남자는 배가 조금 나왔고 골프웨어를 입고 있고 그의 여자는 주부들이 집에서 흔히 입는 통원피스를 걸치고 있다. 원피스에는 커다란 해바라기들이 그려져 있다. 석태는 아파트의 내부를 찬찬히 둘러본다. 벽에는 뻐꾸기 시계가 걸려 있고 그 옆으로, 마음이 가난한 사람은 행복하다, 라는 붓글씨 족자가 보인다. 식탁 위에는 그들이 미처 끝내지 못한 저녁식사가 그대로 남아 있다. 내장이 드러난 굴비 두 마리, 콩나물무침, 그리고 오이냉국. 그 음식들을 석태는 멍하니 쳐다본다.

—아줌마, 저 음식들 좀 치우지.

그녀가 움직이자 해바라기들도 따라서 출렁인다. 여자는 황급히 그릇들을 개수통에 처박으며 그의 눈치를 본다.

—설거지하시라구요.

그의 짜증에 놀란 여자는 접시를 떨어뜨린다. 접시에서 콩나물이 떨어져 마루 위에 빨건 고춧가루들과 양념이 핏물처럼 퍼져버린다. 모두들 불길한 징조라도 된다는 듯이 깨진 접시와 널브러진 음식들을 뚫어져라 바라본다. 그러다가 중학생 남자아이가 걸레를 가져와 그것들을 훔쳐낸다.

즐거운 곳에서는 날 오라 하여도 내 쉴 곳은 오직…… 경비실과 연결된 인터폰에서 귀에 익은 음악이 울려댄다.

—누가 좀 받아봐요.

석태의 말에 그건 당연히 자신이 해야 할 일이라는 듯이 분연히 일어난 사십대의 가장이 인터폰을 집어든다.

—여보세요. 네, 네.

석태는 가장의 손에서 인터폰을 낚아채며 다시 구석으로 가라고 눈짓한다.

—이석태, 나야.

—…….

—나 모르겠나? 네 소대장이야. 야, 임마 어쩌자고 그런…….

—소대장님 늦었습니다. 돌아가십시오.

—너 이런 놈 아니었잖냐? 지금이라도 늦지 않았으니까 내려와. 사람이라도 해치면 넌 끝장이야.

석태는 인터폰을 내려놓는다. 소대장이라고? 그가 자신에게 이런 충고를 할 자격은 없다고 생각한다. 그는 악랄한 소대장은 아니었지만 그렇다고 좋은 지휘자도 아니었다. 외출, 외박 날짜나 꼽으며 살아가는, 석태와 다를 바 없는, 그렇고 그런 인간이었다. 소대장이 석태를 위해 해준 일이라고는 가끔씩, 이석태, 뭐 애로사항 없나, 하고 지나가는 말로 물어봐준 것뿐이었다. 애로사항이라는 게 그렇게 간단하면 왜 애로사항이겠냐, 석태는 그렇게 그를 비웃으면서, 없습니다, 라고 대답하곤 했었다.

생각해보면 정말 그렇다. 말로 해결될 일 따위를 가지고 누가 탈영을 하거나 목을 매겠는가.

갑자기 온 집안이 눈을 뜰 수 없을 정도로 환한 불빛으로 가득 찬다. 동시에 창문이 심하게 흔들린다. 헬리콥터다. 아마도 저격수들이 타고 있을 것이다. 아니면 창문을 깨고 들어와 석태의 몸에 총알을 박을 특공대들이 있거나.

석태는 탄창을 결합하고 조종간을 반자동으로 바꾼 후에 베란다 창문을 열고 서치라이트를 향해 총을 쏘아댄다. 물론 창에서 비껴난 어두운 곳에 몸을 의지하고 말이다. 이것 역시 군대에서 신물이 나도록 배운 것이다. 건물 내에서 사격할 경우엔 창에서 떨어진 어두운 곳에서 하라, 그래야 적에게 관측되지 않는다는 것.

다다다다다. 다섯 발의 총성이 헬리콥터를 향해 날아갔다. 석태는 다시 다섯 발을 허공을 향해 쏘아제낀다. 총만 쏘며 살 수 있다면. 내친 김에 있는 총알을 다 쏴버리고 싶은 충동에 휩싸인다. 그 사이 헬리콥터는 기수를 올려 훌쩍 올라가버렸다.

석태는 인터폰을 든다. 조금 전 사격의 흥분이 채 가시지 않아 그의 볼은 발갛게 달아올랐다.

—개수작하지 말아. 여기 수류탄 다섯 발, 실탄 이백 발 있으니까, 알았어?

—이석태. 얘기 좀 하자. 도대체 이유가 뭔가?

굵직한 목소리로 보아 나이가 지긋해 보이는 자다. 석태는 애써 더 크게 악을 써지른다.

—그러는, 씨팔, 넌 누구야?

—나 수방사 헌병대장이다. 나하고 얘기하자. 사나이 대 사나이로.

—니미 씨발. 사나이 좋아하네. 나 그딴 거 필요없으니까 나 건드리지 마. 여차하면 다 터트려버릴 거야.

—이석태. 지금 자수하면 영창 몇 달 들어갔다 나오면 끝나. 내 말 들어라. 내가 책임진다.

—개소리 하지 마. 다 필요 없어.

인터폰을 내려놓고 방안을 둘러본다. 사십대 남자와 설거지를 마친 그의 아내, 그녀는 고무장갑도 채 벗지 않고 있다. 그리고 중학생쯤 되어 보이는 아들과 여고생 기색이 역력한 딸이 있다. 아들의 얼굴에는 여드름이 더덕더덕 나 있고 딸은 이미 여자다. 그 네 명이 그를, 정확히 말하면 그의 총을 바라보고 있다. 그의 시선과 부딪치자 모두 눈을 내리까는데 유독 여고생만이 그의 눈을 똑바로 쳐다본다.

—아저씨.

—…….

—도대체 왜 이러시는 거예요?

—은영아!

그녀의 아버지가 딸을 꾸짖으며 입을 틀어막는다. 입을 틀어막히면서도 그녀는 시선을 거두지 않는다. 그 눈에 도발의 기운이 서려 있다. 그래 저런 눈을 본 적이 있어. 사람을 미치게 만드는 눈빛이지. 무서워하는 것 같으면서도 남자를 꼬이는 그런 눈이지. 그래 본 적이 있어. 하지만 그게 누구의 눈이었는지, 언제 어디서였는지 석태는 기억하지 못한다.

어쩌다 여기까지 오게 됐을까.

벽에 기대어 총을 무릎에 얹어놓았을 때, 다른 사람의 목소리처럼 들려오는 말—어쩌다 여기까지 오게 됐을까. 저들의 저녁식사는 왜 중지되었을까, 왜 뻐꾸기 시계가 있고 마음이 가난한 사람은 행복하다는 족자가 걸려 있는 집에 내가 있게 되었을까, 왜 내 옆엔 성능 좋은 총과 수류탄이 있는 걸까, 어째서?

하지만 석태는 알고 있다. 이 질문이 그의 일생 내내 자신을 따라다녔다는 것을.

2

한 여자가 있었다. 삼 년 전이었고 그의 나이 열아홉이었다. 그들은 본드를 불었다. 고가도로가 그늘을 드리우는 개천가였고 거기서 그들은 행복했다. 그녀가 그의 앞에서 날아다녔고 그도 그녀를 따라서 하늘을 떠다녔다. 불행한 것은 그들에게 오토바이가 있었다는 것뿐이었다. 그녀를 등뒤에 태우고 늘 그들에게 그늘만 드리우던 고가도로 위로 오토바이를 몰았다. 멀리 승용차의 브레이크 등이 보였다. 빨갛고 예뻤다. 그가 가질 수 없는 것이어서 더 그랬을 것이다. 그 브레이크 등이 천천히 그에게 다가왔다. 그는 가까이, 더 가까이 브레이크 등으로 접근했다. 그 다음 순간 그녀와 석태는 다시 하늘을 날았다. 아주 긴 시간이었다. 그렇게 날아가면서 아주 잠깐 그녀의 모습을 본 것 같기도 하다.

그 다음 장면은 응급실. 그 여자의 어머니가 침대에 누워 있는 그에게 욕설을 퍼붓고 있었다. 그 여자의 딸은 현장에서 즉사했다. 그러나 그는 운이 나쁘게도 살아남았다. 다리가 먼저 땅에 닿은 그는 골절상을 입었을 뿐이었다. 앞의 차를 들이받은 덕분에 도로교통법 위반이 되었고 본드 때문에 독극물 관리법 위반이라는 죄명까지 얹혀서 구속되었다. 본드를 불면 독극물 관리법 위반이고 대마초를 피우면 대마 관리법 위반, 히로뽕을 맞으면 향정신성 의약품 관리법 위반이라는 것도 그때 알게 됐다. 그렇게 구치소로 걸어들어갔을 때, 처음 그 질문이 다가왔다. 어쩌다 여기까지 오게 됐을까.

그리고 그때 이후 그는 귀가 아팠다. 그렇게 귀가 아플 때면 청력을 잃었다. 그것은 아무런 예고 없이 찾아왔고 그럴 때면 아무 소리도 들을 수 없었다. 검사를 해보면 별 이상이 없다고 했다. 하지만 그는 정말로, 가끔 아무것도 들을 수 없다. 입영 신체검사에서도 그는 간곡하게 말했다. 가끔 귀가 전혀 들리지 않습니다. 군의관은 몇 가지 검사를 했다. 그때는 빌어먹을, 귀신처럼 잘 들렸다. 그는 현역으로 입영되었다.

—이봐요.

사십대의 가장이 조심스럽게 말을 건네온다. 석태는 물끄러미 그를 바라본다.

—내가 이런 말 해도 될지 모르겠습니다만, 젊을 때는 다 힘든 법이에요. 나도 아버지가 일찍 돌아가셔서 고생깨나 한 놈입니다. 이래봬도 안 해본 일이 없어요. 형씨, 형씨라고 불러도 될지 모르겠지만, 어쨌든 형씨, 그땐 죽을 생각도 많이 했더랬어요. 애들한테도 말 안 한 건데, 그 시절에 우리 집사람이 애를 가졌었는데 도대체 키울 자신이 없더라구요. 그래서 두 번이나 지워버렸지요. 이 사람한테 못할 짓 많이 했지요. 이 사업, 저 사업 하다가 이제서야 좀 자리가 잡혀서 사람 노릇 하고 삽니다. 형씨, 제 말 오해하지 말고 들으세요. 자수하세요. 지금이야 죽을 맘밖에는 없겠지만 조금만 생각해보면 그게 다 헛거예요. 형씨, 보아하니 어렵게 자란 사람 같은데, 자수했다가 풀려나면 내 꼭 형씨 취직자리를 알아보겠소. 정 안 되면 우리 회사에서라도…….

—아저씨, 됐어요. 그만하세요.

석태가 건조하게 그의 말을 끊는다. 그러면서도 왠지 그의 다정한 말이 마음을 울리는 것을 느낀다. 저런 따뜻한 말을 언제 들어보았던가. 그는 기억해내지 못한다. 문득 이 가족의 삶이 정겹게 느껴진다. 8시 반 저녁 드라마에 나오는 가족들처럼 말이다. 저 사내의 말처럼 언젠가 나도 이런 가족을 가질 수 있을까. '사람 노릇' 하면서 살 날이 올까. 설마, 석태는 고개를 젓는다. 그건 유산 같은 거야. 물려받는 거지. 남편 복 없는 년이 자식 복은 있겠냐고 그의 어머니는 말하곤 했다. 그건 나도 마찬가지야. 그는 맞받아치곤 했다. 부모 복 없는 놈이 무슨 복은 있을라구.

3

오토바이 사고 이후, 짧은 구속 기간이 끝나고 구치소 문을 나섰을 때, 문 앞에서 그를 기다리던 여자가 있었다. 석태는 그 여자와 그때부터 함께 살았다. 그 여자는 그가 단란주점 삐끼로 일할 때, 그 단란주점을 출입하던 보도였다. 보도 사무실로 전화하면 그녀와 그녀의 친구는 단란주점으로 달려와 손님들 품에 안겼다.

—오빠는 왜 그렇게 말이 없어?

—말이 많으면 다쳐.

—하긴 그래. 참, 오빠가 제일루 갖고 싶은 게 뭐야? 내가 사줄게.

—넌 줄 수 없는 거야.

—뭔데? 응?

끝내 석태는 말하지 않았다. 그건 정말로 그녀가 그에게 줄 수 없는 것이었다. 그는 총을 가지고 싶었다. 총 중에서도 그가 정말로 가지고 싶었던 총은 오스트리아 슈타이어 사에서 만든 AUG 소총이었다.

총. 총을 생각하면 언제나 가슴이 뛰었다. 그는 총에 관한 잡지를 사 모았고 정교하게 만들어진 장난감 총을 사서 조립하며 그 지긋지긋한 학교생활을 견뎌냈다. 총만큼 아름다운 건 없었다. 총에는 아무것도 불필요한 것이 없다. 간결하면서도 정교하고 그러면서도 충격에 강해야 한다. 그가 처음 가지고 싶었던 건 헤클러 앤 코호 사에서 만든 독일제 MP5 소총이었다. 방아쇠를 당길 때, 노리쇠가 움직이지 않으므로 초탄 명중률이 대단히 높기로 유명한 총이다. MP5 시리즈 중에서 가장 마음에 드는 건 제일 작은 모델인 MP5K 시리즈인데 기관 권총에 가깝다. 그래서 경호원들이나 특수부대의 실내전 등에 요긴한 제품으로 구조는 MP5와 거의 같았다. 탄창은 15연발이 기본이고 가방 속에 넣고다닐 수 있게 된 제품도 있었다. 가방 손잡이에 발사 버튼이 붙어 있어 가방 속에 넣은 채로 발사할 수도 있어서 경호원들의 휴대 무기로 어울린다고 했다.

한때 사막의 모래바람 속에서 끄떡없이 견디면서도 정밀도가 높은 이스라엘제 갈릴 소총을 좋아했던 적도 있었다. 하지만 MP5나 갈릴 소총은 무엇보다 멋이 없었다.

그러던 어느 날 잡지에서 본 슈타이어의 AUG 소총에 그는 단박에 매료되었다. 그 소총을 들고 있던 오스트리아 병사가 죽도록 부러웠다. 저 총을 가지고 싶다. 슈타이어 소총은 몸체의 대부분이 플라스틱으로 되어 있어 보기에도 매끄럽고 총신 위에 망원경이 달려 있는 점은 더 멋졌다.

하지만 그가 실제로 총을 만져볼 수 있었던 건 군대에서 지급받은 M16과 K1 소총이었다. 멋대가리 없는 돌격용 소총들. 망원경도 없고 무겁기만 했다. 그래도 그는 좋았다. 그래서 그는 사격 훈련 전이면 벌어지는 가혹한 사격술 예비훈련을 기꺼운 마음으로 해냈고 무서운 집중력으로 사격에 임했다. 당연하게 그는 사격을 잘하는 편에 속했다. 스무 발 중에서 평균적으로 열여덟 발 정도를 해치웠다. 그의 불행이라면, 그가 군대생활을 사격과 혼동했다는 점이다. 군대생활이란 사격만 잘하면 아무 문제 없이 굴러갈 그런 것으로 알았다.

석태에게 주어진 보직은 취사병이었다. 날이면 날마다 수백 마리의 생선과 닭을 잘라야 했다. 내장을 발라내고 머리를 자르고 발을 끊었다. 지겨웠다. 오늘 수백 마리의 생선을 발라낸다 해도 내일 또 그만한 수효의 생선이 그를 기다리고 있다는 사실이 그를 미치게 만들었다. 그러던 어느 날, 그로 하여금 사격조차 못 하게 만든 하나의 사건이 일어난다.

—사수, 발사 위치로.

—위치로.

통제 장교의 명령에 따라 석태와 그의 중대원들이 일제히 사격 자세를 취했다.

—탄창 결합.

—탄창 결합.

—전방의 목표물을 향하여 사격 개시.

요란한 소음이 천지창조처럼 웅장하게 터져나온다. 석태는 50미터, 100미터, 250미터에 위치한 표적들이 올라올 때마다 방아쇠를 당겨댔다. 그런데 왜 그랬을까. 탄창에 들어 있는 열 발의 탄약을 다 소모하고 나서 석태는 다시 탄창을 결합했다. 그건 금지된 일이었다. 사격을 멈추고 사선 밖으로 물러나와 다음 명령을 기다려야 했다. 그러나 석태는 그러지 않았다. 멀리 표적선 근처에서 어슬렁대던 흑염소 한 마리 때문이었을까. 사선에 엎드린 채로 그는 미친 듯이 방아쇠를 당겨댔다. 그 순간 그의 귀엔 아무것도 들려오지 않았다. 어깨로 전해오는 둔탁한 충격만이 그가 총을 쏘고 있다는 사실을 알려주었다. 흑염소 주위에서 작은 흙먼지가 일고 위험을 느낀 흑염소는 겅중거리며 사방으로 뛰어다녔다. 그의 총이 염소를 따라 계속 발사되었다. 드디어 한 발이 맞았다. 풀썩 쓰러졌다가 다시 일어나 달아나려던 염소는 또 한 발의 총탄에 맞아버렸다. 명중이었다. 염소는 다시 일어나지 못했다. 석태의 탄창도 다 비어버렸다. 아득함. 플래시를 별에 비추면 언제쯤 별에 닿을까. 어린 시절의 석태는 그게 궁금했다. 수백만 년이 지나면 언젠가 저 별에서 이 플래시의 불빛을 보게 될까. 그 빛은 너무 약해서 거기까지 가기도 전에 다 흩어져버려, 이 병신아. 명민한 친구들이 그에게 진실을 알려주었지만 석태는 믿지 않았다. 다시 아득함. 방아쇠를 당겨도 아무런 충격이 느껴지지 않았다. 저 먼 우주를 향해 총을 쏘아버린 기분. 그렇게 안온하게 엎드려 있으면서 석태는 여자를 생각했다. 따뜻한 젖가슴과 그 젖가슴 사이의 골과 그곳에 맺히는 뜨거운 땀을 떠올렸다.

석태가 탄약을 다 소모했다는 것이 확실해지자 그제서야 선임하사와 통제 장교가 그에게 다가왔다. 아마도 그들은 석태에게 뭔가 말했을 것이다. 야이 개새끼가 죽으려고 환장했나, 따위의 말 말이다. 하지만 석태는 그 말을 듣지 못했으므로 그가 느낀 최초의 감각은 배를 찢을 듯이 차올린 그들의 군화발이 전해준 통증이었다. 그들은 군화발과 개머리판으로 누워 있는 그를 때렸다. 처음엔 통제 장교와 하사관만 때렸지만 나중엔 사선에 함께 엎드려 있던 그의 고참들도 합세했다. 염소를 죽이지만 않았더라도 그렇게까지 맞지는 않았을 거라고 그는 생각했다. 그렇게 생각하는 동안에도 무수한 발길질이 그에게 날아들었다.

그 후로 그는 사격에서 제외되었다. 그리고 그 무렵, 단란주점의 여자가 그를 떠났다는 게 확실해졌다. 그에게 남겨진 건 분해를 기다리는 수천 마리의 비린 생선들과 대가리 잘린 닭들뿐이었다.

4

총을 쏘지 못하게 된 후, 총은 석태의 꿈속에 자주 출몰했다. 언제나 비슷했던 꿈들. 그는 이름을 모르는 자동소총을 들고 있다. 무수히 많은 자들이 석태를 쫓아오고 석태는 수많은 총알을 그들에게 쏘아댄다. 그렇게 쏘아대도 총이 과열되어 휘어버린다거나 총알이 모자라는 일 따위는 없다. 그는 쏘고 또 쏘며 절벽과 절벽을 지나 커다란 파도가 치는 바닷가의 산 정상으로 밀려 올라간다. 꿈은 마지막 순간으로 치닫는다. 그러다 갑자기 근접거리에서 복병이 나타나 그에게 총을 겨눈다. 그도 총을 들어 응사하려고 하나 아무리 방아쇠를 당겨도 총알이 나가지 않는다. 적들은 천천히 그에게 다가오며 웃어댄다. 초조함 속에 석태는 포위된다. 그렇게 잘 나가던 총알이 결정적인 순간에 발사되지 않는다. 그러다 가위눌린 것처럼 식은땀을 흘리며 잠에서 깨어난다. 그게 석태 꿈의 주된 줄거리였다.

그 악몽마저도 이제 끝인가. 석태는 개머리판으로 마룻바닥을 단조롭게 쿵쿵쿵 찧으며 씁쓸하게 웃는다. 자고 싶다. 아주 편안하게 잠들고 싶다. 저 안방에 놓인 퀸사이즈의 침대에 올라 포근한 오리털 이불을 덮고 딱 하룻밤만 자고 싶다. 아무런 꿈에도 시달리지 않고 아무런 불안도 없이 그렇게 잠들고 싶다.

그때 갑자기 그의 귀가 아파온다. 며칠에 한 번씩 찾아오는 청각마비. 하필이면 지금 다시 귀가 들리지 않는다. 헬리콥터 소리도, 밖에서 쉴 새 없이 질러대는 메가폰 소리도 들을 수 없다는 얘기다. 어쩌면 잘 됐는지도 몰라. 세상이 조용해졌으니까. 그러면서도 그는 총을 다시 점검한다. 이제 눈밖에 믿을 것이 없다. 인질들은 민감하게 그의 불안을 알아차리고 더욱더 몸을 움츠린다. 중학생 아들내미는 눈동자로 석태를 노려본다. 밉겠지. 내가 너의 편안한 잠을 방해하고 컴퓨터 게임을 방해했겠지.

여고생은 석태를 향해 뭔가를 말하고 있다. 사십대의 가장도 그를 향해 입을 달싹거린다. 자신이 살아온 이야기거나 뭐 그런 이야기일 것이다. 그는 미간을 찌푸리며 두 사람의 이야기를 알아들으려 하지만 소용이 없다. 여고생은 석태가 지금 아무것도 듣지 못한다는 것을 금세 깨닫고 입을 다물어버린다. 어떻게 알았을까. 아무런 움직임도 보이지 않았는데. 아니다. 바로 그것이다. 아무 움직임도 없다는 것. 그는 곧 깨닫는다. 듣는다는 건 곧 듣고 대꾸한다는 것이다. 대꾸하지 않았기에 그는 사람들의 분노를 샀다. 아주 주의 깊은 사람들만이 그의 귀가 가끔 멀어버린다는 것을 알아차렸다. 그래서 그는 이 사실을 알아차린 여고생이 고맙다. 그녀를 안고 잠들고 싶다. 갑자기 치받쳐오르는 성욕이 불편해진 석태는 총을 집어든다. 마음이 가라앉고 편안해진다. 그랬다. 총을 들면 세상이 다 내 것 같았었다. 그게 모조품이든 진짜 총이든 그랬다.

총을 다시 점검한 후에 조심스레 베란다로 접근해 바깥의 동정을 살펴본다. 거의 모든 아파트의 불빛이 꺼져 있다. 아마도 경찰이 모두 대피시켰을 것이다. 이 아파트에는 아마도 석태와 네 사람의 가족밖에는 남아 있지 않을 것이다. 주차장에는 경찰차와 군용 트럭들이 빼곡히 들어차 있다. 역시 아무 소리도 들려오지 않는다. 무덤처럼 고요한 이곳이 석태는 불안하다.

그때 갑자기 석태가 몸을 돌린다. 아마도 그는 귀로 들을 수 없는 어떤 것을 감지했을 것이다. 귀가 들리지 않을 때면 열리는 제6의 감각, 그에겐 그런 것이 있었다. 그가 돌아섰을 때, 사십대의 가장이 골프채를 들고 그에게 돌진하고 있었다. 불행한 것은 그에게 잘 손질된 소총이 있었다는 점이다. 그는 훈련받은 그대로, 맞으면서 배웠던 그대로, 소총의 방아쇠를 당겼다. 더 불행한 것은 소총의 조종간이 자동으로 맞춰져 있었다는 점이다. 사십대의 가장은 배와 가슴에 여러 발의 총알을 맞고 현관 쪽으로 날아가버렸다. 다다다다다. 그 순간 갑자기 그의 귀가 트인다. 왜 하필 그때. 그가 태어나서 두번째로 사람을 죽이던 순간에 귀가 다시 열렸을까. 그는 알지 못한다.

그는 천천히 거실을 둘러본다. 그가 베란다로 가기 전과는 확연히 달라진 풍경이 그를 맞이한다. 조금 전까지 사람 노릇 어쩌고 하면서 친절하게 그의 자수를 권유하던 남자는 고깃덩어리가 되어 던져져 있다. 비닐 장판 위로는 피가 흥건하게 퍼져간다. 피는 천천히 신발장 쪽으로 흘러간다. 나머지 세 명 중 누구도 시체 옆으로 달려가지 못하고 부들부들 떨 뿐이다. 아들내미가 가장 먼저 울기 시작한다. 비현실적인 장면이다. 이건 비디오야. 삼류 액션물이나 공포물일 거야.

석태는 소파에 걸터앉아 담배를 꺼낸다. 그의 손이 부들부들 떨리고 있다. 이건 염소를 죽이는 일과는 다른 거야. 그의 내부에서 누군가 중얼거리며 반복한다. 이건 염소를 죽이는 일과는 다른 거야, 이석태. 그러면서도 그의 손은 계속 라이터를 찾고 있다. 하지만 아무리 찾아도 라이터가 잡히지 않는다. 윗주머니, 바지주머니, 뒷주머니 어디에도 없다. 그는 비틀거리면서 주방으로 가 가스레인지를 켠다. 세 번의 시도 끝에 불이 붙는다. 컥, 매캐한 연기가 한꺼번에 폐로 들어오면서 그가 기침을 한다. 그때 다시 이명처럼 고요하고 집요하게 들려오는 질문을 그는 듣는다.

이런 제기랄, 어쩌다 여기까지 오게 됐을까.

4

그는 여고생을 손으로 가리켜 가까이 오게 한다. 그녀는 무릎걸음으로 다가온다.

—음악 좋아하니?

여자애가 고개를 끄덕인다.

—댄스음악?

여자애가 고개를 젓는다.

—그럼?

여자아이는 한참을 머뭇거리다가 말한다.

—록이요, 록. 옛날 록이요. 레드제플린, 야드버즈, 핑크플로이드, 그리고 비틀스도 좋아해요."

여자아이의 눈이 빛을 낸다. 제 아버지의 시체 옆에서, 그리고 그 아버지를 죽인 살인자 앞에서, 딸은 록 음악을 이야기하며 눈을 빛낸다. 그녀는 또래의 취향과 다른 자신의 취향을 자랑스러워하고 있다.

—비틀스 좀 틀어봐.

—무슨 앨범 틀까요? 〈렛잇비〉 아니면 〈에비로드〉? 난 〈에비로드〉가 제일 좋아요."

한때 그는 록카페에서 일했었다. 록카페가 한창 유행일 때 말이다. 음악은 주인과 단골손님들이 틀었다. 그로서는 시끄럽기만한 그런 음악이었지만 그땐 왠지 그게 좋았다. 너무 시끄러워서 아무것도 들리지 않는 세상. 소리를 질러야만 다른 사람의 이야기를 알아들을 수 있는 세상. 그게 편했다.

—아무 거나 틀어봐.

—그럼 〈에비로드〉를 틀게요.

딸은 조금 멈칫거리다가 마음을 정한듯 재빠르게 움직인다. 전축 장식장의 유리를 젖히고 CD 플레이어를 연 후, 비틀스의 CD를 밀어넣는다.

탁하면서도 부드러운 비틀스의 음성이 피비린내 가득한 거실로 흘러나온다. 그가 아주 어렸을 때, 어떤 탈주범들의 전설을 들었다. 그들은 영화에나 나올 법한 방법으로 교도소를 탈출했다. 그리고 서울로 잠입하여 신촌의 갈빗집에서 갈비를 먹다가 경찰의 추적을 받자 그 근처의 가정집으로 들어가 경찰과 대치했다. 탈주범들의 어머니가 왔지만 그들은 만나지 않았다. 대신 그들은 경찰에게 비지스의 〈할리데이〉를 틀어달라고 말했다. 그 이야기는 이상하게도 그의 머릿속을 떠나지 않았다. 동네 놀이터에서 아이들과 총싸움을 하면서도 그는 자신이 경찰들에 둘러싸여 싸우다 죽어가는 외로운 탈주범이라고 여기게 되었다. 그가 자라 어른이 되었을 때, 그는 그 사건의 주범이 지강헌이었다는 것도 알게 되었다. 그 이름 역시 그에게는 낯설지 않았다. 지강헌. 지강헌. 그는 다시 그 이름을 되뇌어본다. 이렇게 되려고 그랬던가.

비틀스는 계속 노래한다.

—그만 꺼.

그가 명령하고 여고생은 그 말을 따른다.

—라디오 틀어봐. 혹시 뉴스하는 데 있으면 틀어봐.

세 번쯤 채널을 바꾸니 뉴스 속보가 나오는 채널이 잡힌다.

—…… 현재 범인은 네 명의 가족을 인질로 잡고 경찰과 대치하고 있습니다. 이 사건으로 일대의 교통이 완전히 통제되고 있습니다. 일대를 지나시는 운전자께서는 우회도로를 이용해주시기 바랍니다. 범인의 신원은 육군 모 부대 소속 이석태 일병으로 밝혀졌으며 자세한 사항은 새로운 소식이 들어오는 대로 여러분께 전해드리겠습니다. 이어서 김유선 아나운서가 진행하는 FM 콘서트가 계속되겠습니다.

시그널이 나오고 김유선 아나운서라는 여자가 나와서 인사를 한다.

—무장탈영범이 도심까지 들어와서 인질극중이라죠? 그래서 그런지 오늘 유달리 이 노래를 신청해주신 분들이 많네요. 지금 팩스와 통신을 통해 많은 청취자들이 이 곡을 틀어달라고

하셨거든요. 이문동의 이영선씨, 부산 광복동의 김현석씨, 천리안에서 사연 주신 아이디 JJBAR 유진선씨, 들어주세요. 비지스의 〈할리데이〉입니다.

DJ의 말을 듣고 처음에 그는 쓰게 웃었다. 하지만 막상 〈할리데이〉가 흘러나오자 그는 조금씩 눈물을 흘렸다. 그래, 이건 내 인생의 처음이자 마지막 휴일인지도 몰라. 그는 자신에게 일생동안 단 한번도 휴일이 없었다는 사실을 새삼 깨닫고 울었다. 진정한 휴일이란 빨간날이 아니라 노래를 부르는 날이다, 춤을 추는 날이다, 아무 걱정도 없이 태양을 바라보는 날이다, 사랑하는 여자의 허벅지를 베고 누워 잠드는 날이다, 취하지 않을 정도로 술을 마셔도 되는 날이다, 그리하여 술맛을 느끼며 술을 마실 수 있는 날이다, 사람들이 그의 말을 귀 기울여 들어주는 날이다, 그런 나날들이다.

그는 라디오에서 나오는 〈할리데이〉를 세상에서 처음 들어보는 음악처럼 아까워하며 들었다. 세상이 갑자기 그를 알아주고 그와 소통하기 시작했다. 그가 한 사람을 죽이고 세 명의 목숨을 담보로 세상을 향해 총을 내갈기기 시작한 뒤로 말이다.

5

—아저씨.

전축 옆에 앉아 있던 여자아이가 그를 부른다. 조용하고 차분한 목소리이다. 그녀의 눈동자에 흰자위가 많이 드러난다. 어딘가 정신이 나간 것처럼 보인다. 석태는 멀끔히 그녀를 내려다본다.

—아저씨, 여기 죽으러 온 거죠?

여자아이의 말에는 억양이 없다.

—그래, 맞아. 나 여기 죽으러 온 거야.

석태는 여자아이의 말에 고개를 끄덕인다. 그래 그녀의 말이 맞다. 그게 아니라면 내가 왜 여기까지 와 있겠니. 그때, 다시 여자아이의 눈에 도발의 기운이 서리는 것이 보인다.

—근데, 우리 아빠는 왜 죽였어요?

—그건, 그건 나도 몰라.

그건 정말 그도 모르는 일이었다. 그때 그 염소도 그렇게 죽었단다. 이유는 없어. 석태는 아무에게도 들리지 않는 소리로 중얼거렸다.

—하긴 아저씨 잘못만은 아니에요. 내가 아빠를 그렇게 만든 거예요. 내가 말했거든요. 저 아저씨, 지금 귀가 안 들린다고. 그래서 아빠가 그런 거예요. 내가 그런 말만 안 했어도…….

—그만해.

석태는 그녀의 말을 끊는다. 그건 누구 탓도 아니야. 네 탓도 네 아빠 탓도 내 탓도 아냐. 몰라, 나도 몰라, 씨팔.

무장탈영병은 모두 죽는다. 자살하든 저격당하든 모두 죽는다. 부대를 순회하며 사고 예방교육을 하던 헌병대의 상사가 그렇게 말했었다. 그러니까 나가더라도 총은 놓고 나가라. 헌병대의 상사는 다시 반복했다. 무장탈영병은 모두 죽는다, 알았나? 모든 병사가 우렁차게, 네, 알겠습니다, 하고 대답했지만 석태는 대답하지 않았었다.

자꾸 말을 거는 누나가 불안했던지 남자아이가 제 누이의 팔

을 잡아끈다. 그때 다시 헬리콥터의 프로펠러 소리가 들려온다. 그리고는,

타앙. 타탕

세 발의 총성이 울린다. 석태는 재빠르게 벽 뒤로 몸을 숨긴다. 하지만 날아온 총알 중 한 발이 석태의 어깨를 스치고 지나간다. 그때 뜨거운 느낌이 뒤통수를 타고 흐른다. 이상하기도 하지. 왜 어깨에 총을 맞았는데 머리가 뜨거울까. 석태는 그런 생각을 한다. 아마도 건너편 아파트에 있을 저격수들의 총솜씨일 것이다. 나머지 총알은 소파에 한 발, 책장에 한 발 꽂혔다. 석태보다 더 겁에 질린 건 인질들이었다. 아이들의 엄마가 훌쩍이기 시작한다. 두 팔로는 아들을 억세게 껴안고 있다. 소파 뒤에 엎드려 있던 여고생이 안방으로 들어간다.

―어디 가?

석태가 총을 들어 겨누며 묻는다.

―약 가지러요. 아저씨 총 맞았잖아요.

그녀의 엄마가 딸을 곁눈질한다. 놀란 눈빛이다. 어느새 석태의 어깻죽지는 검게 물들어버렸다. 안방에서 나온 여고생의 손에 적십자표지가 그려진 구급약 상자가 들려 있다. 그녀는 익숙한 동작으로 붕대와 소독약을 꺼내 손에 든다.

―윗도리 벗으세요.

석태는 잠자코 시키는 대로 총을 내려놓고 웃옷을 벗는다.

―런닝도요.

상처와 달라붙어 있던 런닝이 벗겨지면서 살을 도려내는 듯한 아픔이 전해온다. 여고생이 그곳에 소독약을 바르고 붕대로 칭칭 동여매준다.

—다 필요 없는 짓이야.

석태가 그녀에게 말한다. 하지만 그녀는 귀여겨듣지 않고 묵묵히 붕대를 마무리한다. 그런 그녀의 머리에서 향긋한 샴푸 냄새가 난다. 그리고 여자의 냄새. 왼쪽 팔은 소매에 넣지 않은 채로 석태는 다시 옷을 걸친다.

—아주머니, 애들 데리고 건넌방으로 들어가세요. 어서요. 여기 있다가는 다 죽을 테니까.

여자는 석태의 말이 떨어지자마자 아이들을 이끌고 방으로 뛰쳐들어간다.

—문 잠그고 밖에서 무슨 일이 벌어져도 절대 나오지 말아요.

석태는 인터폰을 들고 말했다.

—총 한 발 쏠 때마다 한 명씩 죽인다. 알겠나? 벌써 한 사람 죽어나갔다. 못 믿겠으면 건너편 아파트에 있는 놈들보고 적외선 투시기로 보라고 해.

—도대체 왜 이러는 건가? 이석태, 이석태. 나 너 중대장이다. 요구 사항이 뭔가? 말해야 들어줄 게 아닌가.

—그런 거 없다.

—우리가 뭐 너한테 잘못해준 거라도 있나? 그런 거 없잖나?

—그런 거 없다.

중대장은 당황하고 있다. 중대장이 걱정하는 유일한 것이라면 석태가 원한을 품고 자기를 물고 들어가는 일뿐일 것이다. 석태는 담배를 피워 물며 거실을 둘러본다. 인질들이 사라진 거실엔 죽은 남자의 시체와 석태뿐이다. 역한 냄새가 난다. 마음이 가난한 사람은 행복하다, 는 족자 위에 핏물이 튀어 있다. 시계를 본다. 새벽 세시다.

아파트 아래에서 메가폰 소리가 들려온다.

—석태야. 석태야. 에미다. 야 이놈, 석태야.

그의 나의 열 살 때 집을 나간 석태의 어머니를 어떻게 찾아 데려왔는지 석태는 놀랍기만 하다. 하지만 엄마, 너무 늦었어요. 세상일이란 언제나 너무 늦거나 너무 빨라요. 엄마는 너무 빨리 집을 나갔고 너무 늦게 찾아왔어요. 아버지는 너무 늦게 죽었고 너무 빨리 절 버렸어요. 그때의 그 오토바이는 너무 빨랐는데 전 그걸 너무 늦게 알았구요. 그때의 그 염소는 너무 느렸는데 총알은 너무 빨랐어요. 세상일이 다 그래요. 그러니 그만 가세요.

그러나 석태는 말하지 않는다. 대신 아파트의 유리창을 향해 총을 쏴 대기 시작한다. 드드득차창드득창. 총소리와 유리 깨지는 소리가 요란하게 적막한 새벽을 뚫고 흩어진다. 인질들이 있는 건넌방에서 비명소리가 새어나온다.

—에미가 잘못했다. 다 내 잘못이니께 얼릉 내려와 이눔아.

메가폰 소리가 끊이지 않는다. 왜 엄마를 데려왔는가. 근접사격 때 방출되는 화염으로 새까맣게 그을린 채 온몸이 총구멍으로 가득 차 죽어 나자빠진 아들의 시체를 보여주려고? 아니면 수류탄으로 자폭해 누더기가 되어버린 육체를 재조립할 때 도움을 청하려고? 언제부터 너희들이 우리 가족의 삶에 그토록 관심이 많았더냐? 무장탈영병은 모두 죽는다고 말한 건 너희가 아니더냐? 어차피 내가 살아 자수하리라고는 기대하지도 않으면서, 그저 죽여버리는 것이 능사라고 생각하면서, 왜 집 나간 어미까지 찾아 데려오는 게냐.

석태는 수류탄과 탄창들을 정연하게 탁자 위에 늘어놓는다.

이제 새벽 세시. 날이 밝아오기 전에 그들이 들어올 것이다. 밧줄을 타고 유리창을 깨면서 연막탄과 가스탄을 쏘면서 이 조그마한 아파트로 밀려들어올 것이다. 철제 현관문은 부수어지지 않을 것이니 들어올 곳은 베란다뿐이다. 위층과 옆집엔 이미 특공대로 가득할 것이다. 그들은 공포로 가득 차 있기 때문에 어서 석태를 죽이고 그 공포에서 해방되기만을 고대할 것이다.

석태는 웃었다. 이유를 알 수 없는 웃음이 그의 몸속에서 터져나왔다. 살고 싶다. 살고 싶다. 살고 싶다. 석태는 세 번 되뇌고 다시 웃었다. 엄마, 엄마는 아세요? 제가 어쩌다 여기까지 오게 됐는지?

6

밖이 조용하다. 불길하다. 방 안에서는 흐느끼는 소리가 계속 들려온다. 보도 여자애는 잘 울었다. 잘 우는 여자를 조심하라고 누군가 말해주었지만 석태는 믿지 않았다. 보도라는 게 원래 떠도는 인생들이지만 그 여자애만큼은 그러지 않을 줄 알았다. 삐끼일이 끝나고 돌아오면 전기밥통 위에 그애가 써놓은 메모가 있었다. 오빠, 밥 맛있게 먹고 예삐 밥 좀 챙겨주라. 그와 살기 전에 여자애는 예삐라는 이름의 요크셔 테리어 종 강아지와 함께 지내고 있었다. 그런 여자애들은 유달리 개를 많이 키웠다. 예삐도 그런 개였다. 예삐 아니면 누가 날 저렇게 반겨주겠어. 여자애는 그렇게 말하곤 했다. 새벽에 들어오건 아침에 들어오건 개는 반갑게 맞아주었다. 여자애를 핥고 꼬리를 쳤다. 휴가를 받아 그녀의 집에 찾아가자 그녀는 없었다. 이사간 지 오래라고 했다. 그 집 문턱에 앉아 담배 한 대를 피우는데 추레한 개 한 마리가 그에게 다가왔다. 개는 그에게 다가와 몸을 비벼댔다. 눈곱이 엉겨붙은 눈과 똥덩어리가 말라붙은 항문을 보다가 그는 알았다. 그건 예삐였다. 그는 휴가중이었기에 개를 거둬줄 수도 없었다. 예삐, 그렇게 한 번 불러보고 그 집을 떠났다. 개가 계속 그를 따라오자 그는 발길질을 했다. 길거리에서 오래 살았던지 개는 발길질의 기척을 재빠르게 알아채고 달아났다.

—아저씨.

방문을 열고 여자아이가 머리를 내민다. 석태는 반사적으로 총을 움켜쥔다. 여자아이도 놀라 문을 다시 닫으려다가 용기를 내어 다시 연다.

—아저씨. 쏘지 마세요.

저 눈빛. 이미 사내를 알고 있는 것 같은, 저 눈빛. 자기가 무엇을 원하는지 알고 있는 눈빛. 저런 눈빛을 어디서 봤더라. 석태는 기억해내려고 애쓴다.

—아저씨. 배고프지 않아요? 엄마가 물어보래요.

석태는 고개를 젓는다. 실제로 그는 허기를 느끼지 못한다. 여자애의 머리 위로 삼십대 여자의 머리가 나타난다

—이봐요, 아저씨.

—왜요?

—애들은 내보내시는 게 어떨까요? 애들이 무슨 죄가 있어요?

—…….

석태는 잠시 생각에 잠긴다.

—그럼 아줌마랑 나랑 둘이 있자구요?

석태의 말에 여자는 찔끔한다.

—그래요. 애들은 내보내주세요.

—조금만 조금만 있다가요.

그렇게 대답하고 나서 석태는 또 총을 만지작거린다. 그는 아이들을 내보내고 싶지 않았다. 그 이유는 그도 모른다. 아이들 엄마는 한숨을 쉬며 남편의 시체에 힐끗 눈길을 주었다가 다시 방안으로 사라진다. 그때 여고생이 방을 나와 냉장고 쪽으로 걸어간다.

—넌 왜 나와?

—동생이 배고프대요.

여자아이는 석태 쪽을 힐끔거리며 냉장고에서 우유와 빵을 꺼낸다. 여자아이는 빵을 한입 베어 물며 말한다.

—아저씨. 왜 하필, 왜 하필 저희 집에 들어오신 거예요?

석태는 대꾸하지 않는다. 그건 나도 모른다. 왜 엘리베이터에서 7층을 눌렀는지 그리고 하필 그때 너희 집 대문만 열려 있었는지 나도 모른다. 그러니 내게 묻지 마라. 석태는 혼자 그렇게 중얼거렸을 뿐이다. 그때 인터폰이 울린다.

…… 즐거운 곳에서는 날 오라 하여도 내 쉴 곳은 오직 집 내 집뿐이네.

석태는 이 노래를 안다. 초등학교 시절 그의 담임이었던 여선생이 풍금을 치며 가르쳤던 노래. 그녀는 아름다웠지만 석태를 그닥 좋아하지는 않았다. 석태는 가난하고 게으르고 준비물을 빠뜨리는 그저 그런 지저분한 학생이었을 뿐이다.

석태가 받지 않으니 인터폰은 계속 단조롭게 음악을 내보내고 있다. 즐거운 곳에서는 날 오라 하여도 내 쉴 곳은 오직…….

—아저씨, 인터폰 와요.

여고생이 인터폰을 손가락으로 가리키며 말한다. 석태는 이상하게 가슴이 뛰는 것을 느낀다. 그 노래가 점점 더 커지며 그의 귓속을 울린다. 받지 마라. 이석태. 누군가 석태에게 외치는 것 같다. 많은 생각들이 명멸한다. 그러면서도 석태의 발걸음은 한 발짝씩 인터폰으로 다가간다. 받지 마, 이석태. 오빠, 받지 말아요. 보도 여자애의 목소리도 들린다. 석태야 이놈아, 받으면 안 되야. 엄마의 목소리. 한편으로 다른 목소리도 들린다. 아저씨, 인터폰 와요. 빨리 받아요. 인질 여자애의 날카로운 음성도 겹쳐진다.

석태가 인터폰 수화기를 들려는 순간 여자애의 비명소리가 들려온다. 석태는 고개를 돌려 여자애를 바라본다. 여자애는 손가락으로 창문을 가리키며 소리를 지른다. 창문이 와장창 깨지면서 타타타타, 굉음이 울리고 온 방안이 연막으로 가득 찬다. 쉴 새 없는 총성이 울려퍼진다. 그 순간 석태는 알아차린다. 인터폰을 들면 위치가 파악되는 것이다. 인터폰 수화기가 들리는 순간이 그들의 공격 개시 시점이라는 것을. 연막탄을 쏘며 진입하여 인터폰이 있는 쪽으로 집중사격을 가하기만 하면 상황은 끝나는 것이었다. 짧은 순간에 많은 생각들이 석태의 머릿속을 지나간다. 그러면서 그의 총은 방향을 모르는 채 탄창 속의 탄약을 모두 소모하며 불을 뿜는다. 여자아이의 비명이 숨가쁘게 울린다. 석태는 어깨가 얼얼하다고 느낀다. 몸이 휘청인다. 그러면서도 그의 몸은 냉장고 쪽으로 달려간다. 그곳에 여자애가 서 있다는 것을 석태는 안다. 눈앞이 흐려진다. 석태는 식탁 위를 굴러 여자애 쪽으로 몸을 던진다. 그 순간 석태의 가슴과 머리를 수많은 총알들이 관통한다.

그 후로도 집중사격이 계속 이어진다. 결과적으로는 석태 때문에 여자애가 죽었다. 그제서야 석태는 여자애의 눈빛이 누굴 닮았었는지 기억해낸다. 그건 그의 어머니의 눈빛이었고 오토바이를 타고 고가도로 위를 날아간 여자애의 눈빛이었고 요크셔 테리어 종의 개를 사랑하던 술집 여자의 눈빛이었다. 그걸 왜 여태 몰랐을까. 그래, 너도 어쩌면 그럴 운명이었을지 몰라. 개천 변에서 본드를 불고, 남자애의 허리를 붙잡은 채 오토바이에 오르고, 보도 사무실에서 전화 오기만을 기다리다가 나 같은 남자 만나서 아이를 낳고 그러다 집을 나가는, 그런 운명이 아니었을까?

어쩌다, 어쩌다 여기까지 오게 됐을까? 사십대의 가장은 왜 죽어 널브러지고 비틀스를 좋아하던 여고생은 왜 내 몸 아래에서 죽어가고 집 나간 어미는 죽을 자식을 보러 오고 공포에 질린 특공대는 이미 죽은 몸 위에 총알을 쏟아 붓고 왜 사람들은 사람들의 이야기를 들어주지 않고, 왜 나는 사람들을 죽게 만들고, 왜……?

석태가 중얼거리는 동안 인터폰에서는 계속 음악이 흘러나온다. 즐거운 곳에서는 날 오라 하여도 내 쉴 곳은 오직…….

아주 오래된 연서(戀書)

윤효

1965년 광주에서 태어나 한국외국어대학교
불어과를 졸업했다.
1995년 계간 『소설과 사상』 여름호에 단편 「새」를
발표하며 작품활동을 시작했고,
1996년 계간 『문학동네』 겨울호에 시를 발표하면서
시작활동도 병행하고 있다. 소설집 『허공의 신부』가 있다.

아주 오래된 연서(戀書)

어제 J성당에 다녀왔습니다. 지인의 장례식이 있었지요.

여고시절의 은사인 그분은 서른아홉 살의 나이로 타계하셨습니다. 명절 다음날 친정에 다녀오다 밤의 고속도로에서 교통사고를 당하신 거지요. 운전석의 그녀는 절명했고, 옆의 남편은 중태였고, 뒷좌석의 두 아이는 거짓말처럼 말짱했습니다.

장례식에 참석한 검은 옷의 두 아이. 싸늘한 겨울 대기 속에 비석처럼 서 있던 그들의 모습이 선연합니다. 일곱 살짜리 아들은 고드름 같은 눈물을 흘리느라 얼굴이 퉁퉁 부어 있었고, 벌써 처녀티가 완연한 열네 살의 딸은 마치 못을 삼킨 사람처럼 하얗게 질려 서 있었습니다. 특히 어린시절의 그녀일까 싶도록 눈매며 몸매를 닮은 딸에게선 십오 년 전의 그녀를 도려낼 수 있었지요.

첫 발령지에 온 생물교사였던 그녀. 유독 섬세하고 화사한 얼굴에 긴 퍼머머리, 핑크톤의 블라우스, 정갈하게 다듬은 손톱이며 날씬한 종아리. 늘 무채색의 교복만 입던 우리에겐 그녀의 색깔들이 눈이 부셨지요. 내심 매혹되면서도 흠을 찾으려드는 짓궂은 소녀들 앞에서 발그레하게 긴장한 채 제 전부를 내어주려 애쓰던 모습, 또 방과 후마다 수업시간에 쓸 차트를 쓰고, 시험지 채점을 돕고, 맹장수술을 받는 그녀의 문병을 갔던 일과 환경정리 때 과학판을 완성하고 나자 그녀가 선물이라며 내민 새하얀 레이스 속옷, 얼핏 안아줄 때의 뭉클한 향기, 그런 것들이 기억납니다.

전신에서 풍기던 그런 생동감답게 그녀에겐 생에 대한 깊은 애착과 충실이 있었습니다. 곧 결혼하고선 미국으로 가 공부하는 남편 뒷바라지하며 아이 낳아 키웠고 돌아와선 자신이 공부를 시작해 시간강사를 오년 간 한 끝에 얼마 전 사립대학의 교수가 되었습니다. 운전만은 무섭다며 엄두를 못 내더니 한 달 전 그조차 마스터하곤 핸들을 쥐고 생을 조종해가는 느낌이 상쾌하다며 웃었는데. 바로 그 충족감에 젖어 직접 차를 몰아가던 손으로 절정의 생을 끝내버린 것입니다. 기껏 블록처럼 쌓아올려온 것을 단 한 번의 우연으로.

슬픔도 슬픔이지만 난 당황했습니다. 사고라는 것. 불치의 병에 걸려 죽음의 균과 싸우며 스러지거나 혹독한 번민 속에 생에 저항하듯 자살해버리는 것이 아니라 어느 날 바쁘게 거리를 걸어가는데 누군가 불쑥 나타나 입을 틀어막으며 고요히 빠져나가라 한다면, 때로 지루하다 덧없다 툴툴거리는 생이라는 무대에서 그만 나가라고 외치며 불을 꺼버린다면, 유예된 형을 집행받듯이 음험한 사각의 구멍 속으로 툭 떨구어져버린다면.

순간 몸속의 세포들이 와락, 긴장합니다. 창에 찔린 듯 튀어 일어나 갈팡질팡하더니 이런 죽음이라니, 설마, 중얼거립니다.

그러나 죽음은 낯선 것이 아닙니다. 스물여섯 살 이후 그건 삶만큼이나 나를 압도해왔습니다. 주위에서 많은 죽음을 보아왔고, 내 몸속에서 그 씨앗이 자라진 않나 의심했고, 너무 아프지 않은 임종과 정결한 장례를 상상해왔고, 죽음에 관한 소설이나 영화, 연극에도 매료되었습니다. 그뿐입니까. 죽음을 꿈꾸기도 했지요. 생에 흠뻑 지쳐버렸을 때, 비정한 투전판에서 나만 판돈이 없다 느꼈을 때 단 하나의 구원처럼 죽음을 생각했습니다. 죽음아, 부르면 가만히 다가와 그 하얀 손으로 내 이마를 짚으면 기꺼이 뒤엉켜 사라지고만 싶었습니다. 부고도 장례식도 없이. 당신들끼리 잘해보라고, 난 어떤 상식과 율법에도 연연해하지 않는다고. 정말 주검조차 남기지 않고 타인들의 뇌 속에 남은 기억들까지도 파내가고 싶었습니다.

그러나 그런 상상을 할 틈도 없이 파국이 닥친다면 모든 죽음의 형이상학은 사라집니다. 벽을 향해 화살을 날릴 때처럼 끝이 탁 부딪혀 돌아오는 지점은 단연코 처음입니다.

네, 첫동무, 첫노래, 첫선물, 첫여행, 첫키스, 첫사랑. 처음을 연상시키는 모든 기억. 다섯 살 때 생일선물로 받은 하모니카에서 빽빽하게 울려나오던 노래 따오기, 완행열차로 세 시간을 달려 가본 낯선 도시 대전, 전집으로 사들인 계몽사판 안데르센 동화의 신기한 삽화, 초등학교 때 짝꿍이 그린 수채화를 보며 나도 그려보고 싶다고 느끼던 강렬한 욕망, 벚꽃과 최루가스 범

벽의 축제의 밤에 당신과 숨어 나눈 키스, 마치 젖은 이끼를 오래 씹는 듯한 그 감촉, 낯선 손안에서 놀라 딴딴히 응고되던 젖가슴, 밤꽃들이 훔쳐보며 깔깔거리고 풀들까지도 사랑하라 사랑하라 수런거리던 그날.

당신은 바로 그 비리고 풋풋한 시절의 사람이었습니다. 처음이란 혹 운명이 아닐까 하는 자기 암시 속의 사람, 청춘의 문으로 들어서는 열쇠를 쥐고 있는 사람. 어쩌면 독특한 유서가 아닐까 싶은 이 편지의 수신인으로 나도 모르게 택하고 만 사람.

지금 생각하면 그 시절은 놀랍도록 화사했습니다. 생이 내게 관대했달까요. 숱한 불행을 아슬아슬하게 비껴 가 아직 훼손되지 않은 연한 가슴이 있었고, 또 다행히 난 생의 이면을 빨리 눈치챌 만큼 영악하고 조숙한 아이가 아니어서 세상을 한 사람과 바라볼 수 있다는 꿈을 품었고, 타인들에게도 그들이 팔을 활짝 벌리고 받아주리라고 믿었기에 보호색도 바리케이드도 만들 줄 몰랐지요. 책장 하나하나를 열 때면 미지의 세상이 몸을 열어와 연애를 하듯 탐욕스럽게 몰입했고.

혹 대학의 학보사 신입생 기자 면접 때 당신이 했던 말을 기억합니까? 무엇보다도 난 명료히 보고 싶다, 다이아몬드를 자를 정도의 날카롭고 정확한 지성을 갖고 싶다, 그러나 그것은 휴머니티라는 엔진에 의해 항상 감흥을 받아야 한다, 난 낭만적 지성, 혹은 지성적 낭만주의를 동경한다. 내가 쿡 웃는데 당신은 곧 스탕달의 말이라고 덧붙였지요. 그리고 또 곁에서 빙긋이 웃고 있던 당신의 친구 규. 우리 셋 다 합격하고서야 난 당신들이 재수를 해서 한 살이 많다는 것과 절친한 친구라는 것을 알았습니다. 당신들의 관계는 아주 독특했지요. 규는 과묵하고 평범해

보이지만 예리하고 침착하고 기사 감각이 빼어났습니다. 반면 당신은 감성적이고 즉흥적인 아이디어맨이고 자신을 잘 표현하는 사람이었지요. 늘 사람들의 시선을 끌었고, 바로 그 때문에 난 당신을 멀리 했습니다. 홀리듯이 첫키스까지 했지만 곧 제자리로 돌아갔고 금을 그었지요. 그러던 어느 여름날이었나요. 당신이 내 책상 위에 꾸러미를 툭 떨구는데, 펼쳐보니 내 모습을 몰래 찍은 사진들이었습니다. 휴게실에서 컵라면을 먹는 나, 아이스크림을 빠는 나, 편집실에서 작업에 열중해 있는 나, 지쳐서 소파에 모로 누워 잠이 든 나, 또 멀리서 찍은 전신 사진들. 선뜩하면서도 바라보고 있구나, 산뜻한 긴장감이 들고.

그 후 우리 셋은 거의 모든 시간을 함께 했습니다. 먼 취재여행도 함께 다니고, 마감 날짜가 닥쳐 함께 밤을 새우고, 세미나에선 말의 불꽃을 틔우고, 합숙을 위해 경춘선 가도를 달릴 때의 아름다운 풍광들, 간이역에서 기차를 기다리며 하던 말뚝박기. 그리고 벚꽃이 만발하던 이학년 봄날이었지요. 수업도 빼먹고 이웃 학교로 피크닉을 갔지요. 절정의 꽃향기는 농밀했고, 돌아가며 노래를 부르는데 바람이 불자 그 꽃잎들이 눈발처럼 날리고 그 중 한 장이 종이컵 속의 소주 속으로 툭 떨어지고. 난 털썩 드러누웠습니다. 무구하도록 푸른 하늘이 눈에 들어왔지요. 티끌 한 점도 없는 게 거울 같아 가슴에 쩡 내려앉던 순간.

사실 세 사람의 관계는 기묘했지요. 사람들이 우리 중 한 사람만 봐도 다른 둘의 행방을 묻곤 할 만큼 붙어 다녔지만 누구도 연정을 드러내진 않았습니다. 어쩐지 꼭 그래야만 할 것 같았지요. 사실 난 규와 더 친근하게 붙어 다녔습니다. 그는 자상하고 사려 깊었고 또 내가 원하는 건 무엇이든지 해준다는 걸

본능적으로 알고 있었지요. 그 삼각형 구도의 팽팽한 긴장 안에서 우린 더욱 알차게 살아갔습니다. 세상을 향해 자신을 활짝 열어두며 가장 지적인 시간을 보냈고, 기묘한 라이벌 의식도 자극제가 되었고, 각자 짬짬이 미팅과 데이트를 즐기고 와 하소연을 하고 신경전을 벌이다가도 둘의 옷 단추가 떨어지기라도 하면 꼭 내가 꿰매주었고, 또 그들이 군대에 갔을 때도 절대 면회는 가지 않고 이 주일마다 편지를 해주었습니다. 누구와든 단둘이서 만나는 건 금기였으니까.

물론 그 시절은 몹시 어지러운 시절이기도 했습니다. 세상엔 폭력들이 그득했고, 진실들은 꼭꼭 숨어 있었고, 기웃거리던 아이들은 상처 입었고, 우린 진정한 저널리스트가 되고자 했지만 그게 얼마나 어려운 일인지 눈치챘었고. 당신들이 이학년을 마치고 군대에 가고 나자 고민은 더 적나라해졌습니다. 난 차라리 눈 감고 귀 틀어막고 언론사 공채시험 공부에만 몰입했습니다. 피가 마르는 고민 속에 있기보단 현실적인 티켓을 따는 게 나았지요. 도서관에서 거의 살다시피 한 탓에 졸업하던 해 L신문사 입사 시험에 합격했고, 계열사 패션지에 배치되었습니다. 만족스럽진 않았지만 나아지리라 생각했고 그 길에서 전문가가 되어 보리라 생각했지요.

그리고 일 년 후 당신들이 제대해서 돌아왔을 때 규의 얼굴이 무섭게 달라져 있었지요. 휴가 때마다 머쓱하도록 성숙해진 얼굴을 보긴 했지만 불과 몇 달 사이 그의 얼굴은 음산해졌습니다. 제대 직전 내무반에서 참혹한 사고가 발생한 겁니다. 강집당한 학생들이 학대를 받다 폭발해 총을 난사하는 싸움으로 번져 몇이 죽고 다쳤는데 그의 동료도 죽은 겁니다. 그들을 화장하는 작업에 끼었다 했습니다. 겨울 추위 탓에 피식피식 잘 타지 않는 불길 속에서 지글지글 끓는 살덩어리, 무서운 집착처럼 자꾸 뼈에 엉겨붙는 살점들을 막대기로 투둑 뜯어가며 짐승처럼 울었다고. 그리곤 싸늘히 중얼거렸지요. 그 녀석 구멍 뚫린 채 바닥에 고꾸라지는데 펑펑 솟아 흐르던 피가 꼭 깍두기 국물처럼 곱고 예뻤다고. 순간 우린 와들와들 떨었지요. 그가 우리가 모르는 어떤 강을 훌쩍 건너버린 것 같아서.

그러나 당신들은 곧 복학해서 학보사로 돌아갔고 규는 편집장이 되었습니다. 말이 더 없어졌지만 여전히 유능했고 열심히 뛰었지요. 또 일 년 반쯤 무연한 시간이 흘러가고 그 사고가 터졌습니다. 그가 시국에 관해 쓴 기사가 검열에 걸려 수정을 요구받았지만 완강하게 버티는 바람에 당시의 큰 운동권 사건과 연계가 되어 구속된 거죠. 우린 그가 유연하게 대처하길 바랐지만 그는 무섭게 날이 선 채 극으로 치달았고 결국 일년 형을 선고받았습니다.

교도소에 있는 그에게 면회를 가 책을 넣어주곤 하던 그 시절 우린 자연스럽게 가까워져 연인이 되었습니다. 그가 없는 상태에서 긴장이 풀려버린 걸까요. 자꾸 흔들리는 삶에 대한 불안이었을까요. 누가 먼저랄 것도 없이 우린 서로에게 닿았고, 당신에게로 와락 쓸려가면서 어쩔 수 없다, 결국 될 대로 되고 말았다고 생각했지요.

그러나 형을 마치고 나온 그가 자신을 위로하러 나온, 이젠 연인이 된 우리를 바라볼 때의 눈, 꺼질 듯이 우울하게 타던 그 불꽃을 보며 가슴이 철렁 내려앉는데……, 그는 곧 희미하게 웃었고 내게 깍듯하게 예의를 갖춰 대했지요. 그리곤 블랙리스트에 올라 제도권의 저널리스트가 될 길을 봉쇄당한 데 대한 충격이었을까요. 자꾸 먼 곳으로 여행만 다니기 시작했습니다. 산에서 산으로 계곡에서 계곡으로 더 멀고 험한 곳을 찾아 나라 전역을 쏘다녔고, 우린 그걸 거쳐가야 할 무엇으로 생각했고, 어찌해볼 수도 없었고, 또 둘 모두 너무 바빴습니다.

그런데 여행에서 돌아온 어느 날 그가 자취방에서 싸늘한 주검으로 발견된 겁니다. 술에 흠뻑 취한 상태에서 등산용 나이프로 팔목을 그어버린 거지요. 산산이 깨진 술병 조각, 마구 흩어져 있는 신문 스크랩들, 바닥의 흥건한 핏속에 엎드린 그. 당신은 내가 못 보도록 막아 섰지만 난 보아버렸습니다. 그 꿈의 완벽한 파탄을. 일생을 동사무소 직원으로 늙어온 그의 아버지는 납득할 수조차 없는 아들의 죽음 앞에 오열했고, 그의 고향에서 가까운 한탄강으로 가 유해를 뿌리는데 극심한 혼돈이 왔습니다. 다른 길이 없었을까. 살아남는 일보다 큰 건 없는데. 적어도 우리에게 털어놓을 순 없었나. 함께 해온 시간이 아무것도 아니었나. 아니야. 자살이 아닐 거야. 유서도 없었잖아. 너무 외로웠고 술에 취해 감정이 격해졌는데 곁에 아무도 없어서. 그 순간만 넘겼더라면 또 살아갔을 텐데. 아니야, 유서조차 쓰고 싶지 않을 만큼 삶에 넌더리가 난 거지. 아니야. 그럼 뭐야. 우린 어찌할 바를 몰랐고, 그때 그의 과 친구에게 전해 들었지요. 나를 많이 좋아했다고, 며칠 전 그의 방에서 술을 마시고 잠들다 깬 새벽 그가 고통스러워하는 걸 봤다고. 난 피할 수 없이 칵 찔린 듯했지요. 어쩌면 나도 알고 있었으니까. 그의 한결같은 응시가 욕망조차 다스릴 만큼 깊은 애정이었음을, 난 교활하게도 그걸 피하면서 또 기대왔음을.

끔찍한 시간이 왔습니다. 살아남은 우리에게 그의 자살은 테러였지요. 죽음의 얼굴을 정면에서 목도하고 나자 살아가기 위해 안간힘 쓰는 일이 부질없어 보였고, 일상조차 삐걱거리며 부서져내렸습니다. 죽음에 침윤되어버린 것일까요. 슬픔도 느끼지 않았기에 울지도 않았고. 그 시절 우연히 화집에서 본 샤갈의 그림 기억합니까. 당시 우리의 심상을 극명하게 드러내주던 〈피안 없는 시간〉이라는 그 그림. 커다란 청어가 피 묻은 날개를 달고 바이올린을 켜며 배엔 제 몸보다 큰 추시계를 매단 채 허공을 날아갑니다. 바다를 떠나 더없이 불편한 포즈로. 날아도 날아도 앉을 곳이 없어 계속 날아야 하는 운명의 시간을 그린 그 그림은 1930년에서 1939년 사이에 그려진 걸로 유태인에게 임박한 아우슈비츠의 비극을 상징한 것이라 했지요. 바로 그 슬픈 눈의 물고기가 되어 매일 살해당하는 느낌이랄까. 곳곳에 씨앗처럼 박힌 죽은 규와 말을 나누고 살았으니.

그 시절 우리가 할 수 있는 것도 역시 사랑밖에 없었습니다. 전쟁중엔 유독 사랑만이 번성한다던가요. 죄의식 땜에 잠시 멀어지긴 했으나 달리 갈 곳을 모르던 우린 서로를 향해 기어들 수밖에 없었지요. 또 상처이면서도 추억이었던 규조차 서로에게서 찾을 수밖에 없었고. 그때 한 가지 체위밖에 모르던, 꼭 영혼을 만지는 듯하던 고전적인 섹스 끝에 내가 하곤 했던 버릇들이 생각납니까. 어둠 속에서 눈을 감고 당신의 이마, 눈꺼풀, 입술, 퀭한 뺨, 머리카락 한 올 한 올을 만져봅니다. 만약 죽어 다음 세상에서 마주쳐도 이 감촉만으로도 그를 알아볼 수 있도록. 그리곤 팔과 다리를 십자로 뻗어 몸을 포개보지요. 틈이란 틈은 죄 사라지고 완벽하게 겹쳐지길, 아니 당신 속에서 녹아버리길 바랐는데.

그 후 당신도 규처럼 여행을 떠나기 시작했습니다. 휴학하고 취직시험 공부도 때려치우고 먼 곳을 다니며 미친 듯이 사진만 찍었습니다. 카메라가 당신의 눈이 되어버린 듯하달까. 늘 하던 대로 일상의 나를 찍었고, 도시 변경의 사람과 사물들을 찍었고, 그리곤 암실에서 꼬박 밤을 새워 인화해서 줄에 걸어놓은 젖은 필름들 속에서 생동하던 피사체들. 낡은 육교의 계단, 텅 빈 새벽 거리, 늙고 지친 여인들, 대중목욕탕의 중년 사내들, 리어카 속의 선연한 햇귤, 얼핏 새끼 악마 같은 아이들. 순간 난 당신이 아티스트임을 알아챘습니다. 타인을 느낄 수 있는 더듬이가 있었고 그들의 본질을 포착해내는 재능이 있었고. 한마디로 생을 복제해내는 사람. 시간과 싸우는 전사라 할까요. 그 사진들을 모아 연 첫 전시회가 갈채 속에 끝나고 웃는 그를 보았을 때 난 안도감과 흥분, 엷은 질투를 느꼈지요. 제 일에 계속 회의적인 나와는 달리 자기 자리를 잡았다는 것, 고통들을 잘 수렴시키고 있다는 것.

그리고 그날 저녁 당신은 받은 꽃다발 중 가장 싱싱한 것을 내게 안겨주며 말했습니다. 이제 곧 서른이 된다. 집을 지을 나이가 되었어. 집을 떠나도 집은 있어야 되지 않니? 온통 불가능한 것들뿐인 삶이지만 내 여자만은 갖고 싶다. 이 깨어진 생을 함께 견딜 수 있는가.

난 가슴이 쿵 내려앉았습니다. 어쩌면 기다려왔던 말인데 선뜻 대답을 못 했지요. 고개를 드니 나를 보는 그의 눈 속에 암울한 빛이 스치고. 마치 이런 망설임을 예상했던 듯. 나를 너무 잘 아는 사람 앞에서 변명도 거짓말도 못 한 채 망연히 앉아 있었습니다.

번민이 시작되었습니다. 문제는 내가 나의 삶에 만족 못 한다는 데 있었지요. 패션잡지 일이 내겐 소모전일 뿐이었고, 거대한 조직 속에선 자리옮김도 쉽지 않아 내 능력을 확인해볼 수도 없었고. 좀더 전문적인 일로 뛰어들자면 어떤 도약이 필요한데. 아티스트의 아내라. 당신이란 사람. 세속의 공식과 다른 공식을 갖고 사는 사람인데. 궁핍한데도 아르바이트로 하는 상업 사진이 자신을 갉아먹는다고 단호히 손뗀 것만 봐도. 한마디로 자존심을 버리고 아기 우유를 사올 사람이 아닌데. 고개 숙이지 않는 남자와 살려면 내가 그 이면을 감당해야겠지. 하긴 사랑의 끝까지 가보는 것도 괜찮을 거야. 이미지 아닌 현실의 사랑을 감당하고 인연을 완성해내는 것도. 그런데 난 어디로 가나. 나 역시 무언가가 되고 싶은데. 단 한 번뿐인 생에서. 하지만 그 없이 살아갈 수 있을까.

난 점을 쳤습니다. 무당의 얼굴에 소아마비인 사내는 고개를 세차게 가로저었습니다. 안 돼. 누구 하나가 상할 거야. 안 죽어도 병신은 돼. 비유해볼까. 불과 불이야. 둘 중 하나는 타 죽을 거라구. 좋은 관계는 살 생(生)자가 나오거든. 눈앞이 캄캄해졌습니다. 돌아와서 밤새 펑펑 울었습니다. 너무 울어 사흘쯤 아무것도 못할 만큼. 그건 슬픔의 울음이면서도 반쯤은 안도의 울음이었습니다. 내가 깨는 것이 아니다. 운명이 갈라놓는 것이다. 악마가 속삭이지 않는가. 무엇을 갖고 싶은가. 대신 무엇을 내주겠나. 난 사랑을 내주기로 했습니다. 기가 막히지요. 천 년 사랑의 결정인 것만 같던 십 년 간의 마술이 그의 아내가 되려는 순간 풀려 땅으로 쿵 떨어지고 말다니, 기껏 유혹해 창 안으로 불러들인 연인을 다시 창밖으로 밀어내다니. 그가 꽁꽁 얼어 죽는다 해도 문고리만 꽉 틀어잠근 채.

청춘의 장례였지요. 살아남기 위해 많은 것을 버려야 한다고 생각했지만, 어쩔 수 없이 영혼을 팔아버린 느낌이 들었지요. 더 이상 기도할 수 없을 듯했고. 왜냐하면 나 같은 사람의 기도는 들어주지 않을 테니까. 다만 자기 기만은 안 하리라 싶어 눈물 따위 흘리지 않으리라, 앞만 보고 달리리라, 다짐했고, 두 달 후 친척에게 소개받은 도시 공학도와 결혼했습니다. 그는 나를 동경해온 세계로 데려가줄 사람이었고, 또 지극히 상식적이라는 데 더 안도감을 느꼈지요. 그와 함께 흘러가보리라 마음먹었고, 한 달 후 미국 중부의 아이오와로 떠났습니다.

신혼은 순탄치 않았습니다. 뭐랄까, 욕망이 이루어지려는 순간에 정작 욕망이 사라져버린달까요. 그것을 지탱해온 긴장이 풀리며 극심한 무력감에 젖어들었습니다. 공부조차 시작할 엄두도 못 낸 채 시름시름 앓았습니다. 긴 휴식이 필요했지만 남편도 만만치 않은 사람이었지요. 엘리트에 완벽주의자고 자존심이 무척 강했던 그는 신혼만의 긴장과 욕망의 잔치를 원했기에 늘 내 주위를 맴돌았고 난 그를 교묘하게 피해 다니고. 좁은 공간에서의 그 어이없는 숨바꼭질과 신경전. 서로를 견뎌줄 수 있는 오랜 애정도 없고 또 코드도 달랐기에 내 미묘한 내면을 납득시킬 수도 없어 무섭게 어긋나기만 했고.

난 혼자 있고만 싶었습니다. 잠시 날 내버려두기만 했으면 싶었죠. 집이라는 공간, 아니 부엌조차도 싫었습니다. 따스한 불빛과 맛깔스러운 요리로 내 가족을 만들고 손님을 맞아들여야 할 그곳의 찻잔, 티스푼 하나에도 정이 붙지 않았지요. 더 갈 곳이 없었지요. 밀폐당한 듯 호흡곤란 증세가 올 때면 베란다로 나가 이국의 차가운 겨울 하늘을 바라보며 저 별들이 내가 보던 그 별들 맞는가. 여기가 어디인가, 어쩌다 여기까지 왔나. 아아 점점 병들어가는구나, 싶었고.

결국 갈등은 폭발해버렸습니다. 내가 보스톤의 이모 집에 갔다 하루 빨리 돌아왔을 때 난 욕실에서 내 나이트가운을 입은 앳된 금발의 여자가 나오는 걸 보았지요. 눈을 동그랗게 뜬 그녀가 아내가 없댔잖아요, 하자 똑바로 본 남편의 얼굴엔 당혹감이, 그리고 쾌감이 번져가더군요. 난 그들을 젖히고 욕실로 가 모든 것을 부수었습니다. 거울은 물론 벽의 타일까지 튀어나오도록. 그는 날 부여잡고 신경안정제를 먹였고 꼭 이십사 시간 후에 깨어난 내게 말했지요. 사과하고 싶진 않지만, 다신 이런 일 없을 거다. 노력해보자. 하지만 난 노력하기가 싫었지요. 손가락 하나도 까딱하기 싫었지요. 마음이 훌쩍 떠버린 겁니다.

다음날 난 다시 여행을 떠났습니다. 아름답고 험준하기로 이름난 근처의 계곡이었지요. 남편이 아끼던 차를 몰고 속력을 한껏 내며 산 속으로 들어갔습니다. 마치 홀리듯이 더, 더 깊이. 깎아지른 벼랑의 아름다움에 넋을 잃고 얼마쯤 갔을까. 돌아나오려 하니 길을 잃어버린 겁니다. 나오려 할수록 더 깊이 들어가고, 날은 저물고, 공포로 혼이 나가버린 채 헤매다 거의 자포자기 상태가 되어 울음을 터뜨렸지요. 핸들을 놓고 참아왔던 울음을 통곡으로 쏟아냈습니다. 비로소 모든 것을 잃었다는 자각. 내 손으로 부수어버렸다는 것, 독처럼 몸속에 번지는 회한에 떨며 우우 울었고, 무사히 돌아와서도 흠뻑 앓았습니다.

그런데 기묘하지요. 극으로 치닫고서야 난 급선회했습니다.

잃을 것이 없으니 무서운 것도 없달까. 혼자 있을 수 있었지요. 단호히 이혼을 하고, 막막하던 공부를 포기하고, 다시 잡지 쪽으로 회로를 틀기로 했지요. 가장 짧은 랭귀지 코스를 마치고 도서관에서 잡지에 관한 자료들을 샅샅이 수집하고 돌아왔습니다.

귀국한 후의 일들은 잘 풀려갔습니다. 직장 선배의 소개로 대중문화 잡지에 들어갔는데 내가 쓴 인터뷰 기사들은 주목을 받았지요. 감각적이면서도 정확하다고 소문이 나서 프리랜서 일까지 들어왔고, 새로운 아이디어마다 적중했고, 전쟁이 끝났구나 싶게 모든 일은 순조롭기만 했습니다.

물론 안정이 되면서 많은 것을 소유할 수 있었습니다. 조그만 아파트를 분양받았고 비록 할부지만 차를 사고 몇 장의 신용카드를 갖고, 최신형 컴퓨터를 들여놓고. 꿈 많던 스무 살 적엔 가져볼 수 없던 것들을 하나하나 손에 넣었고. 네, 참 삶은 나를 잘도 끌어갔습니다. 매일 신문을 성경처럼 탐독하고 주식 시세와 부동산 시세를 점검하고 신상품의 기능을 탐내고 꼬박꼬박 지인들의 결혼식과 장례식에 참석하며, 넘치지도 모자라지도 않게 깍듯이 어른 노릇을 하며.

그렇게 물결에 휩쓸려가며 다짐하곤 했지요. 다시 이십대로 돌아가야 한다면 죽어버리리라. 그 끔찍한 온도라니. 어떤 열정에도 몸을 맡기지 않으리라. 일상의 질서를 위협하는 건 안 된다. 사랑 없는 삶이면 어떤가. 고통만 없으면 된다. 이대로 차가운 물처럼 삼십 년을 살아간대도. 대신 일에선 더 공격적이고 적극적으로 되어 성취해갔고, 간혹 주위 사람들이 나더러 지독하다고 수군거리는 걸 듣기도 했고, 또 나 자신도 내 몸짓에서 거칠고 방심한 여자의 면모를 자각하며 깜짝깜짝 놀랐지요. 아니 이게 누구야. 이제 아무도 날 보지 않는다는 거지. 십 년 동안 날 감싸주던 두 사람의 시선, 그 사랑의 눈이 사라지며 내 몸짓들이 빛을 잃은 걸까. 매사에 내가 당신 마음에 들어요, 하던 마음을 잃다니.

모든 것이 푸슬푸슬 바스라져내리는 걸 느꼈습니다. 눈에 보이는 것들이 내가 손만 대면 없는 것이 돼버렸지요. 저주를 받은 것일까요. 비로소 시선의 힘을 알게 되었지요. 세상을 보는 내 시선에 꿈이 깃들였을 땐 모든 게 달랐음을. 어느 순간 무력하다며 팽개쳤지만 그것이야말로 내 청춘의 단짝이었음을. 같이 걷고 공부하고 일하며 커브마다 어디만큼 왔나, 나를 비춰주던 준열한 거울. 신비가 벗겨진 세상은 왜 이리 적나라한가. 나는 낡은 트렁크처럼 왜 이리 무거운가. 차라리 질질 끌고 어디론가 가 떨구어버렸으면. 답답해서 외곽으로 나갈 때면 속력을 더 더 높여봐도 그 가속도의 공허. 이대로 어딘가에 꽝 부딪혀도 감각이 없어 뜨뜻한 피 한방울 흘러나오지 않는 둔탁한 사물이 되어버린 느낌.

그러던 어느 봄, 역시 벚꽃들을 보았을 때였습니다. 도로변에 화사하게 늘어선 그 꽃들이 바람이 불자 우수수 미친 듯이 지는데 돌연 그들이 규의 얼굴들로 보였습니다. 처음으로 아프기만 했던 그의 죽음이 아름답게 느껴졌지요. 나머지 삼십 년 동안을 절벽에서 절벽으로 건너뛰며 살지 않고 절정에서 뛰어내리다니. 눈이 부셨지요. 심지어 그의 속삭임을 듣기까지 했지요. 놓아라, 추락하라, 저 꽃들처럼. 떨어질 때도 정작 바닥에 닿는 순간은 두려움도 아픔도 안 느낀다지. 혼절해버리거든. 그건 하늘로 거슬러오르는 거니까.

그런데 그렇듯 굳어가면서도, 기묘하지요. 난 누구에게 다가갈 생각은 하지 않았습니다. 다가가볼까 싶어도 몸이 움직이질 않았지요. 누가 끌어내주기만을 기다리는지. 스스로 바위를 깨고 나올 힘을 잃어버린 걸까요. 오라 오라 내게로 오라, 외쳐도 그건 소리가 되어 나오지 않았고.

그때 난 숱한 변신과 기다림의 설화들을 생각했습니다. 곰의 이야기이든 지네나 여우의 이야기이든 그들이 사람이 되기 위해 기다리는 시간은 천 년입니다. 그 극한의 세월을 기다려 기껏 백 년도 채 못 사는 인간이 되려 하다니. 다만 생생히 웃고 울며 감촉하는 존재라는 것만으로. 그리고 그런 온전한 존재로 만들어줄 한 사람을 기다리지요. 만약 인간이 거푸 태어나는 존재라면 우리는 이미 천 년쯤은 기다리다 지쳐버린 사람들이 아닐까요. 의식은 잊어도 무의식은 그걸 기억하고 있어 청춘기 한 시절의 꿈을 깨고 나면 달아나서 문을 꽉 틀어잠근 채 화석이 되어가는 건 아닌지.

그런데 그 화석에도 물기가 스며들 일이 생겼지요. 어느 날 기획회의에서 난 당신이 인터뷰 대상으로 결정된 걸 알았습니다. 두번째 전시회를 취재하는 일이었는데 내게 맡겨진 일을 한 사코 후배에게 맡기고 전시회를 오픈하는 날에 가보았지요. '서울 시지푸스'라는 표제답게 역시 고단한 존재의 프로필들이었습니다. 흑백과 컬러를 적절히 배합시키고 때론 연출까지 해 반추상화 같달까. 생의 결핍과 단절, 절망, 욕망의 표정들을 독특하게 잡아낸 그것들을 하나씩 보며 걷다보니 구석의 큰 액자엔 여자의 등이…… 맙소사, 그건 내 등이었습니다. 좁은 창으로 스며드는 새벽 빛 앞에 웅크려 앉은 여자, 더없이 적막한 실루

엣. 이걸 언제 찍었을까. 내게 이런 표정이 있었다니. 막다른 곳에서 숨길 수 없이 확 드러난 외로움. 이조차 다 보고 있었다니. 또 건너건너의 작품도 내 옆얼굴이었죠. 같은 포즈에서 클로즈업했는지 불면의 피로 탓에 거칠면서도 생생히 터질 듯한 열정이…… 저런 떨림이 내게 있었던가. 아연해져 서 있는데 등뒤에서 낯익은 목소리가 들려왔습니다.

똑같구나.

바로 당신이었습니다. 친숙한 까만 터틀스웨터 위의 얼굴이 빙긋이 웃고 있었지요. 난 그의 말을 농담처럼 받았습니다.

똑같다니. 나이가 서른셋인데.

스물아홉 살이지.

뭐?

늘 그 나이로 머물러 있어. 영원히 긴장한 채로.

잔인하네.

난 풋, 웃으며 사들고 간 백합을 내밀었습니다. 가장 빨리 시들어버릴 꽃으로 골라왔다고 덧붙이며. 그는 그 진한 향기를 큼큼 맡더니 날 똑바로 보며 물었습니다.

괜찮은 거지?

난 고개를 끄덕였습니다.

그 바라봄. 어찌해볼 수 없는 찰나. 비로소 청춘의 모든 혼돈을 이해한다는 듯, 세월의 유장한 흐름 속에 띄워 보냈다는 듯. 한 발짝도 더 다가설 순 없지만 눈속에 고스란히 남아 있는 애착. 그리고 그때 당신의 아내가 들어왔지요. 서글서글하고 앳된 인상의 그 여자는 갓난아이를 안고 있었지요. 백일이 채 못 돼 작은 덩어리 같은 그 해사한 존재. 이제 그들이 당신의 사슬이고 생활이고 화두라는 것. 난 태연하게 인사를 나누고 또 누군가의 인사를 받느라 바쁜 당신을 두고 조용히 전시회장을 빠져나왔습니다.

거리를 걷는데 가슴이 저리면서도 또 청신한 기쁨이 밀려들었습니다. 깨어진 줄 알았던 사랑이 살아 있다는 것. 꼭 그 자리에 그만큼으로. 견고하게. 앞으로도 살아 있겠지. 안도감이 몸속 그득 번지며 둘러본 일몰의 거리…… 어스름한 석양 빛에 감싸인 도시는 풀이 꺾인 빛 탓인지 숨을 건 숨고 부드럽게 녹아 절실해져서, 어쩜 훼손된 것들이 더욱 아름다워 보이고. 이런, 세상이 변한 걸까요, 내 시선이 변한 걸까요.

그날 밤 난 다시 사무실로 올라왔습니다. 복도에 샤갈의 복제화 몇 점이 붙어 있었지요. 장식용으로 걸어두곤 잊고 있던 그림들. 〈전원의 창〉〈생일〉〈산책〉. 푸른 자작나무 숲이 보이는 창에 백색 간이 커튼을 걸어둔 채 얼굴을 포개고 밖을 바라보는 남녀, 또 주홍색 카펫이 깔린 방에서 식탁을 차리는 아내에게 훌쩍 날아올라 키스를 하는 남편, 또 산책을 나와 분홍빛 드레스를 입은 아내를 허공으로 번쩍 들어올리는…… 신혼 부부만의 생생한 기쁨, 제 사랑을 티끌만큼도 의심하지 않는 행복의 정수. 이 샤갈이라는 화가. 독특하지요. 19세기 말 러시아의 유태인 빈농 집안에서 태어나 1, 2차 세계대전을 다 겪어냈으면서도 유독 환상에 집착했지요. 어쩌면 현실이 각박하기에 환상 속으로 더 집요하게 파고들었던 걸까요. 가장 가까이 있는 아내를 사랑하고 그녀에게 영감을 얻은 걸 보면 드물게 일치된 사람인데. 하긴 우리가 미리 겁먹고 의심하며 부수지 않는다면 정말 행복은 이루어질지도 모르는데.

그렇듯 오랜만에 고양되어 있었는데 사흘 후 그 부고를 들은 겁니다. 난 기껏 기어오른 정점에서 다시 곤두박질쳤습니다. 평소보다 더욱 선명해진 공포 속에서 구명 보트를 붙들 듯 당신을 부여잡은 겁니다. 사랑의 이름으로. 이런, 사랑이라니. 살아남기 위해 버린 그것을 다시 주워담다니. 죽음 앞에선 그밖에 떠오르질 않다니. 지난 시름들 다 잊고 모두 진정했다고 아름다웠다고 채색하니, 깨어진 거울 조각들 다 맞춰지며 놀라워라. 돌연 삶은 복원됩니다. 완벽해집니다. 이렇듯 죽음 속에선 삶만 생각하다니. 죽어도 배면밖에 되지 못하는 죽음.

비록 사랑이 스치는 생에서 서로에게 잠시 이슬처럼 맺혀본 것이라 해도 죽음에 맞설 만큼 강렬한 것은 그뿐일까요. 하긴 욕망 많은 어느 사내가 안간힘을 다해 일생의 왕국을 축조했다 한들 죽어서도 또 한 사내의 욕망에 의해 정복될 그것을 가져가려 할까요. 오히려 한 여자를 죽음의 연도를 함께 밟아갈 동행으로 원하지 않을까요. 만약 세상에 마지막 날이 온다면 지구 온 거리엔 마지막 연인을 찾는 사람들로 북적거리겠지요. 아님 헤어진 옛 연인의 소식 한 조각이라도 들으려 애쓸 테고. 바로 그 맴에 나도 밤을 꼬박 새워 이런 긴 편지를 쓴 것이 아닙니까.

어느덧 달큰한 피로가 몰려옵니다. 시계를 보니 네시 반. 곧 새벽이 오겠군요. 난 일어서서 책장 맨 위칸에 있는 옛 앨범을 꺼냅니다. 낡은 파란 빌로드 표지를 열자 역시 낡은 사진들이 나타납니다. 통통한 볼에 단발머리의 사춘기 소녀인 내가 움트는 자의식과 수줍음으로 뒤엉켜 딴딴히 굳어 있군요. 처음 컬러 사진이 나올 때인지 당혹스럽도록 선명한 색감이라니. 계속 팔랑팔랑 넘기자 소녀는 점점 어려집니다. 공터에서 팔짝팔짝 뛰

노는 아이, 울며 못 가, 하며 길을 막고 선 아이, 밥을 먹다가 울음을 터뜨리는 아이, 새옷을 입고 부동자세로 선 아이. 그리고 그 흑백사진들 밑엔 푸른 잉크의 깨알 같은 글씨들. 1973년, 71년, 69년, 67년…… 스쳐가는 이 한순간을 꼬옥 굳혀두려 한 아버지의 마음이 만져집니다. 그는 이 아이가 자라서 길을 잃을 때마다 지표처럼 이 순간을 부여잡으리라는 걸 예감했을까요. 살아갈수록 자꾸 뒤를 돌아보게 되리라는 걸. 만약 내가 노파가 되어 거울을 들여다본다면 거기엔 노파 아닌 해사한 소녀가 나타나겠지요. 나이들수록 점점 아이는 어려질 테고.

그리곤 그 앨범을 덮어 책장에 꽂으려는데 후두둑 떨어지는 서류며 노트들. 그걸 주섬주섬 주워올리는데 아아, 비명이…… 손등에 날카로운 통증이. 이런, 선인장입니다. 사다 두곤 까맣게 잊었는데 물 한방울 삼키지 않고도 표독하게 살아남아 날 찌르다니. 그만 놀라 파들파들한 살갗 위의 선혈을 입술로 힘껏 빨자, 이 비리고 달착지근한 피의 맛. 입안에 흥건히 생의 피톨들이 씹히는데.

돌아서서 창을 활짝 열자 짙은 잉크가 풀려나오는 듯한 미명의 하늘 속을 새들이 날아갑니다. 밤새 날고 있었는지 일정한 고도와 속력으로. 묵묵히 열을 지어 날아가는 그들에게 그만 나도 겹쳐집니다. 나도 저렇게 날고 있었다는 자각. 서른 즈음에 추락했다구요? 헛된 소문입니다. 다만 너무 무거운 날개 땜에 잠시 칭얼거렸을 뿐 아직도 긴장하며 저 하늘을 날고 있습니다.

믿거나말거나박물지 두 개

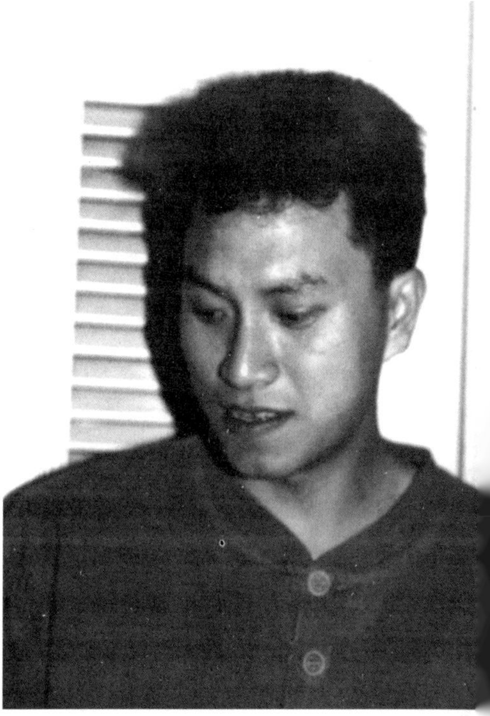

백민석

1971년 서울에서 태어나 서울예술전문대학 문예창작학과를 졸업했다.
1995년 계간 『문학과사회』 여름호에 「내가 사랑한 캔디」를
발표하며 작품활동을 시작했다.
장편소설 『헤이, 우리 소풍간다』 『내가 사랑한 캔디』와 연작소설집
『16믿거나말거나박물지 - 음악인 협동조합 1 · 2 · 3 · 4』가 있다.

믿거나말거나박물지 두 개

캘리포니아 나무개

놈이 다시금 믿거나말거나박물지 사(社)에 들어갔다. 그건 일천구백구십칠년 삼월 십칠일 오전 아홉시 이분쯤의 일이었다. 병원에서 할머니의 변을 받아내고 있었는데, 삐삐가 왔다.

'나 재취업했어.' 놈은 불평하는 목소리로 음성녹음을 남겼다. '그냥 다니던 회사에 도로 들어간 것뿐인데, 재취업이라고 하더군. 동사무소랑 인사과랑 구직상담소에서.'

놈은 또한 직장의 전화번호를 남겼는데 나는 재빨리 팔번 버튼을 눌러 녹음을 지웠다. 다시 삼월 이십이일 오후 네시 반쯤에 삐삐가 왔다. 이번엔 자기 새 직장에서 첫 전시회를 여는데,

와줄 수 있겠냐는 내용이었다. 나는 다시 한 번 팔번을 눌렀다.

놈이 얻은 직장은 믿거나말거나박물지 갤러리 코미디즘(COMEDISM)이었다. 나는 압구정동 갤러리아 백화점의 옥상에 뭔가가 세워졌고 그게 그 화랑이란 것을 이미 문화면에서 읽어서 알고 있었다. 갤러리 코미디즘? 종잡을 수 없고, 웃기고, 난독증 환자들이나 이해할 수 있게끔 붙여지곤 하는 게 이른바, 화랑들의 이름들이다.

놈은 거기서 뭘 할까? 예전처럼 입장권이나 세고 있을까? 큐레이터? 설마. 갤러리아 백화점에는 이미 화랑이 있다, 그 옥상에 하나가 더 생겼다? 재작년 청담 미술제가 열렸을 때 나는, 신사동에서 청담동을 거쳐 논현동에 잠깐 들렀다가, 압구정동과 삼성동까지 수십 개 화랑들을 한나절 내내 도보순례(徒步巡禮)했었다. 내가 얻은 교훈이란 자가용이 없으면 그런 순례는 하지 말아야 한다, 라는 것이었다. 제임스 리찌는 좋았다, 미니멀리즘 몇 작품은 기억해둘 만했다, 지하철 안의 승객들을 이차원적으로 펼쳐놓은 서용선의 작품은 나중에 써먹으려고 남겨뒀다, 그래서 뭐?

아무튼, 놈은 거기서 뭘 할까. 나는 그것이 궁금해서, 불쑥 놈의 새 직장을 찾았다. 올 줄 알았어, 자신만만한 얼굴로 팔짱을 낀 채 놈은 나타났다. 백화점 옥상에, 철골 구조가 들어간 유리돔을 한 채 올려놓은 것이 갤러리 코미디즘이었다. 외벽이 지나치게 투명한 게 불안했던지, 안쪽을 빙 둘러가며 키 큰 관상수들을 꽂아놓고 있었다.

그래서 바깥에서 보면 꼭, 과천 서울대공원의 식물원이나 할리우드 B급 SF영화에 등장하곤 하는, 외계인 사육장(飼育場)처럼 보였다. 완전히 투명한 구조이면서도, 뭔가 공포와 의구심을 조장하는 낯선 열대식물들로 얼키설키 교묘히 시선을 가려놓은.

"네가 흥미를 가질 만할 게 있어." 놈이 두 눈을 가늘게 뜨곤 말했다. "넌, 네가 이 세상에서 한 번도 보지 못한 그 어떤 것을, 늘 보고 싶어했지?" 내가 뜻밖이라는 듯이 그래? 했다. "내가 그랬어?"

놈의 말은 맞았지만, 과연 그런 것이 더 있을지 나는 궁금했다. 만약 키 6.5미터짜리 일본 전국시대풍의 화염 뿜는 사무라이를 보고 싶다면 비디오 〈브라질〉을 보면 된다. 만약 악어를 한입에 삼키는 아마존 왕뱀을 보고 싶다면 KBS의, 〈재미있는 동물의 세계〉를 틀어놓고 마냥 기다리면 된다. 『좀비』라는 소설을 읽다보면, 초보적인 뇌수술 기술에 대한 십구세기 중반의 텍스트가, 이십세기 말의 한 온순하고도 끔찍한 연쇄살인범에게 어떤 방식으로 오용될 수 있는지 이해할 수 있다. 다 도서관의 잘못이었다.

온종일 방구들을 뒹굴어 다니면서, 하루에 네 시간 TV를 보고 두 시간 비디오를 보고 네 시간 책을 읽다보면…… 인류의 생산능력에 대한 경외감과, 하나의 인식적인 초월 상태에 이르를 수 있다; 상상해낼 수 있는 모든 것을 이미 다 생산해낸 인류는 이제, 인류가 상상해낼 수 없는 것들을 생산해내기 시작했다.

"아주 틀린 말은 아냐," 놈은 말했다. "그 새로운 생산시대의 선두주자가 바로 믿거나말거나박물지 갤러리 코미디즘이지. 여기엔 네가 한 번도 보지 못한 바로 그 무엇이 있어." 놈은 뒷짐을 지고 한가한 걸음걸이를 옮겼다. 철물/목조/시멘트/TV 브라운관으로 이뤄진, 조각-설치미술 작품들 숲새를 우리는 걸었다. 놈은 한 중년에게 날 데려갔다. 넓적한 반(半)대머리에, 물방울 넥타이를 매고, 흰 재킷에, 멜빵과 골반 바지, 그리고 농구화를 신고 있었다. 전체적으로 관료적인 냄새를 풍기는 인상이었다.

"이 사람이 내가 한 번도 보지 못한 그 무엇이야?" 내가 귀엣말로 빈정거렸다.

"아니, 이 화랑 큐레이터셔." 놈은 날 중년에게 소개했다.

중년은 말했다, 조각-설치미술전을 기획했는데 여기 어딘가에 이십일세기 —너무나 가까워서 이미 과거가 돼버린 듯한— 가 엿보일 것이며, 한번 찾아보라.

사실 갤러리 코미디즘에서 가장 볼 만한 것은 봄날의 검뿌연 하늘이었다. 투명한 유리돔에다, 걸리적거릴 게 없는 옥상에 위치했기 때문에 고개만 들면 시계(視界) 끝까지 펼쳐진, 검뿌연 사월의 하늘을 볼 수 있었다. 거기서 내가 엿볼 수 있었던 21세기란 뭐, 그런 것이었다. 작품들이야 작품들이고.

"그건 하나의 미확인 물체 같은 거야." 놈이 멈춰 서서 말했다.

신학철의 〈한국근대사 연작-3〉을 삼차원 입체화한 작품이 옆에서 꿀-꿀-꿀-꿀 울어대고 있었다.

"뉴질랜드의 한 젊은 작가가 보내온 건데, 자기가 태어난 작은 고향 섬에서 발견되었던 희대의 희귀동물이라고 하더군."

놈은 계속 씨부렁씨부렁 설명을 했고, 놈이 설명하는 동안 나는, 〈누가 한국근대사 연작-3을 삼차원화했는가〉라는 오브제 설치 작품에 정신을 팔고 있었다.

〈누가 한국근대사 연작-3을 삼차원화했는가〉는 수많은 꼬물

거리는, 고통에 몸부림치는 인간 비닐 미니어처들을 본드로 이어 붙여 무게받침을 만들고, 그 위에 라텍스를 씌운 마네킹 몸통과 팔을 올려붙인 다음 손에 주방 식칼을 쥐어주고, 또 그 위에 내장이 훤히 들여다보이는 돼지 몸통을 올려놓아, 칼로 하여금 쭉 가르는 순간을…… 모든 각도에서 관람할 수 있게 해놓은, 멀티―패러디 작품이었다.

오디오의 꿀꿀 비명은 식칼에 찔린 삶은 돼지 아가리에 박아놓은 작은 트랜지스터에서 울려나오는 소리였다. "이거, 진짜 돼지 머리잖아!" 놀란 내가 말했다. "진짜 삶은 돼지 머리지." 놈이 끄덕였다.

"전시회가 끝날 때까지 상하지 않으면 우리가 먹어치우기로 했어. 콜라와 함께. 관람시간이 지나면 그것만 떼어다가 냉장고에 넣어두곤 하지."

과연, 돼지의 목줄 아래엔 아직 마개도 따지 않은 Coca-Cola 한 병이 길쭉하니 꽂혀 있었다. 내 기억이 맞다면 그건 거의, 신학철의 원작 오브제들을 고스란히 삼차원 입체화―원작엔 상상이 대신했던 음향 효과까지 덧붙여―해 옮겨놓은 것이었다.

우리는 몇 걸음 더 걸었다. 몇몇 전시물들이 우리 눈을 어지럽혔다. 그 중 가장 어지러웠던 것은 〈성서시대(聖書時代) 최초의 피임기구〉였다. 그건 질(膣)에 삽입하는 여성용 피임기구의 일종이었다. 관람자들은 그 단순한 피임기구 앞에 서선 고개를 갸웃거리다, 잠시 후 미소를 지었다. 피임기구 뒷부분에 흐릿하니 '하느님'의 얼굴이 페인팅돼 있었던 것이다. 젊은 스위스 작가의 재치였다. 놈과 나는 그 앞에서 킬킬 웃었다.

"그 희귀동물은 바로 자기 자신이 발견했는데, 세계 어느 곳에서도 그와 같은 종은 다시 찾아볼 수가 없었대. 심지어는 그 섬에서조차도 그 같은 동물은 두 번 다시, 결코 발견되지 않았다더군."

놈은 계속 설명을 했고 나는 계속 귀 기울이지 않았지만, 이상하게도 호기심은 불어났다. 놈은 봐야 믿는다, 고 못을 박았다. 믿거나 말거나 한 그런 것들은, 봐야만 믿을 수 있다.

"그게 뭔데?" 내가 결론을 재촉했다.

"캘리포니아 나무개." 놈이 중얼거렸다.

"캘리포니아 뭐?"

"캘리포니아 나무개." 놈이 다시 한 번 중얼거리며 손가락 하나를 펼쳐 바닥의 뭔가를 가리켰다. "여기 있어, 그놈이." 놈의 손가락 끝을 따라가자, 알림판 하나가 눈에 띄었다. 알림판엔 이렇게 씌여 있었다.

SEE AND BELIEVE!

〈The California Tree-dog〉

그 알림판은 어떤 작지만 무성한 기생덩굴 수풀 새에, 일부러 숨겨둔 듯, 꽂혀 있었다. 남의 뿌리 위를 기어다니는 그 기생덩굴은 진록의 넓고 두터운 이파리들로 알파벳들을 감추고, 알파벳들에 음침한 그늘을 드리우고, 알파벳들을 아예 친친 동여매 옥죄고 있는 듯이 보였다.

나는 고개를 들어 의문의 알림판 위로 높게 솟아 있는 검은 그림자로 시선을 옮겼다. 열대 코코야자, 라고 놈이 말했다. 열대야자는 이미 익히 보아왔다. 내가 보아온 세계의 열대야자란

딱 두 종류다;

마이애미 해안의 석양을 배경으로 줄지어 선, 검게 그늘진 야자. 남태평양 외딴 섬의 땀투성이 원주민이 긴 칼을 차고 한창 기어올라가는 중인 야자. 둘 다 높고, 수관(樹冠)이 무성－화려하고, 차고－인공적인 느낌의 야자다.

어쨌든, 브라운관이나 영화관 스크린 속의 것들이니까.

그러면 브라운관과 스크린 밖의 코코야자는 어떨까. 역시 높고, 까칠까칠하고, 수관이 무성－화려했다. 한 가지 다른 점은, 어쩐지 플라스틱－셀룰로이드 냄새가 난다는 것이었다. 나는 직접 손바닥을 대어 쓸어보았다. 플라스틱－셀룰로이드는 아니었다.

"뭔가 속고 있는 게 틀림없어." 내가 놈을 흘겨보며 중얼거렸다. "뭔가 속이고 있는 게 틀림없지?"

"아니." 놈은 고개를 흔들었다. "난 기껏해야 재취업한 지 한 달 좀 된, 큐레이터 보조의 보조일 뿐인데?"

놈은 손가락 하나를 높이 치켜들었다. "뭔가 보여?" 손가락 끝은 코코야자의 잎 무성한 저 꼭대기의, 어둔 속그늘을 가리키고 있었다.

"보여?"

검은 야자잎들 새로, 흐린 햇빛의 파편들이 가냘프게 반짝였다.

"응, 해가 너무 흐리군." 내가 고개를 끄덕였다.

"그거말고, 바보야." 놈이 손가락 끝을 까불어댔다. 까불대는 손가락 끝에서 그러자, 뭔가 보였다.

코코야자 꼭대기에서 흐린 햇빛 몇 점이 재빨리, 디스코테크의 스트로보 조명처럼, 점멸하고 있었다. 바람이라곤 공기 정화기의 그것밖엔 없는 곳에서 잎이 흔들렸다. 둥글넓적하고 통통한, 시커먼 무엇이 그 위에 있는 듯했다. 잎 몇 장이 세차게 흔들렸다.

"뭐야?" 내가 어리둥절해서 물었다.

잠시 후, 길쭉한 로프 같은 게 무성한 잎들 새로 비죽이 드리워졌다간 사라졌다. 또 잠시 후, 이번엔 똥글똥글하고 구근(球根)처럼 생긴 시커먼 무엇이 쓱, 아래의 우릴 훑어보는 듯이 내리디밀어졌다간 사라졌다.

"뭐야?"

"뭐야, 저게?" 내가 눈을 끔벅이며 재쳐 물었다. "캘리포니아 나무개." 심상한 투로 놈이 말했다.

"잘 안 보여." 내가 되록되록 눈을 굴리며 말했다. 코코야자 꼭대기에서, 다시 한 번 길쭉하고 시커먼 무엇이 우릴 향해 나타났다. 나는 어쩐지, 내 이마 위에 뭔가가—불길함의 그림자가 음각(陰刻)되어지는 듯한 느낌에 사로잡혔다. 곁눈에, 놈이 살짝 한 걸음 뒷걸음질치는 게 보였다.

곁눈에, 놈이 한 걸음 뒷걸음질치며, 만면에 음흉한 미소를 띠고 있는 게 보였다. 나는 뒷걸음질치는 놈과 코코야자 꼭대기를 번갈아 곁눈질하며, 불길한 예감에 딱딱하게 굳어지는 내 몸을 느꼈다. 그 모든 게 아주, 순간에 일어난 일들이었다.

아주, 순간에 일어난 그 일들의 바로 다음 순간에, 쏴아—철퍼덕—쏴아—철퍼덕 하는 소리가 내 귓전과 이마를 때렸다.

그 소리들이 내 귓전과 이마를 때리는 것과 함께, 세차고 뜨뜻미지근한 뭔가가—그러니까 세차고 뜨뜻미지근한 액체가,

자동소총 탄환들처럼 내 얼굴 위로 퍼부어져내렸다.

나는 비명을 질렀다. 나는 간질환자처럼 경련하며 비명을 질렀다.

나는 내가 방금 뒤집어쓴 액체의 양이 거의, 1.5리터 페트병을 가득 채울 만한 양은 될 거라고, 순간적으로 짐작했다. 그 의문의 액체는, 캘리포니아 나무개의 오줌이었다.

나는 화창하지는 않지만 어쨌든 봄인 사월의 어느 날, 열대 코코야자 아래에서, 빌어먹을 캘리포니아 나무개 오줌을, 오줌 줄기를, 오줌세례를 뒤집어쓰고 있었던 것이다. 곁눈에 놈이, 한 발짝 물러서선 웃음을 참느라 거의 발광하고 있는 게 보였다.

"오지 마." 내가 차분히 가라앉은 목소리로 경고했다. 분노와 비참함에 부들부들 떨며 갤러리 코미디즘의 화장실에서 머릴 감고 있을 때, 놈이 들어왔다.

"널 쏴버릴지도 몰라." 내가 다시 한 번 경고했다.

놈의 마구 미안해하는 얼굴엔, 또한, 웃겨서 더는 참질 못하겠다는 심술궂은 표정이 숨김 없이 드러나 있었다.

"빌어먹을 지린내." 내가 샴푸를 처바르며 중얼거렸다. "뭘 먹길래 냄새가 이리 지독한 거야, 암모니아를 드럼으로 마시나!"

놈이 낄낄거렸다. "어때? 캘리포니아 스컹크가 더 어울릴 것 같지?"

나는 놈을 한방 먹였다.

놈에 의하면, 그 미확인 물체를 출품한 뉴질랜드 작가에 의하면, 캘리포니아 나무개는 코코야자 꼭대기에 사는 개의 일종이 아닐까 짐작된다고 했다.

출품한 작가가 어렸을 때 숲에 놀러 갔다가 그걸 발견해 야자

나무를 뿌리째 뽑아 정원에 옮겨 심고는 여지껏 함께 지낸 것이다. …… 자기 분신과도 같이 정이 들고, 친해졌다. …… 작가의 추측에 의하면, 호주의 태즈메이니아 호랑이의 돌연변이나 변종이 아닐까 한다. …… 아니면 멸종한 야생개 딩고의 최후의 후손이든가, 아니면 전락한 외계의 생물이든가.

아무튼 캘리포니아 나무개는 코코야자 꼭대기에 살며 결코, 잎 뒤에서 기어나와 자신을 태양 아래 노출시켜본 적이 없고 코코야자 아래로 내려와본 적도 없으며 결코, 다른 누군가—외부의 생물과 접촉하거나 그러려고 노력해본 적도 없다고 했다.

그래서 당연한 얘기지만, 나무개의 실루엣조차 완전한 형태로 알려진 바 없다고 했다. 그저 꼬리 일부분, 몸통 일부분, 혹은 코로 짐작되는 구근처럼 생긴 부분의 일부분 정도가 띄엄띄엄 알려져 있다고 했다. 그러니까 나무개 신체의 윤곽을 알고 싶으면 그 조각조각들을 꿰맞춰 재구성해야 하는데, 영악한 나무개는 그것조차 허락하고 있지 않는다는 말이었다.

또한, 항상 태양을 등지고 야자잎 그늘을 방패삼기 때문에 색깔—심지어는 피부가 털에 덮여 있는지 여부조차도—조차 확실히 밝혀진 바 없다고 했다.

"이를테면 나무에 숨어사는," 놈이 팜플렛을 인용했다. "은둔금수(隱遁禽獸)라고 할 수 있지…… 실은 그게 날짐승인지 길짐승인지도 알려진 게 없거든."

또한, 캘리포니아 나무개에게는 기괴한 버릇 하나가 있는데, 누군가 자신이 있는 코코야자 아래 와서 제 은둔에 훼방을 놓으면…… 예의 그 오줌세례를 퍼붓는다는 것이었다.

오줌을 면상에 내리깔겨 훼방꾼을 조롱하고 일종의 저주를 퍼붓는다는 것이었다.

"내가 받은 게, 그 빌어먹을 저주로군." 내가 에어 샤워기에 젖은 머리를 들이밀며 말했다. "빌어먹을 스컹크 같으니라구."

그러니 캘리포니아 나무개가 세계에서 단 한 마리만 존재하는, 그런 동물이라는 주장도 믿을 만한 게 아닐 수도 있다. 어쩌면 그것은 신경증에 걸려 나무 위로 올라가버린 고양이 한 마리일 수도 있다.

정직하고도 성실하고도 수많은, 세계의 학자들학자들학자들학자들작가들이 덤벼들었는데도 죄다 오줌세례를 받곤 쫓겨났을 뿐, 정체를 밝혀볼 엄두도 못 내봤다고 했다.

야자잎 속그늘에 숨은 그림자만 보았을 뿐이었다, 오줌세례만 받고.

"어쨌든," 놈은 팜플렛을 계속 인용했다. "오줌 하나만큼은 확실하게 실체를 인정받았지…… 네가 방금 확인했듯이 평생 못 잊을 정도로 아주 인상적이거든."

또 한 가지 인상적이었던 것은 나무개의 웃음소린데, 그것은 이렇다.

풀풀!풀!풀풀!풀!풀풀!

오줌을 깔길 때, 나무 꼭대기에서 나무개가 내는 소리다. 그 소리는 오줌냄새만큼이나 잊혀지지 않는다. 뉘앙스로 봐서는 틀림없는, 웃는 소리였다. 그것은 나무 위에서, 제 오줌에 흠뻑 젖은 멍청이들을 맘껏 비꼬아주는, 냉소(冷笑)와 심술궂음의 뉘앙스였다. 팜플렛에도 그렇게 쓰여 있었다.

아무튼 나는 갤러리 코미디즘에서 기막힌 것과 만났다. 나는 그토록 중량감 있는 오줌냄새는 결코 맡아보지 못했다. 그건 바디 샴푸 두 통과 아스피린 한 통을 다 잡아먹고도, 아직 건재하다.

풀풀! 풀풀! 하는 웃음소리 역시, 내 생의 엉덩이를 한 번 물어뜯기 위해 악착같이 좇아 다니는, 시간의 뒷골목들을 배회하는, 불길함의 아가리들이 짖어대는 소리 같다. 지금도 그것은 내 귓불을 물어뜯고 있다.

이 빌어먹을 캘리포니아 나무개는 너무나 모순투성이모순투성이모순투성이라서 그 앞에선, 뭘 먹는지 어떻게 생겼는지 하는 가장 기초적인 질문조차도 허용되지 않는다—새삼스럽지만, 어떻게 뉴질랜드산 괴물에 캘리포니아란 이름이 붙을 수 있을까, 상업적인 배려일까.

심지어는 생물체인지 아닌지조차 확신할 수 없다. 나 역시, 갤러리 코미디즘에서 나오며 내가 뭘 실제로 보긴 봤는지 스스로 의문이 들었다; 그림자들일 뿐이었으며, 오줌일 뿐이었으며, 기이한 웃음소리일 뿐이었다. 나는 그 모든 것들이 뭘 의미하는지 모른다. 지금 내가, 뭣에 대해 설명하고 있는지조차도 모르겠다. 그러니 캘리포니아 나무개에 대해선 더이상 얘기하지 말자.

아무튼 불행히도 세계는, 뭘 의미하는지 도무지 알 수 없는 것들로 꽉 차 있는 듯하다. 압구정동 갤러리 코미디즘의 큐레이터같이 세계를 구조하는 이들은, 팜플렛 카탈로그 일러스트레이션 평론 작품해설 따위를 끊임없이 제작하며 의미들을 붙여대지만, 불행히도 생산되는 거의 대부분의 것들은, 그 각자의 의미가 찾아지기도 전에 폐기(廢棄)된다.

적어도 갤러리 코미디즘에서만큼은, 그렇다; 생산의 속도가 너무 빨라, 의미의 속도를 추월하는 것이다. 그렇다면 그건 죽음일까 죽임일까—인류는 인류가 상상할 수 있는 모든 걸 먹어치운다. 지금–여기의 세계에서 말이다.

캘리포니아 나무개에게 축복을.

음악인 협동조합 · 4
–횡령범의 최후

"나는 솔직히," 마룻바닥 저쪽에서 온몸을 흔들며 펨프가 소리질렀다. "빌어먹을!"

"…… 나는 솔직히 이 세상이 망해버렸으면, 했던 사람이야!"

펨프는 마루의 가장 안쪽, 가장 깊은 귀퉁이, 반쯤 무너져내린 흔들의자에 앉아, 소릴 질러댔다. "그런데 왜!" 흔들의자의 팔걸이가 반질반질 흐린 빛을 냈다. "왜 아무것도 끝장나지 않는 거냔 말이야!"

내가 펨프를 다시 찾은 것은, 믿거나말거나박물지 음악인 협동조합(이하 음협)의 말총머리로부터, 어떤 부탁을 받았기 때문이었다. 말총머리는 서른 살이 다 되도록 방구들이나 짊어지고 사는 내게, 불쑥 찾아나선 펨프를 내놓으라고 성화를 부렸다. 펨프가 누구예요, 라고 나는 부어오른 눈꺼풀을 껌벅이며 되물었었다. 말총머리는 방바닥에 널린 누런 콧물이 흥건한 휴지들을 밟곤 말 못하게 기분이 나빠져 있던 참이었다. 독감인가, 말총머리의 물음에 나는 위협적으로 재채기를 해댔다. 폐렴일지도 몰라요, 내가 말했다, 폐렴이라도 좋으니 어서 날 좀 여기서 데려가줬으면 좋겠어요.

그러자 말총머리는 잠자코 고개를 끄덕이더니 뒤춤에서, 사진 한 장을 꺼내 내 썩어가는 코끝에 갖다 대었다. 기억나지? 나는 고개를 끄덕였다. 사진 뒷면에 더할 나위 없이 노골적으로 감춰진, 까맣고 똥그란 총구가 내 아랫입술에 와 닿았기 때문이었다. 어딨어? 몰라요, 내가 말했다. 말총머리가 다시 말했다, 올해가 다 가기 전까지 알아놔.
하면서 말총머리는 사진을 쥐어주곤, 그 기름기 없이 팍팍한 말총머리채를 철렁철렁 흔들면서, 내 곰팡이 피는 쥐구멍을 나갔다. 나는 펨프가 말총머리를 두고 했던 말을 기억해냈다, 언제든 돌아와 상대의 관자놀이에 총알을 박아넣을 놈. 내가 받아든 사진의 뒷면엔 총구 대신 수표 몇 장이 핀으로 꽂혀 있었다. 음협(音協) 놈들은 죄다 마술사로군, 내가 몇 년 전 기억을 더듬으며 중얼거렸다.

말총머리의 설명에 의하면 펨프는 사 년 전에 퇴직했다. 1997년 한겨울 퇴직하곤 종적을 감췄다—펨프 자신의 퇴직금 75,000,000원과 음협(音協)의 적립금에서 빼낸 500,000,000원과 함께.

또, 말총머리는 어울리지 않게 하소연하다시피 했다—그 575,000,000원을 들고 휑하니 사라진 펨프를 찾기 위해 2000년 11월 30일인 오늘까지, 사 년 동안 자신과 경찰은, 무지하게 전국을 쏘다니고쏘다니고 또 쏘다녔다. 그러다 옛 정분을 떠올려 나한테까지 찾아왔다는 것이었다, 젠장.

"젠장!" 나는 바짓부리에 묻은 냄새나는 진흙덩이들을 떼어내며 군시렁거렸다. "제가 왜 아저씨를 찾아왔는지 아시죠? 예? 아시겠죠!"

나는 펨프의 정반대편 이쪽—그러니까 바로 출입문 쪽—에서 힘을 다해 소릴 질렀다. 펨프와 나는, 한 열 평쯤밖엔 안 될 이 하꼬 같은 오두막 판잣집의, 양편 끝에 서로 자리잡고 있었다. 열 평이니, 소리지를 이유는 없었지만 외부 소음이 굉장했다. 한남대교 남단이 판잣집 지붕 위를 지나가고 있었던 것이다. 때문에 구치소 접견실에서 아크릴 판을 사이에 두고 마주 앉은 두 사내들처럼, 소음의 불투명한 막을 사이에 두고, 끝도 없이 고함을 쳐대야 했다.

"실은 저도 이젠," 내가 소리질렀다. "아저씨라고요. 어딜 가나 이젠 아저씨라고 불려요. 겨우 서른인데 말이에요."

"그래서 그게 뭐?" 펨프가 시큰둥하니 고함을 쳤다. "난 예순하난 걸. 예순하나는 걸려들어가 콩밥을 먹기엔 좀 늙은 나이지!"

지는 해의 누런 잔광들에, 저쪽에서 펨프가 손톱을 물어뜯는 게 흐릿하니 비쳤다. 손이며 손톱이며 한결같이 새카맸다. 멀고 어두운 곳에서, 펨프의 헝클어진 백발이 하얗게 반짝였다. 코밑이며 턱밑이며 반백의 수염들이 엉킨 전화선 다발들처럼 아무렇게나 매달려 삐쳐 있었다.

"그렇다고 너무 늙은 나이도 아니죠!" 내가 퉁명스럽게 쏘아붙였다.

펨프는 잿빛 나이트가운을 어깨에 걸치고, 목엔 올이 지저분하게 풀어진 잿빛 털목도리를 둘둘 감고 있었다. 좀 마른 듯했지만, 여전히 거구였다. 0.1톤의 거구에 장난감 같은 잿빛 니트를 껴입고, 너절한 군용담요로 무릎을 감싸고 있었다. 양말 한

짝 없는 맨발에, 반 꺾인 슬리퍼를 걸쳐 신고 있었다. 펨프는 바들바들 떨고 있었다. 나는 식은땀을 좀 흘리고 있었지만, 날씨는 펨프 같은 노인네에겐 아무래도 습하고 추운 것이었다. 난로 같아 보이는 게 있었지만 썰렁하니 온기는 없었다.

펨프는 575,000,000원을 가진 사람으로는 전혀 보이지 않았다.

575,000,000원을 지닌 물질적 부를 성취한 횡령범으론 보이지 않았다.

575,000,000원짜리 횡령범보담은, 당장 병원에 입원 가료가 필요한 뇌졸중 환자처럼 보였다.

"난 불쌍한 노인네야!" 펨프가 자신을 규정지었다. "뇌경색이 왔어. 말하자면 순환기 질병인데, 혈관이 막혀 오른쪽 뇌가 삼분의 일쯤 죽어버린 거지. 중풍이야, 삼 년 전부터!"

그 사실은, 이삼 분의 일쯤 주저앉은 오두막 판잣집의 문이 처음 열렸을 때부터, 일찌감치 알아차리고 있었다.

펨프는, 왼쪽 다리를 질질 끌면서 왼팔을 옆구리에 딱 붙인 채 주저앉은 왼쪽 눈꺼풀을 파들파들 떨며, 나를 맞았던 것이다. 오른손에는 지팡이로 쓰이는 듯한, 녹슨 철근이 들려 있었다. 들어와 하고 중얼거리곤 펨프는, 기다시피 흔들의자로 가 앉았었다.

돌아선 펨프의 엉덩이에서 부패의 정점에 오른 죽은 쥐 냄새가 났다.

"커피라도 끓여줬으면 좋겠네만, 젠장!" 펨프는 아쉬운 듯 소리질렀다. "나는 자네가 나로부터 뭘 기대했었는지 아네. 자네는 내가 북한산 기슭에 있는 기막힌 빌라에서 양모 나이트가운을 걸치고, 열 손가락마다 반지를 끼곤, 앙고라털 슬리퍼를 질질 끌면서, 따뜻한 술 한잔이 있는 홈바로, 거들먹거리며 안내해주길 바랐겠지!"

"천만에요!"

"오억칠천오백만원으론 그렇게 못 살아요!" 내가 기분이 나빠진 티를 내며 군시렁댔다. "그래도 이 정도일 줄은 상상도 못했네요!"

나는 다시 한번 집안을 둘러보며 말했다. 귀퉁이마다 찌그러진 네모난 상자곽 같은 이 오두막 판잣집에서 펨프와 내가 지금 마주 보고 앉아 있다는 사실이, 믿기지가 않았다. 판잣집은 마치 겨울철 개 사육장 같았다. 얼기설기 철사와 나무판대기들을 엮어 엉성하게 짠 이 사육장엔, 방도 부엌도 화장실도 따로 없었다.

죄다 한데 탁 트인, 70년대 달동네형 원룸 하우스였다, 젠장.

"젠장, 난 아저씨를 찾아주는 대가로 아저씨가 쓰고 남은 횡령금의 십 퍼센트를 갖기로 했단 말이에요!"

"끽끽," 펨프가 마룻바닥 저쪽에서 음침하고 스산한 웃음을 활짝 펼쳤다. "가져가!" 펨프가 소리높여 비웃으며, 성한 팔 한 짝을 번쩍 들어올렸다. "커미션이 십 퍼센트라고? 나무판대기 한 짐하고, 녹쇠 주전자 하나면 되겠군!"

그러곤 갑자기 울음을 터뜨렸다. 펨프는 볼장 다 본 주정뱅이처럼 때 전 담요를 부여잡곤, 왈—왈— 울음을 터뜨렸다. 어깨를 들썩일 때마다 흔들의자가 무게를 견더내지 못하고 먼지를 토해내며 신음을 질렀다.

펨프가 어쩌다 저 지경이 되었을까. 펨프가 세 살배기 어린애처럼 눈물을 짜고 있는 동안, 나는 넥타이 끝으로 문질러 겨우 내 두 눈만 나올 정도로 창유리를 닦았다. 흐릿하게 바깥 풍경이 눈에 들어왔다. 창유리의 바깥 면은 요 며칠 새 줄기차게 쏟아진 산성(酸性) 윈터스콜로 깨끗이 닦여 있었다. 안쪽 면은 난로에서 쏟아져나온 듯한 분진과 기름때들로 더께더께 얼룩지고 새카매져 있었다.

해는 거의 다 진 상태였다. 오렌지빛 잔광들이 한강 위를 소용돌이치고 있었다. 한강 물은 뜨거운 아스팔트 곤죽처럼 탁하고 끈적끈적해 보였다. 보트 선착장의 아치형 형광 간판이 파랗고 빨갛게 빛나고 있었다.

강 저쪽 건너편에선, 뭔가가 물살을 가르고 있었다. 덩어리진 어떤 것은 이쪽을 향해 도강하고 있었다.

그건 마치 누군가 버린, 폐드럼통들 같았다. 폐드럼통 같은 것들은 두엇씩 짝져, 물 위를 반쯤 떠선, 느릿느릿 이쪽을 향하고 있었다.

나는 어느덧 감상적이 되어 있었다. 아직도 울고 있는 저 늙고 병든 횡령범의 최후를 생각하고 있었다. 말총머리를 비롯한 음협(音協)의 집행부는 사형선고를 내렸다. 내가 내 몫을 챙겨 여길 뜨면 곧 말총머리가 들이닥쳐 펨프의 악취나는 늘어진 뱃가죽에 펑크를 내줄 것이었다.

나는 나중에 갖게 될 자책감을 덜기 위해, 잔인하게 굴기로 했다. "난 먼길을 왔단 말이에요!"

마루 저쪽에서 펨프가 고개를 들었다. 눈물이 흘러내린 흰 자죽이 길게, 펑퍼짐한 턱밑까지 나 있었다. "먼길!"

"삼십 년은 먼 게 아냐!"

"먼 게 아니라구요?" 나는 짐짓 화가 난 듯 소리쳤다. "천만에요. 난 벌써 죽은 것 같단 말이에요. 난 죽은 거나 마찬가지예요!"

"무슨 말이야!"

"나도 몰라요!" 나는 잠시 입을 다물었다. "봐요, 이 젊은 나이에 한때 우정을 나눴던 아저씨를 상대로 탐정놀이를 하고 있다는 자체가 벌써 한심스러운 일이라구요. 게다가 한심스런 동기에서 출발한 이 탐정놀이의 결과물까지도 결국은, 한심한 것으로 드러났지요. 결과물이 얼마나 한심스럽냐 하면, 내 몫으로 챙겨갈 게 고작 나무판대기하고 놋쇠 주전자 하나란 얘기잖아요!"

"언제나 그랬어요! 내게 젊음이란 빌어먹을, 모든 종착점이 자살로 끝나는 사다리 게임 같았단 말이에요. 어느 사다리를 타고 빠지나, 마지막에 가서 가렸던 카드를 들추면, 자살이란 푯말이 튀어나오는 거, 그런 게임 말이에요. 이번 게임도 결국 나무판대기랑 주전자가 다잖아요!"

그러자 저쪽에서, 진정하라는 듯 펨프가 한 손을 저었다. "그럼 뭘 더 원했나?"

"뭐요!" 내가 이쪽에서 소리쳤다.

"뭘 더 원했냐구!" 펨프가 저쪽에서 다시 소리쳤다. "죽으려고 굳이 수고스럽게, 제 목을 올가미에 걸지 않아도 돼. 살다보면 어느 순간, 제 목이 올가미에 걸려 대롱대롱하고 있다는 걸 깨닫게 되지. 그걸 알았다니, 정말 어른이 됐군!"

"관둬요!"

내가 이렇게, 어쩐지 삶의 나사가 빠진 것 같고 비관적이 된 것은, 산성스콜이 퍼붓는 최근의, 좋지 않은 이상기후 때문인지도 몰랐다. 나는 기분이 더 나빠졌다. 나는 감상이 복받치는 듯한 우스꽝스런 표정으로 눈을 돌렸다. 창 바깥에선, 한강이 뿌글뿌글 끓고 있었다.

폐드럼통 같은 그 검은 덩어리들이 벌써, 강을 반 넘어 건너오고 있었다. 잘게 쪼개진 가로등 불빛의 파편들이, 덩어리들이 가르는 물살 표면에 얹혀 갸우뚱갸우뚱, 일렁이고 있었다.

이제 한 달 후면, 위대한 21세기의 첫날 첫아침에, 나는 내 이십대의 종말을 맞을 것이다—그럼 그 자살용 올가미의 매듭이 더 죄어오든가, 아님 아예 완전히 죄어지든가, 아님 운 좋게도 공중에서 툭 끊어져버리겠지—아무튼 가장 가능성 높은 것은, 내 이십대의 모든 순간에서 그랬듯이, 내가 미쳐 돌게끔 야금야금 옥죄어오는 경우일 것이다. 그럴 경우엔, 내가 알아서 말총머리의 장의사 현관을 찾아 두드릴 것이다.

펨프의 경우엔 좀더 일찍, 내일 새벽녘에 종말을 맞을 것이다, 말총머리의 기막힌 사형선고와 함께.

펨프가 마루 저쪽에서 푸념하듯 지껄였다. "세상에 자살(自殺)이란 없어, 살(殺)만 있지. 그냥 자살자의 손만, 살해하는 데 빌려 쓰는 거라구!"

펨프와는 이제 별로 할 얘기가 없었다.

나는 이제 어쩔까, 생각했다. 펨프에게 경고하는 수가 있었다, 경고를 펨프가 받아들이면 펨프 대신 내가 불운한 일을 당할 것이고…… 한편 자포자기한 늙은 펨프가 내 경고를 무시하면, 나만 바보가 된다.

"뾰족한 수가 없네요!"

내가 결심했다는 듯이 소리쳤다. 나는 암시라는 가장 간편하고 가장 안전하고 서로에게 유익할 수 있는 수단을 썼다.

"무슨 뾰족한 수!"

펨프가 저쪽에서 무슨 말이냐는 듯, 소리쳤다. 나는 입속으로 어쨌든 내가 줄 수 있는 최대한의 것—암시를 베풀어줬으니까 알아듣든 말든 알 바 아니다, 라고 스스로를 위로하기 위해 중얼거렸다.

"그러지 말고 꼬불쳐둔 것 있으면 좀 내놔요!"

나는 다시 한번 펨프를 구슬렀다. 어떻게 이렇게까지 망할 수 있을까.

나는 펨프를 걷어차버리고 흔들의자를 치워버리고 그 밑 마루판자들을 뜯어내볼 생각까지 했다. 그러면 그 밑에서 뭔가 나올지도 몰랐다.

나는 실제로 반쯤 몸을 일으켰다가, 풀썩 주저앉아버렸다.

펨프가 있는 그쪽—가장 어둡고 절망의 끔찍스런 악취가 나는—에 단지 한 발이라도 들여놓았다간 다시는 이쪽으로 돌아나올 수 없을 것만 같았기 때문이었다.

잠시 후, 펨프가 입을 열었다.

"누군가 날 발견해주길 기다렸네!" 펨프는 거의 애원하는 투였다.

"…… 구세주를 기다렸어, 날 병원에 데려다줄래?"

나는 창 바깥을 보고 있었다. 페드럼통 같은 검은 덩어리들이 이제 거의 도강을 마치고, 이쪽 강변에 닿아 있었다.

가로등 불빛에 덩어리들의, 거칠고 잿빛인 털로 덮인 굽은 등이 희미하게 보였다.

폐드럼통들은 아니었다…… 덩어리들은 살아 있으면서, 살아 있는 모두를 떨게 하는, 어떤 것들이었다.

나는 그 어떤 것들을 이제껏 한 번도 보지 못했으면서도, 그 어떤 것들이 무엇인지 즉시 알아차렸다.

아무도 보지 못했으면서도, 누구나 공포를 품고 있는, 그 어떤 것들이었다. 누구나 그에 대해 공포를 품고 있으면서도, 아무도 실제론 본 적이 없는, 그런 어떤 것들이었다.

땀 몇 방울이 내 이마를 차게 식혔다. 나는 아랫입술을 깨물었다. 나는 제발 병원에 데려가달라는 펨프의 제안을 진지하게 연구해보기 시작했다. 그 어떤 것들은 이미 이쪽 강변에 상륙해, 사납게 떨며 물기를 털어내고 있었다.

펨프가 퉁퉁 불은 두 눈을 반짝이며 마루 저쪽에서, 마지막 힘을 짜내 소릴 질렀다. "자네도 그걸 보고 있나!" 내가 펨프의 최후진술을 나지막히 따라 중얼거려보았다. "자네도 그걸 보고 있나!"

중독

조경란

1969년 서울에서 태어나
서울예술전문대학
문예창작학과를 졸업했다.
1996년 동아일보 신춘문예에
단편 「불란서 안경원」이
당선되어 작품활동을 시작했다.
1996년 장편 『식빵 굽는 시간』으로
제1회 문학동네신인작가상을
수상했다.

중독

오후 네시, 나는 누렇고 딱딱한 종이에 쌓인 소포를 들고 현관 앞에 우뚝 서 있었다.

뒤를 돌아다본 것은 돌연 등허리께가 시린 느낌 때문이었다. 골목 첫번째 집 담장 너머로 후드득 흰 꽃잎이 떨어지는 것이 보였다. 손을 뻗으면 낚아챌 수 있을 것같이 꽃잎 떨어지는 소리가 바로 내 귓결에 들리는 것만 같았다. 골목 안은 지나치게 적연스러웠는데도 말이다. 다만 열광하는 흰 빛이 가득 쏟아지고 있었다.

집 안으로 들어와서야 발송인의 이름을 살펴보았다. 서완희. 완희언니……? 그녀의 이름을 확인하고도 소포를 집어들었을 때의 그 불가해한 느낌을 떨쳐버릴 수 없었다. 그녀가 내게 왜 이런 걸 보내왔을까. 나는 느닷없이 내게로 전해져온 소포꾸러미 앞에서 망연자실 서 있었다. 별다른 예감은 없었지만 도무지 펼쳐보고 싶은 기분이 동하지 않았다. CD케이스만한 납작한 상자곽. 한동안 그것을 노려보다가 주방용 가위를 찾아들고 단단하게 묶인 끈을 싹둑싹둑 자르기 시작했다. 가위를 쥔 손에 필요 이상 힘이 들어가는 것이 느껴졌지만 개의치 않았다. 뚜껑을 열었다. 고리도 없는 누런 열쇠 하나가 비명을 내지르듯 바닥으로 툭 떨어졌다. 흰 종이 한 장이 꽃잎처럼 펄럭거렸다.

재경에게.

나, 어느새 서른다섯까지 살았다.

소식이 없다. 이번에도 당선되지 못한 것이겠지.

이십사일 이후 집에 와줘야겠다.

너도 알다시피 내겐 아무도 없다.

내가 쓰는 마지막 글이다.

자서(自序)와 유서(遺書)는 짧을수록 좋다고, 너 언젠가 그런 말 한 적 있지.

너를 사랑할 수 없었다.

사월에, 완희가

자서와 유서는 짧을수록 좋다고 내가 그런 말을 했었던가. 기억에 없는 말이다. 시인의 자서를 읽을 때면 왠지 단순한 자서가 아니라 유서일지도 모른다는 불길함이 든다는 말을 한 적은 있었다. 완희언니의 글씨가 쓰여진 종이를 반으로 접었다. 손바닥 안에 들어온 그 작은 종이가 생을 버리고자 하는 사람의 목소리가 담긴 유서라고는 믿기지 않았다. 그러기에 일곱 줄의 문장은 너무도 함축적이었고 종이는 실체감이 느껴지지 않았다. 완희언니는 엄살이 심한 편이었다. 어제도 그녀는 내게 전화를 해왔다. 새벽 세시가 막 지나는 걸 확인하고 이를 닦으려던 참이었다.

잠이 안 와…… 저 사이렌 소리 때매 증말 미치겠어.

그녀의 집 가까운 곳에 관할 소방서가 있었다. 밤이고 새벽이고 시도 때도 없이 울려대는 사이렌 소리에 그녀는 늘 진저리를 쳐댔다. 그녀와 통화할 때면 배경음악처럼 매양 불자동차 소리가 섞여 들어오곤 하였다.

방을 옮기든가 커피를 좀 줄이지 그래.

……이상해.

뭐가.

잠이 안 오는 게 아니라 잠들기 싫은 거 같어. 못 깨어날까봐.

왜, 언니 잘 안 써져?

…….

내일은 좀 나아지겠지.

뭐 그런 시답잖은 대화를 나누었던 것 같다. 어렴풋하지만 그녀의 목소리가 다른 때보다 그윽하고 음산한, 뭐랄까 꼭 엷은 수묵색 같았다고나 할까. 전화를 끊고 나서도 신경이 쓰였던 것만은 사실이었다. 이 닦을 생각도 하지 못한 채 방안을 서성거리다가 잠이 들어버렸으니까. 하지만 잠에서 깨어난 후에는 언제나처럼 그녀를 잊어버렸다.

흰 종이와 열쇠를 다시 상자곽에 넣어두고 나는 책상 앞에 앉았다. 내일까지 넘겨야 할 원고를 쓰고 있던 참이었다.

'…… 소설가란 무엇인가. 한 번도 나는 내 식의 정의를 내려본 적은 없다. 허나 소설가란 자기 주위에 있는 사물들이 속삭이기 시작하는 것을 알아차리고 그 속삭임이 말이 되게끔 이끌어나가는 사람이라는 프랑스 작가의 정의를 무슨 부적이라도 되는 것처럼 가슴에 품고 있었다. 그렇다면 나는 소설가인가. 글쎄 어떻든 간에 나는 소설을 쓰고 있고 지난 가을에 첫 창작집까지 펴내기는 했다. 그렇다고 나 자신을 소설가라고 생각해본 적은 없다. 정연하게 설명할 수는 없지만 그것은 내게 견딜 수 없이 부끄러운 일이기 때문이다. 견딜 수 없이 부끄러운…….'

더듬거리는 문장과 문장 사이로 그녀의 이름과 그녀의 짧은 편지와 열쇠가 끼어들었다. 손가락은 더이상 움직이지 않았고 나는 지금 내가 무슨 글을 쓰고 있는지조차 헤아리지도 못할 지경이었다. 이번 계절에도 그녀는 또 어디엔가 투고를 했었나보다. 학교에 입학하기 전부터 그녀는 해마다 신춘문예에 응모를 했고 신인을 모집하는 문학잡지마다 투고를 해왔다. 번번이 떨어졌다. 간혹 최종심까지 올라간 적도 있었다고 들었다. 하지만 졸업한 이후로는 그녀의 소설을 읽어보지 못했다. 그녀가 원치 않았기 때문이었다. 운이 없어서 그래. 그 말이 귀에 잘 들리지 않으리라는 것을 잘 알면서도 나는 그때마다 무심히 이렇게 위로하곤 했었다.

아무래도 그녀에게 전화를 해봐야 할 것 같았다. 수첩을 뒤적거려 전화번호를 눌렀다. 벌써 사 년이나 알고 지내는 터였지만 나는 완희언니의 전화번호를 외우고 있지 못했다. 수시로 방을 옮겼고 그때마다 번호가 바뀌었다. 몇번쯤 전화번호를 외우고 있다가 그만 포기하고 말았다. 그리고 전화는 거의 그녀 쪽에서 먼저 해왔다. 일주일에 서너 번씩. 그러니 구태여 전화번호를 외우고 있을 필요는 없었다.

신호음만 길게 울렸다. 외출한 것인지 아니면 천연스레 책읽기에 몰두하고 있는 건지 모를 일이었다. 기계음이 들리면서 응답기가 돌아갔다.

나, 재경이. 무슨 일 있어? 전화받아…… 언니 정말 없는 거야? 돌아오면 연락 줘.

사월 이십삼일 저녁 여섯시. 전화를 끊자마자 나는 마치 거대한 수마(睡魔)에 사로잡힌 사람처럼 깊디깊은 잠에 빠져버리고 말았다. 이도, 안, 닦았는데, 빨래도, 걷어야, 하는데…… 기엄기엄 침대로 파고들면서 분절음같이 툭툭 끊어지는 내 목소리는 점점 희미해지고 있었다.

나는 촉수를 세운 거미처럼 숨죽인 채 납작하게 침대에 엎드려 있었다. 등줄기로 식은땀이 솟아나 허리께로 흘러내리는 것이 느껴졌다. 얼마나 곤하게 잔 것인지 시간조차 가늠할 수 없었다. 묵지근한 머릿속으로 어제의 일들이 떠올랐다. 흩날리던 흰 꽃잎들, 초저녁의 이른 잠, 못다 쓴 원고, 그리고 그녀의 소포…… 아, 완희언니. 나는 그제서야 웅크린 몸을 풀고 손을 뻗어 응답기 버튼을 눌렀다. 늘상 그랬던 것처럼 한밤이나 새벽녘쯤 전화벨이 울렸을 것이다. 한데 이상할 정도로 누구의 목소리도 담겨 있지 않았다. 물론 그녀의 목소리도 없었다.

그녀의 전화번호를 눌렀다. 길게 신호음이 울린 후에 어제처럼 똑같이 응답기가 돌아갔다. 이번에는 음성을 남기지 않고 수화기를 내려놓았다. 울기(鬱氣)를 이기지 못하고 훌쩍 어디론가 여행을 떠났을지도 몰랐다. 내가 아는 그녀는 언제나 봄을 잘 견디지 못했다. 심한 조울증에 시달리는 것을 몇 차례 목도하기도 하였다. 아아, 저 꽃 모가지들을 똑똑 분질러버렸으면. 어쩌다 함께 흐드러지게 꽃핀 공원이라도 산책할라치면 그녀는 신경질적이고 새된 목청으로 이렇게 소리쳐 나를 당혹시키곤 했다. 돌이켜보니 그녀는 봄이 되면 그나마 뜸하던 외출도 삼갔던 듯하다. 하지만 그녀에 대한 내 관심은 너무도 사소하고 허술했기 때문에 꼭 그랬다고만은 단언할 수 없다. 혹시 집에 있을지도 모르겠다. 안 써진다고 푸념을 늘어놓던 소설을 부여쥔 채. 그녀가 보낸 흰 종이, 짧은 일곱 줄의 문장이 기억났다. 그래 그러고 보니 나 역시 완희언니를 사랑한 적은 없는 것 같다. 그렇다면 우리의 관계는 무엇이었나. 그저 습관에 지나지 않았을까. 일정한 거리를 유지하고 있는, 그 어느 쪽에서든 줄을 놓아버리면 순식간에 무너지고 마는 그런 관계?

그녀의 집으로 가는 150번 버스는 좀처럼 오지 않았다.

끼니 챙겨먹을 여유도 없이 방송통신대학 학보사에 보낼 원고를 마무리하고 문구점에 들러 팩스로 보내고 나니 어느새 두 시가 넘어서고 있었다. 잡문을 쓰지 않겠다고 작정한 적도 있었으나 간간이 발표하는 소설만으로는 생활이 되지 않았다. 소설만 쓸 수 없니? 완희언니는 대놓고 못마땅해하기도 했다. 하지만 생활이 되지 않는다는 이유 앞에서는 더이상 말을 잇지 못했다. 집을 나서기 전에 지갑 속에 그녀가 보낸 누런 열쇠를 챙기는 걸 잊지 않았다. 아마 열쇠가 아니었다면 부러 집까지 찾아갈 생각은 하지 않았을 테니까. 계절은 그녀가 가장 혐오하는 봄의 절정이었고 그녀는 내게 열쇠와 짤막한 유서를 보내는 것으로 스스로를 견디고 있나보다. 약간의 위로가 필요하겠지. 우리의 관계는 아무것도 아닐 수 있지만 또 그렇게만은 단정할 수 없는 무엇이 있다.

너 우리 학과지?

세련돼 보이는 짧은 머리에 긴 바바리코트를 입은 여자가 대뜸 내게 말을 던졌다. 구십사년 이월, 오리엔테이션이 끝나고 혼잡한 학교를 빠져나와 전철을 기다리고 있을 때였다. 처음 보는 여자는 내게 반말을 썼다. 갑자기 신경이 뻣뻣해지기 시작했다. 그때 나는 스물여섯이었고 누구도 나에게 처음부터 반말을 하지는 않았으니까.

…… 네?

나 너랑 같은 학과야. 아까 대강당에서 너를 보았어.

쌀쌀했을 내 어투에는 아랑곳 않고 그녀는 연이어 말을 건넸다. 동기들 중에 내가 가장 나이가 많을 거라는 염려를 했는데 그녀는 무려 나보다 여섯 살이나 더 많았다. 그래도 첫 만남에 무턱대고 반말을 쓰는 건 경우가 아니다. 나는 그녀가 묻는 말에 계속 삐딱해질 수밖에 없었다. 전철을 기다리면서 우리는 그때 꽤 많은 이야기들을 나누었던 것 같다. 잘 기억할 수는 없지만 대충 이런 이야기들. 뒤늦게나마 이 학과에 들어오지 않을 수밖에 없었던 이유, 우리가 선택한 학과에 거는 기대들…… 주로 그녀가 이야기했고 나는 듣는 편에 속했다. 그것은 몇 년이 지난 지금도 마찬가지이긴 하지만. 두번째 전철이 지나갔다. 전철꽁무니에 눈을 던져두다가 생각난 듯, 아니 얼굴에 물음표를 감추지 않고 그녀가 내게 질문을 했다.

넌 뭘 전공할 거니. 시? 아님 소설?

생급스런 질문이었다. 나는 뚱한 눈으로 키가 큰 그녀를 올려다보았다. 그녀의 번쩍거리는 두 눈은 내 얼굴을 향해 고정되어 있었다. 그러나 선불리 대답할 수 없었다. 늦은 나이에 학교에 입학하긴 했지만 그때까지도 나는 시를 쓸 것인지 소설을 전공할 것인지에 대해 한 번도 진지하게 고민해본 적이 없었다. 그저 시나 소설, 무엇이든 손에 잡히는 대로 읽는 게 좋았고 굳이 꼭 무엇을 쓰겠다는 열정은 없었다 그 시절만 해도. 허나 아주 드물기는 하지만 시를 습작하기는 했었다. 습작이라고도 표현할 수 없는 감상의 극치였던 낙서 나부랑이 따위들.

글쎄요. 아직 잘 모르겠어요.

광휘가 비치는 그녀의 이마께를 슬며시 피하고 말았다.

뭐라고? 세상에, 아니 너 그럼 그 나이에 이 학과는 왜 들어온 거니?

이해할 수 없다는 듯 그녀는 얼굴을 찌푸렸다. 어이없다는 듯이 이를 드러내놓고 입술을 삐죽거리기도 했다. 벚꽃처럼 흰 그녀의 치아를 바라보면서 나는 순간적으로 기분이 상했다.

시를, 써본 적은, 이, 있어요.

더듬거리며 말했다. 진땀이 흘렀고 입술은 파삭파삭 말라가고 있었다. 그녀는 소설 동인활동을 오랫동안 해왔다고 했다. 소설? …… 남독에 가까울 정도로 많은 문학서적을 섭렵하긴 했지만 그때까지도 단 한 편의 소설도 써본 적이 없었다. 키가 큰 그녀 앞에서 나는 자꾸만 무기력해지고 극심한 열패감에 빠져버리고 말았다.

너, 앞으로 고생깨나 하겠구나. 그 나이에…….

그녀는 끝내 나를 무시했다. 그녀의 본심은 그게 아니었을지 모르겠지만 아무튼 나를 무시했다고 여겼다. 네번째 전철이 역내로 들어왔다. 그녀와 나는 사당역으로 가는 전철을 함께 탔다. 그 당시 그녀는 사당역 부근에서 자취를 하고 있었고 나는 그곳에서 2호선으로 갈아타야 했다. 전철 안에서는 누구도 입을 열지 않았다. 척박한 모래땅에서 자란 사지식물 같은 인상을 주는 여자였다. 이를테면 선인장이나 패랭이꽃 같은. 어쨌거나 나는 이미 내 마음속에서 그녀의 이름을 지우고 있었다. 처음 만났던 바로 그날. 우리는 사당역에서 헤어졌다. 그리고 몇분 후, 나는 집과는 반대방향으로 가는 전철 안에서 몸을 내맡기고 있는 자신을 발견해야 했다. 치욕스런 하루였다.

두어 번 와본 적 있긴 하지만 그녀의 방을 찾는 것은 쉽지 않았다. 총신대역에서 광주약국 쪽으로 올라가서, 시장골목을 지나고, 아, 닭집이 있을 텐데. 비릿한 닭냄새를 맡으며 그곳에서 잠시 멈칫거려야 했다. 그러다가 기억을 더듬어 닭 파는 가게 옆으로 빠져들어갔다. 다시 후미진 골목이 나타났다. 미로처럼 얽힌 골목 끝에 그녀의 지하방으로 들어가는 작은 철제문을 발견할 수 있었다. 지하 계단에는 두 가지 일간신문과 250밀리리터 우유팩 몇 개가 쌓여 있었다. 언니, 완희언니. 그녀의 이름을 불러보았다. 아무런 기척이 없었다. 나, 재경이야. 이유도 없이 내 목소리는 미세하게 떨리고 있었다. 정말 어디 먼 곳으로 떠나버렸을지도 몰라. 주문처럼 나는 그 말을 소리내어 지껄여보았다. 그래도 떨림은 가라앉지 않았다. 지갑을 열어 열쇠를 꺼냈다.

오랫동안 열리기를 기다려왔던 것처럼 철문은 소리도 없이 미끄러지듯 가만히 열렸다. 두 개의 시멘트 계단 밑에 방문이 있고 방문과 계단 사이, 그 좁다란 틈새에는 음식을 해먹을 수 있도록 간단한 취사도구가 있었다. 언니이. 그래봐야 소용없다는 걸 잘 알면서도 그녀를 불렀다. 대답이 없었다. 방문을 열었다.

닭 비린내 같은 것이 훅 끼쳐왔다. 어쩌면 그것은 비린내가 아니었는지도 모른다. 하지만 나는 공연히 코를 감싸쥐고 말았다. 단순히 비린내라고 표현할 수 없는 악기(惡氣) 같은 것이 와락 달라들었다. 방안엔 아무도 없었다. 빈 방을 휘둘러보다가 후륵거리며 깊은 숨을 내쉬었다. 역시 완희언니는 어디론가 떠나버린 게 분명했다. 그런데 내게 어째서 이 열쇠를 보냈을까. 이 열쇠로 언니는 내게 어떤 전언을 보내려 했던 것일까. 방 한가운데 우뚝 서서 그런 생각에 빠져들고 있었다.

커다란 책상과 빼곡이 책이 들어차 있는 세 개의 책장, 작은 옷장, 방 구석에 놓인 커피메이커. 가구는 단촐했다. 텔레비전이나 오디오, 하다못해 라디오 같은 것도 없었다. 심심하지 않아? 처음 이 방에 왔을 때 아마 나는 그렇게 물었을 것이다. 그때 완희언니가 어떤 대답을 했는지는 떠올려지지 않았다. 방안은 내가 보았던 그 어느 때보다 정갈하게 정돈돼 있었다. 평소 그녀의 깔끔한 성격을 잘 드러내 보이고 있는 방이었다. 전화기에서 빨간 불이 깜빡거리고 있는 것이 보였다. 나는 네 것도 아닌 전화기의 응답기능버튼을 눌러보았다. 낯선 여자의 음성이 흘러나왔다.

'안녕하세요 쉬씨예요. 봄 신상품이 새로 나와서 전화드려요. 지난번에 맡긴 정장바지 허리는 벌써 다 줄여놓았어요. 요즘은 통 안 들르시네요, 한번 나오세요. 그럼 안녕히 계세요.'

'애, 언니다. 넌 애가 왜 그 모냥이냐. 극장 앞에서 한 시간이

나 기다렸잖아. 도대체 어떻게 된 거야 전화도 안 받고. 약속 잊어버린 거냐? 아무튼 나 이제 집에 들어간다. 내일 형부 생일이니까 저녁에 꼭 들러, 알았지?'

이어지는 내 목소리.

'나, 재경이. 무슨 일 있어? 전화 받아…… 언니 정말 없는 거야? 돌아오면 연락 줘.'

텅 빈 완희언니의 방에서 내 목소리를 듣게 되다니. 그것은 별로 즐거운 경험이 아니었다. 그리고 형부라고 했었나. 내가 아는 완희언니에게는 형제가 없었다. 형제뿐만 아니라 부모도 일찍 여의었다고 들었다. 알 수 없는 일이다. 내가 모르는 가까운 인척이 있는지도 모른다. 나는 손을 뻗어 천장에 늘어진 줄을 잡아당겼다. 어둑신한 지하 방이 수십 개의 라이트를 들이댄 것처럼 불시에 환해졌다.

책상 앞으로 다가갔다. 책꽂이에는 몇권의 노트가 가지런히 꽂혀 있었고 책상 위에는 민중엣센스국어사전과 또다른 노트 한 권이 놓여 있었다. 두꺼운 가죽 장정의 사전을 한번 들추어보았다. 손때가 많이 묻어 있는 사전이었다. 왜 그랬을까. 나는 노트 앞장을 펼쳐보았다. 맨 첫장에는 이렇게 쓰여 있었다.

내 방에 온 재경에게.

……그 글자가 내 이름이라는 것을 알아차리는 데는 얼마쯤의 시간이 필요했다. 둥글고 또박또박한 글씨체. 그것이 왜 그토록 낯설게만 느껴진 걸까. 어제 오후 소포를 발견했을 때, 형체가 잡히지 않는 무엇인가 가슴을 치받고 올라오던 그 생생한 감정이 되살아났다. 더이상 노트를 넘겨볼 수가 없었다. 가슴이 후들거렸고 손가락마저 눈에 보일 정도로 뻣뻣해지고 있었다. 돌

연 머리채를 잡아당기는 섬뜩한 기운이 달려들었다. 등뒤에서 누군가 어릿거리고 있다! 몸을 틀었다. 언니, 나는 외마디 비명 소리를 꿀꺽 삼켰다. 천근처럼 무거운 다리를 옮겨 욕실문, 방안에 있는 다락을 개조해서 만든 욕실 쪽으로 걸어갔다. 욕실문을 잡아당겼다.

몇개의 계단 위, 시멘트로 마감된 바닥에 온통 책들이 흩어져 있었다. 그리고 흩어진 책더미 위로 까만 구두, 흰 스타킹에 감싸인 두 개의 종아리가 늘어져 있는 것이 보였다. 나는 입을 틀어막았다. 챙 있는 까만 모자를 쓴 여자. 성장을 차려 입은 여자가 뒷모습을 보인 채 길게 허공에 서 있었다.

고독하다고?…… 그녀는 고독하지 않았다. 단지 고독한 삶을 꿈꾸었을 뿐이다. 그녀의 갑작스런 죽음 이후 고인 웅덩이 같았던 내 일상은 눈에 띄게 흔들리기 시작했다. 일상을 휘젓는 손놀림은 좀체 잦아들 줄 몰랐고 나는 내 의지와 상관없이 두 손을 늘어뜨린 채 매일매일 더 깊은 하류로 흘러가야 했다. 죽어서, 완희언니는 나를 놓아주지 않았다. 어처구니없게도 급기야 나는 그것이 내게로 보내는 그녀의 마지막 선물일지도 모른다는 생각을 하게 되었다. 그렇게라도 여기지 않으면 견디기 힘든 나날들이었다. 증오…… 그런 것도 끓어오르지 않았다. 그럴 만큼 우리는 사랑한 적이 없으니까.

나는 그녀의 영안실에 가지 않았다. 화장터에 따라가지 않은 건 말할 것도 없었다. 그렇게나마 철저히 그녀를 거부했다. 만약 지금까지 내가 알고 있던 사실대로 그녀에게 연고자가 없거나 그만그만한 관계를 맺고 있던 사람조차 없었더라면 그렇게까지는 하지 않았을 것이다. 그러나 컴퓨터로 신원조회를 해본 결과 그녀에게는 여섯 형제가 있었다. 부모님도 생존해 있었고. 그녀 집 가까운 곳에 결혼한 넷째언니가 살고 있다는 것도 알게 되었다. 졸업한 모교의 학적부에도 인적사항은 텅 비어 있었다.

그런 사실을 확인한 후에 나는 당황했다기보다 서완희라는 인물에 대해 기이한 호기심이 끓어올랐다. 내가 아는 그녀는 천애고아나 다름없었다. 지나치게 독선적인 성격이라 그런지 친구도 없는 눈치였다. 사소한 예지만 서른이 넘고부터는 편지도 한 통 받아보지 못했다고 들었다. 한 통의 편지. 처연하도록 긴 여운을 남기던 한탄으로 들렸다. 그 이후에 나는 그녀에게 편지를 보낸 적도 있었다. 그랬는데 하필이면 어째서 내게 납득하기 힘든 자신의 죽음을 가장 먼저 알려야 했는지 나는 그녀의 흰 뼛가루를 움켜쥐며 묻고 싶었다. 눈물바람으로 뒤늦게 나타난 그녀의 넷째언니는 유서를 전해받은 사람이라는 까닭만으로 나에게 그녀의 뼈를 뿌려주기를 원했다. 단호히 고개를 내둘렀다. 그래야 할 아무런 이유가 없었기 때문이었다.

형제들이 나타나 장례를 치르는 동안 나는 서너 번 경찰서에 들락거려야 했고 다짜고짜 반말투를 지껄이던 형사와 맞대면해야 했다. 내키지는 않았지만 부름에 순순히 응하지 않을 수 없었다. 그녀가 자신의 죽음을 알린 건 오로지 나였고 그녀의 죽음을 처음 목도한 것도 나였으니까. 그녀의 짧은 유서를 보여주었지만 형사는 나를 자살방조죄로 치부할 수 있다는 거친 태도를 보였다. 그러나 그녀의 뼛가루가 한탄강 어디쯤에 뿌려지고 있는 동안 곧 풀려나게 되었다. 그녀의 죽음은 지금까지 내가 경험한 가장 불쾌한 사건이었다. 나는 단 한 방울의 눈물도 흘리지 않았다.

사흘 동안 나는 우물처럼 깊은 잠에 빠져 있었다. 허기가 찾아오면 생수를 마시고 다시 침대로 기어들었고 전화벨이 울리면 수화기를 바닥으로 내동댕이쳐버렸다. 간혹 아주 낯익은 목소리가 내 이름을 부르는 소리나 현관벨 소리를 들었던 것도 같다. 하지만 그 모든 것이 꿈결이었고 어쩌면 사흘 동안 한 번도 깨어난 적이 없는지도 모른다. 그것도 아니라면 눈을 부릅뜬 채 눌린 사지를 버르적거리며 깊은 망아(忘我)의 상태에 빠져 있었던 것이거나.

사흘이 지난 후. 나는 귀신 같은 몰골로 물끄러미 거울을 들여다보고 있는 자신과 마주치고 있었다. 창백한 달이 서쪽으로 서쪽으로 이울어가고 있는 시각이었다. 꺼멓게 죽은 피부 밑으로 검버섯 같은 기미가 번져들고 있었다. 지난 사흘 동안 지독한 마술에 걸려 있었는지도 몰랐다. 입술을 길게 늘여보았다. 뻣뻣한 얼굴가죽에 세로로 금이 갔다. 완희언니, 서완희…… 조문(弔文)을 읽듯 그녀의 이름을 읊조렸다. 내 등뒤에 검은 모자를 쓰고 목을 맨 그녀의 그림자가 나타났다. 나는 거울을 뒤집었다. 우리는 이제 완전히 헤어진 거야. 나는 또 중얼거렸다. 그렇게 그녀를 잊기로 했다. 그러나 나는 미처 깨닫지 못하고 있었다. 그녀의 노트가 내 가방 안에 들어 있다는 사실을.

그녀는 끝내 나를 놓아주지 않았다.

완희의 노트

나는 낯선 남자 뒤에 서 있다. 전화를 걸고 있는 남자는 아무 말 없이 수화기를 붙들고 있다. 상대가 일방적으로 말을 퍼붓고 있는 걸까. 남자는 말이 없다. 내 뒤로도 두 명이 더 서서 기다리고 있다. 짜증을 내며 내 뒤에 서 있던 여자가 줄을 이탈해버린다. 삼 분…… 삼 분이 지났다. 동전이 떨어진다. 이십원 남았다. 나는 신경질적으로 한쪽 구두로 바닥을 친다. 남자의 귀에 들리도록. 이상한 냄새가 난다. 남자가 담뱃불로 번호판을 지지고 있다. 뭘 봐, 썅년아. 담배연기를 내게 훅 뿜으며 돌아선다. 더러운 인상. 내 뒤에 있던 사람들이 뒷걸음질 친다.

그에게 전화를 건다. 받지 않는다. 그가 집에 있다는 걸 안다. 내일은 집으로 찾아갈 작정이다. 그가 왜 이러는가. 짐작할 수 없다.

재경이를 만났다. 덕수궁에서 만나자고 했다. 싫다고 했다. 집으로 갔다. 레인지에 데운 어묵과 포장김밥을 먹었다. 그애는 인스턴트 음식에 너무 길들여져 있다. 재경은 아직 생선비늘도 만지지 못한다고 한다. 그런 애가 소설을 쓰고 있다니. 요리하는 시간이 아까워. 물을 따르며 말했다. 국 없이는 밥을 넘기지 못하는 나와는 너무도 다르다. 다른 것이 어디 그것뿐인가. 아마도 그런 방식으로는 혼자 오래 살지 못할 것이다.

이번 계절에 발표한 소설에 대해 이야기했다. 그애는 내가 제 소설을 찾아 읽는 것을 못마땅해한다. 아니 그에 관한 이야기를 하는 게 싫은 것 같다.

대체 그 잘난 추체험으로 얼마나 더 버틸 수 있다고 생각하니?

그애는 젓가락으로 김밥을 쿡쿡 찌르고만 있다.

모색이 필요하다고 생각하지 않아? 네 소설은 지나치게 관념적이야. 도무지 만져지질 않아.

…….

문장은 껄끄럽고 시시한 번역투 같아.

재경은 대꾸하지 않는다. 그만하라는 의사라는 걸 잘 안다.

언니, 새로 시작했다는 소설 잘 풀리고 있어?

젓가락을 내려놓으며 내게 묻는다. 새로 시작한 소설…… 나는 대답하지 못한다. 장사익의 〈하늘 가는 길〉을 두 번쯤 듣다가 일어났다. 재경이가 골목 입구까지 따라나왔다. 잘 가. 그애가 말했다. 또 와, 라고 말하지 않았다.

이대 앞에 갔다. 쉬씨에서 정장 한 벌을 샀다. 이십칠만원. 노점 리어카에서 하늘색 스카프 한 장 샀다. 오천원. 거리를 돌아다녔다. 케이에프씨 건널목 앞에서 담배를 피우는 여자애들을 보았다. 사람들이 힐끔거렸다. 녹색불이 들어오자 길바닥으로 꽁초를 던졌다. 그리고 길을 건너갔다. 많이 봐도 열여섯을 넘지 않을 애들이다. 뒷골목 음식점에 가서 해물볶음밥을 시켜먹었다. 재경이라면 이럴 때 햄버기에 골라를 먹었을 것이다. 아니면 튀긴 닭조각 따위. 돌아와서 김화영 편역의 『현대소설론』 중 제1장 스토리와 서술을 읽었다. 여러 페이지에 밑줄을 그었다.

이 기록은 시간 순을 따른 건 아니다. 연대기적 서술처럼 지겨운 것은 없다.

소설을 쓰는 동안 나는 배우가 된다. 소설 속의 주인공이 된다. 그의 모든 상황들을 내 육체에 절여 넣는다. 주인공과 나는 한몸이다. 육화화된다. 그래서 소설을 준비하는 시간, 소설이 쓰여지는 시간, 나는 지독히도 고통스럽다.

생리날짜가 벌써 열흘이나 지났다. 또 임신인가. 그것도 이젠 무감각하다. 자궁은 내 안에 있지만 그것은 내 것이 아니다. 내 육체 중에 가장 낯선 곳. 그는 너무 바쁘다. 나와 길게 통화할 시간도 없을 만큼. 나는 마치 콜걸 같다. 사랑한다고 말해본 적이 없다. 우리 둘 다. 그런데도 헤어지지 않는 이유? 궁금하지 않다. 사랑이 치욕이 되는 나이가 있다.

어쩐 일인지 재경에게 전화가 왔다.

언니 내일 별일 없지? 영화 보러 갈래?

무슨 영환데?

프랑스 영화야. 모니카 벨루치 나오는.

싫다고 했다. 프랑스 영화는 딱 질색이다. 감각과 이미지만 현란한. 재경의 소설은 불란서 영화를 연상시킨다. 그애는 불란서 소설을 좋아한다. 전화를 끊고 나서 재경의 소설이 실린 잡지를 찾아 읽었다. 재경은 모른다. 단문의 정갈함을. 그애의 문장은 수사가 너무 많다. 게다가 부사와 형용사의 남발이라니. 생래적으로 나한테 맞지 않는다. 그런데도 재경의 소설은 읽힌다.

누구였더라도 그 노트를 읽지 않을 수는 없었을 것이다. 나는 마치 오래된 앨범을 넘기는 심정으로 그녀의 노트를 펼치기 시작했다. 그 노트를 왜 내게 남겼는지 따위는 이미 궁금해하지 않기로 하였다. 그것 또한 나한테는 불가항력적인 이끌림이었다. 그리고 무엇보다 나는 무서웠다. 내가 그 노트를 읽지 않고 태워버린다 해도 어떤 식으로든 그녀는 내 앞에 나타날 거라는 두려움 때문에. 어쩌면 그녀는 아주 죽은 게 아닐지도 몰랐다.

사월의 마지막 날. 그녀가 죽은 지 구일째. 내 전화 속에는 이런 목소리가 남겨져 있었다.

"권재경 선생님. 안녕하세요, '열린문학' 기획실의 김석환입니다. 부재중이신가요?…… 이번 여름에 저희 출판사에서 젊은 작가들 중심으로 '죽음 혹은 자살'이라는 테마로 소설집을 계획하고 있습니다. 죽음이나 자살에 관련된 사건이나 경험담 등을 제재로 한 단편소설을 부탁드립니다. 선생님의 귀중한 글을 얻고자 하오니 바쁘시더라도 꼭 집필해주시면 고맙겠습니다. 그럼 또 연락드리겠습니다."

……!

한번 물꼬가 터져버린 내 일상은 어디론가 계속 흘러들어가고 있는 게 분명했다. 두 팔을 허우적거리고 목청껏 구원의 소리를 높여도 아무도 나를 돌아보지 않을 것이다. 그렇다면 아예 긴장을 풀어야 하지 않을까. 어떤 방어를 해도 소용없을 테니까. 도리없이 나는 아예 신발을 벗어놓고 파랑이 일고 있는 물 한가운데로 천천히 걸어들어간다. 아무것도 거스르지 않겠다. 하여 나를 보다 멀리, 너에게서 멀리 떨어진 곳으로 옮겨놓아주기를. 응답기가 돌아가는 전화기 옆에서 나는 그렇게 중얼거리고 있었다.

사이렌 소리에 잠에서 깨어났다. 새벽 두시. 저 소리가 들려올 때마다 나는 습관적으로 귀를 틀어막는다. 내 인생에 대한 어떤 경종 같다. 불길한 소리다. 저 소리만 없다면 무인고도 같은 섬일 텐데. 방을 옮겨야겠다. 그런데 또 어디로? 방을 옮길 적마다 누군가 내 등을 떠미는 것 같은 느낌이다. 열여섯번째 방. 이곳에서 얼마나 더 버틸 수 있을까. 재경에게 전화를 걸었다. 통화중이다. 수화기를 내려놓고 작업을 하고 있나보다. 너무 많이 쓰고 있는 건 아닐까. 상관없는 일이다.

욕실로 들어가 담배를 피웠다. 창틀에 쥐며느리 한 마리가 몸을 동그랗게 말고 있었다. 담뱃불로 꾹 눌렀다. 쥐며느리가 발버둥쳤다. 더 세게 눌렀다. 누린내가 났다. 담배를 창틀 너머로 던져버렸다. 욕지기가 솟구쳤다. 불자동차가 지나갔다.

격포바다가 보이는 횟집. 어둠이 바다를 삼키고 있다. 풍경이 보이지 않는다. 식사를 하고 있는데 갑자기 깜깜해졌다. 정전이 되었다고 한다. 식당 안에 있는 사람들이 수런거렸다. 식당 앞으로 자동차 한 대가 다가왔다. 헤드라이트가 켜졌다. 한줄기 날카로운 빛이 쏘아졌다. 실내가 조금 환해지기는 했다. 자주 정전이 된다고 한다. 내일 아침까지 전기가 들어오지 않을 거란다. 주인인 듯한 사내가 상 위에 촛불을 올려놔주었다. 촛불 앞에서 그와 저녁식사를 들었다. 소주 한 병을 마셨다. 그가 계산하러 자리에서 일어났다. 불 끈 초를 집어 재빨리 옷앞섶에 감췄다. 다른 음식점 앞에도 헤드라이트를 켠 자동차들이 한 대씩 서 있었다. 그렇기는 해도 온 사위가 완벽에 가깝도록 어두웠다. 도시에서는 이런 어둠을 본 적이 없다.

식당에 들어오기 전에 재경에게 전화를 걸었다. 채석강을 보고 내소사까지 갈 거라고 했다.

또 혼자야?

그럼.

쓸쓸하지?

…… 아니.

괜히 밤에 바닷가에 나가고 그러지 마. 언제 올라올 건데?

내일.

그럼 집으로 와. 우동 끓여줄게.

전화를 끊었다.

장님처럼 길을 더듬어 여관에 들어왔다. 촛불을 켰다. 그와 섹스를 했다. 한 번도 눈을 감지 않았다. 적당한 어둠이었다. 섹스는 마치 소설을 쓰는 시간과도 같다. 약간의 희열과 고통.

싱싱한 송이버섯 같아.

딱딱한 그의 성기를 붙잡고 이렇게 말했다. 그가 웃었다. 귓속에서 불꽃이 일려는 순간, 방안이 환해졌다. 불이 들어온 것이다. 몸이 굳어버렸다. 누가 먼저랄 것도 없었다. 그와 나는 서둘러 등을 돌렸다.

잔고가 바닥나고 있다. 이제 남아 있는 것은 방보증금뿐이다. 직장을 버린 지 벌써 오 년째. 나는 어떤 일도 할 수 없을 것만 같다. 아무도 나를 채용하려 들지 않을 것이다. 직장을 다닐 생각은 있나. 지긋지긋한 오퍼레이터. 내일 화곡동에 들러봐야겠다. 또 돈을 꾸어달라면 둘째언니는 어떤 표정을 지을까. 할 수 없다.

일월 일일. 주요 일간지마다 신춘문예 당선발표가 있었다. 아침 일찍 일어났다. 세수도 하지 않고 지하철 구내까지 다녀왔다. 눈이 쌓여 있었다. 목이 시렸다. 세 장의 일간지를 사왔다. 권재경의 「풀밭 위의 식사」. 나는 아연실색해지고 말았다. 재경의 소설이 당선되었다니. 믿기지 않았다. 동명이인인가 싶었다. 사진과 약력을 살펴보았다. 권재경, 내가 아는 그 재경이었다. 신문을 밀쳐버렸다. 담배 한 대를 피웠다. 욕실 창틀이 얼어붙어 있었다.

재경의 당선작을 읽었다. 치매환자가 있는 한 가정의 몰락을 그리고 있다. 처음 읽는 소설은 아니다. 습작했던 중편을 단편으로 개작한 것이다. 소설실습론 시간에 읽은 기억이 있다. 내가 알기로 그건 재경이 쓴 여섯번째 소설이다. 겨우…… 당선소감도 읽었다. 시가 자신을 외면해 소설을 쓰게 되었노라고. 가당찮은 소리다. 응모를 했다고 하길래 당연히 시부문인 줄로만 알았다. 2학년이 되면서 시보다 소설을 더 많이 쓰는 것 같긴 했다. 하지만 여전히 시에 대한 미련을 버리지 못한 것 같아 보였었다. 나는 시를 쓰는 재경이 좋았다. 이제 그애는 소설을 쓴다. 그런데 재경은 왜 내게 미리 말하지 않은 걸까. 그애의 마음이 헤아려지지 않는 건 아니다. 재경에게 전화하지 않았다. 아마도 당분간 나는 재경을 만나지 않을 것이다.

넷째언니네 아파트 안에 분리수거용 쓰레기통이 있었다. 코트 주머니를 뒤졌다. 재경의 소설이 실린 신문지를 쓰레기통 안에 처넣었다. 언니네 집에서 떡국을 먹었다. 나는 이제 서른세 살이 된다. 지독한 나이다.

남대문시장에 갔다. 시장골목을 돌아다녔다. 팔천원짜리 속옷을 샀다. 까만색 슈미즈 한 장. 먹자골목 안으로 들어갔다. 다섯 번째 집을 선택했다. 잡채를 주문했다. 음식이 나왔다. 반쯤 먹었다. 그리고 주인여자를 불렀다. 멀뚱거리며 여자가 다가왔다.

무슨 잡채가 이래요?

왜 그러세요 손님?

식사를 하고 있던 사람들의 시선이 쏟아졌다.

맨 당근하고 오이밖에 안 들어갔잖아요.

네에, 지금 시금치가 떨어져서 오이를 넣은 건데.

이런 걸 잡채라고 팔아요? 시금치랑 고기 넣어서 다시 해주세요.

…… 야, 나가 나가. 너 같은 년한텐 안 팔고 말아.

주인여자가 내 팔을 잡아당겼다.

장사를 하려면 제대로 해야 할 거 아냐!

못 이기는 척 가방을 들고 나왔다. 물론 밥값은 지불하지 않았다. 공복도 면했다. 이런 수법이 언제까지 통할까.

거리를 돌아다녔다. 탑골공원 앞에서 트럼펫 부는 노인을 보았다. ELS 앞에 쭈그리고 앉아 아이스크림을 먹었다. 마냥 걸어다녔다. 종아리가 퉁퉁 부어올랐다. 낯선 여자가 내 팔을 잡아당겼다. 도(道)를 아십니까, 라고 여자가 말했다. 맵차게 손을 뿌리쳤다. 종로 2가쯤이었나. 팬시용품점에 들어갔다. 열두 자루가 든 펜 한 통과 다섯 권의 노트를 샀다. 집에 돌아와서 그 동안 버리지 못했던 습작품들을 모두 태웠다. 그러고 나니 왠지 육체와 정신이 가벼워지는 것을 느낀다. 이제 나는 다시 시작할 수 있을 것 같다. 콧노래를 흥얼거렸다. 이런 내가 낯설다. 싫지 않다.

그가 집으로 오겠다고 하는 걸 거절했다. 광주약국 앞에서 만났다. 여관에 갔다. 안경을 벗겼다. 그의 입에서 달짝지근한 초고추장 냄새가 났다. 차비가 없다고 했다. 지갑을 열었다. 천원짜리만 빼고 모두 그에게 주어버렸다. 저녁도 먹지 않고 헤어졌다. 그는 지금 새 곡을 작곡하고 있는 중이라고 했다. 그는 가끔 제가 작곡한 노래를 허밍으로 들려준다. 그럴 때 그의 목소리는 음유시인 같다. 이 곡만 완성되면 판을 제작할 수 있다고 한다.

소설은 잘 쓰고 있어요?

양말을 신다가 그가 물었다. 어떤 내용인지도 궁금해했다. 적당히 둘러댔다. 신물이 난다.

나는 그만 노트를 덮고 말았다. 머리카락이 온통 뇌 속으로 파고든 것처럼 모든 것이 뒤엉키고 정신마저 아뜩해져갔다. 사람들은 대체 몇 가지의 가면을 품고 살아가는 것일까. 그녀의 노트를 쏘아보며 허망하기 짝이 없는 질문을 자신에게 내던지고 있었다.

소설을 쓸 때 나는 대체로 인간이 지닌 내면의 다양성에 대한 문제를 염두에 두곤 하였다. 그리고 좋은 소설이란 인간의 드러나지 않는 이해를 잘 그린 거라고 믿고 있었다. 한번은 어떤 술자리에서 누군가 나에게 이렇게 이야기한 걸 귀담아들은 적이 있다. 권재경씨 인물들은 어째 모두들 싸가지가 없는 거 같아, 라고. 싸가지. 그 적나라한 표현이 마음에 들었다. 공연히 기분이 유쾌해지기도 했다. 나는 나름대로 완강한 현실 속에서 본능을 억눌리고 위악성을 감춘 채 살아가는 소시민들의 모습을 소설로 형상화시키는 데 주력하고 있었기 때문이었다.

그런 내가 완희언니의 노트 앞에서는 기습적으로 무릎을 접질린 사람처럼 바닥으로 나동그라져버리고 말았다. 노트 속의 여자는 그 동안 내가 알고 지내왔던 서완희라는 인물이 아니었다. 아니, 바로 그녀다. 그녀는 다만 내 앞에서 제가 가진 또다른 가면을 쓰고 있었을 뿐이다. 나는 단지 가면 뒤에 있는 그녀의 맨얼굴을 보지 못한 사람들 중 하나일 것이다. 그녀에 대해 더이상 놀라지 않기로 했다.

그녀의 노트 속의 남자. 박성주. 나는 그 이름을 기억하고 있다.

작년 가을, 한 남자의 전화를 받게 되었다. 늘상 응답기를 틀어놓고 있던 내가 어떻게 그 전화를 직접 받게 되었는지는 알 수 없다. 아무튼 나는 그 전화를 받았고 남자는 정중히 자신의 이름부터 밝혔다. 남자의 목소리는 아직도 선명하게 떠올릴 수 있다. 그녀의 표현대로 음유시인 같은 몹시도 낮고 부드러운 음색이었다. 내 소설을 읽었다고 했다. 가끔 낯모르는 사람들로부터 그런 전화가 걸려오기는 했다. 아, 네에 그러세요…… 말꼬리를 흐리며 전화받은 것을 후회하고 있었다. 그런데

제 노래를 도둑맞았습니다.

남자가 말했다. 나는 귀를 바짝 곤추세웠다.

…… 무슨 말예요?

얼마 전에 완성한 곡이 있습니다. 아직 제목도 붙이지 못한

곡인데…… 글쎄 그 노래가 거리에서 흘러나오고 있는 게 아닙니까. 이게 어떻게 된 일인지 모르겠어요.

그럼 표절당하셨단 말씀이세요?

저도 아직 영문을 모르겠습니다. 누구에게 보여준 적도 없었는데, 세상에 어떻게 이런 일이…….

남자는 나를 만나고 싶다고 했다. 나는 망설이지 않고 그와 약속을 했다. 소설을 구상중이었으나 며칠째 단 한 줄의 메모도 할 수 없었던 무기력감에 빠져 있던 날들이었다. 남자를 만나지 않을 이유가 없었다.

사당역에서 삼번 출구로 나오세요. 나오자마자 '공간'이라는 레스토랑이 있을 겁니다.

약속 장소를 정한 남자는 서둘러 전화를 끊었다.

그날 저녁에 완희언니가 집에 들렀다. 스카프나 구두까지 구색을 맞춰 입은 차림이었다. 별다른 약속이 없더라도 그녀의 차림새는 늘 그런 스타일이었다. 보이시하면서도 우아한. 어울리지 않는 게 있다면 몇 권의 책과 노트가 들었을 크고 무거워 보이는 가방뿐이었다. 그녀는 청바지를 혐오했다. 저녁을 먹고 상을 치우다가 나는 그녀에게 노래를 도둑맞았다는 남자 이야기를 했다. 내일 만나기로 했다는 사실도. 그녀는 휴지를 꺼내 립스틱이 지워지지 않도록 조심하며 입가를 닦고 있었다. 그리고는 뭔가 곰곰이 생각하는 눈치더니 가방에서 에비앙 화장수 스프레이를 꺼내 얼굴에 칙칙 뿌렸다. 사지식물 같은 인상과는 달리 그녀는 건조한 것을 못 견뎌했다. 화장수를 가방에 집어넣고는 곧장 내게로 눈을 던졌다. 그녀의 피부가 촉촉해 보였다. 그리고 대뜸 이렇게 말했다.

나도 같이 나가면 안 될까.

'공간'으로 올라가는 계단에서 그녀는 내 팔꿈치를 잡아당겼다.

왜 언니?

나도 작가라고 말해줄래.

작곡가라고 자신을 소개한 남자는 거리에서 흔히 마주칠 수 있는 밋밋한 인상이었다. 목소리만 듣고 상상했던 것과는 다른 생김새였다. 그날 세 사람이 나눈 대화는 뚜렷이 기억나지 않지만 노래를 만들고 있다는 남자는 주로 음반 프로듀서의 역할이나 홍보과정 같은 것들을 화제로 이야기했다. 천편일률적인 댄스음악이 판치는 현실이 한국 대중가요의 발전을 가로막고 있다고도 했다. 나는 마치 어설픈 대중문화론 강의를 듣고 있는 성싶었다.

작곡뿐만 아니라 프로듀서까지 겸하고 있으신가보네요?

그의 이야기를 가로막으며 내가 물었다. 그는 아니라고 말했다. 각자 한 병씩 맥주를 비웠을 때도 그는 잃어버린 노래에 대해서는 말문을 열지 않았다. 만난 지 한 시간쯤 지났을 무렵, 나는 더 기다리지 못하고 그가 잃어버렸다는 노래에 관해 물어보았다. 손끝으로 병마개를 툭 치며 그는 고개를 떨구었다. 그의 태도는 아무것도 묻지 말아달라는 무언의 표현 같았다. 아니면 대답할 의사가 없다는 듯이 보이기도 했다. 그는 자신이 작곡한 노래를 잃어버린 적이 없는지도 모르고 어쩌면 꿈속에서의 일이었는지도 알 수 없었다. 한 번 더 물어보지도 않고 나는 내 식대로 단정해버리고 말았다. 전화 한 통화에 만나겠다는 결심을 한 내가 경솔했다는 후회가 들었지만 그렇다고 이내 자리를 뜨지도 못했다. 화제를 돌리는 작곡가의 낯빛을 바라보며 일어설 적당한 기회를 기다리는 시간은 지루했다. 노래를 잃어버렸다는 작곡가에 대한 호기심으로 함께 만나기를 자청했던 완희언니도 정작 그 문제에 대해서는 별다른 말을 하지 않았다.

그 만남 이후 완희언니가 지속적으로 작곡가를 만나고 있는지는 전혀 눈치채지 못했다. 그녀는 내게 아무 말도 하지 않았다. 그녀가 내게 숨긴 것은 비단 그것뿐만이 아닐 터이지만.

그녀의 죽음 이후 내가 어둠을 두려워하게 된 것은 당연한 일인지도 몰랐다. 그 당연함을 인정하고 받아들이는 것은 마음먹은 것처럼 쉽지 않았다. 불을 끄고 잠을 자는 것은 이제 거의 불가능한 일처럼 여겨졌다. 나는 하루 종일 누군가 내 등뒤에 서 있다는 느낌을 떨쳐버릴 수 없었다. 그것은 혼자 방에 있는 시간 외에도 혼잡한 시내의 영화관 안에 있을 때나 여러 사람들과 만신창이가 되도록 술을 마시고 있을 때, 심지어는 변기 위에 앉아 있을 때도 마찬가지였다. 여태도 완희언니는 나를 따라다니고 있는 게 분명했다. 이불 밑으로 발을 뻗고 자면 누군가 슬며시 내 발목을 잡아당기며 몸을 끌어올리는 것만 같았다. 스윽, 발목에 감겨오는 그 생생한 감각을 언어로 표현할 수 있다면. 그러나 아마도 그런 것들은 언어로 표현될 수 있는 게 아닐지도 모른다. 발치에서 내 이름을 부르는 것 같은 환청은 헤아릴 수 없이 빈번히 일어났다. 혼겁(魂怯)하는 날이 연일 지속되었다. 나는 마치 향습성을 잃어버린 식물처럼 내 뿌리를 어디로 뻗어야 할지 가늠하지 못한 채 점점 더 곤혹스러워지고 있었다.

하지만 그녀는 선불리 나를 불러 세우거나 말을 건네오지는 않았다. 다행한 일인가. 아니, 나는 차츰 차라리 그녀가 내 앞에 전신을 드러내놓기를 바라는 심정이 되었다. 무슨 말인가 해야 하지 않을까 싶었다. 그런데 아직 우리에게 남은 이야기가 있을까.

물이 담긴 컵을 들고 방으로 들어오던 참이었다. 채 스무 걸음도 안 되는 짧은 거리. 나는 허공을 잡아채며 바닥으로 쓰러져버리고 말았다. 예의 그 보이지 않는 집요한 손가락들이 발목을 움켜쥐었던 것이다. 정신이 묘연해지고 있었다. 아랫입술을 깨물며 신음소리를 내지 않으려 애를 썼다. 산산조각나 흩어져버린 유리조각들이 얼음처럼 빛나고 있는 것이 눈에 들어왔다. 바닥에 배를 댄 자세 그대로 뒤를 돌아다보았다. 발에 걸릴 만한 것은 아무것도 없었다. 나는 고의적인 악력(握力)에 의해 쓰러지고 말았다는 생각을 떨쳐버리기 힘들었다. 머리를 흔들어보았다. 어떠한 기습적인 상황을 맞닥뜨려도 정신을 놓아서는 안 되었다. 그녀를 피하겠다는 어리석음도 없었다. 설령 야밤을 틈타 어디론가 도주해버려도 부질없다는 것쯤은 잘 알고 있었다. 차라리 눈에 보이는 것이라면…… 눈에 보이지 않는 것과의 싸움은 상상한 것보다 힘겨운 일이었다.

낚싯줄처럼 투명하고 단단한, 그 동안 산신히 부여쥐고 있었던 끈 하나가 툭 끊어지는 소리가 들려왔다. 그 소리가 들리는 것과 동시에 나는 상체를 일으키고 조각난 유리조각들을 허공으로 집어던지기 시작했다.

언니, 대체 왜 이러는 거야 나한테!

악을 썼다. 그녀가 아직 이 방을 떠나지 않고 나를 주시하고 있다는 게 분명했기 때문이다. 내 목소리를 놓치지 않을 것이다.

눈에 칼을 세우고 나는 끊임없이 악을 쓰고 소리치면서 유리조각을 던졌다. 손바닥에서 검은 피가 흘러내리고 있다는 것도 알아차리지 못하고서. 내 외침에 그녀는 아무런 대꾸도 없었다. 나는 곧 입을 다물었다…… 아무 일도 없었던 것처럼 일어나서 불을 더 환히 밝히고 유리조각들을 쓸어 담았다. 아직도 피가 흐르고 있는 손을 씻으며 거울을 들여다보았다. 움푹 패인 두 눈은 실핏줄이 터져 있었다. 마치 눈 안으로 피가 튀어들어간 것만 같았다. 거울을 똑바로 바라보았다. 그리고 이렇게 읊조렸다.

그래, 정말 아무 일도 없었던 거야.

그날 새벽녘, 나는 책상 앞에 앉았다. 그녀의 죽음 이후 단 한 줄의 문장도 만들지 못했었다. 하다못해 짧은 일기 같은 것도. 탁상용 달력을 들여다보았다. 달력은 사월에서 멈춰져 있었다. 나는 아직도 사월에서 머물고 있었던 셈이었다. 오래 간직했던 사진을 찢어버리는 심정으로 달력을 넘겼다. 오월 칠일. 어느덧 잊지 못할 그날들로부터 보름이 흘러 있었다. 스물아홉 살의 사월. 나는 그것을 내 인생에서 영원히 지워버리고 싶었다. 그러나 그러기에는 어떤 의식 같은 게 필요할지도 몰랐다.

전원을 올렸다. 커서가 깜박깜박거리고 있었다. 그 움직임은 나에게 어떤 문장이든 풀어내라고 종용하는 안타까운 손짓과도 같아 보였다. 그 손짓에 눈을 부릅뜨고 있다가 이윽고 나는 이렇게 써나가기 시작했다.

'오후 네시, 나는 누렇고 딱딱한 종이에 쌓인 소포를 들고 현관 앞에 우뚝 서 있었다.

뒤를 돌아다본 것은 돌연 등허리께가 시린 느낌 때문이었다.

골목 첫번째 집 담장 너머로 후드득 흰 꽃잎이 떨어지는 것이 보였다. 손을 뻗으면 낚아챌 수 있을 것같이 꽃잎 떨어지는 소리가 바로 내 귓가에서 들리는 것만 같았다. 골목 안은 지나치게 적연스러웠는데도 말이다. 다만 열광하는 흰 빛이 가득 쏟아지고 있었다…….'

거기까지 쓰고 나서 나는 호흡을 멈추고 말았다. 예전에 줄줄 외우고 있던 프레베르의 시나 김광석의 노랫말처럼 익숙한 것들을 풀어내는 듯 빠르게 움직이던 손가락이 차갑게 굳어버리고 말았다. 머릿속으로는 아직 쓰여지지 못한 다음 단락의 문장들이 맴돌고 있었다. '그녀'의 유서를 받게 되는 정황을 그릴 터였다.

유서…… 그녀의 유서를 받기 이틀 전, 완희언니는 나를 찾아왔다. 추측컨대 아마도 그날은 나에게 소포를 보낼 결정을 한 이후였거나 자신의 죽음을 이틀 앞두고 있던 때였을 것이다. 아니면 그날 돌아가서 유서를 썼거나. 지금 생각해보면 차라리 그녀가 나를 찾아온 바로 그날 내 집에서 목을 매지 않은 것이 다행이라면 다행한 일이었다. 그날 밤 늦은 시간에 돌아가려는 그녀에게 나는 이렇게 말했던 것이다.

언니, 자고 가지 그래.

그날 저녁 우리는 다정한 자매처럼 함께 저녁식사를 하고 그녀가 설거지를 하는 동안 나는 차를 끓였다. 봄기운을 이기지 못하고 내내 울증에 젖어 있는 서른다섯의 그녀가 안쓰럽게 느껴지기도 했다. 냉장고에서 맥주를 꺼냈지만 싫다고 했다. 함께 학교를 다녔고 그 이후에도 가족이나 어떤 친구들보다 자주 만나기는 했지만 그녀가 한 번도 술에 취해 흐트러진 모습을 본 적이 없다. 그녀의 성격 탓이었다. 그러고 보면 우리는 전혀 다른 사람들이었다. 어느 한 군데도 닮은 구석이 없었다. 그런데도 지난 사 년 동안 가까운 곁붙이처럼 늘 함께 어울렸던 이유는 무엇이었을까. 문학을 한다는 것, 그 삶을 꿈꾸었다는 바로 그것 때문에?…….

그녀는 내 서랍장을 열고 잠옷바지를 찾아 하의를 갈아입었다. 바지에 주름이 생길까봐서였다. 막 끓인 인스턴트 커피를 앞에 놓고 그녀와 나는 상 앞에 앉았다.

"요즘은 왠지 너랑 함께 학교 다녔던 생각이 나더라. 벌써 이 년이 지났지……."

검지손가락으로 상 모서리께를 문지르며 그녀가 말했다.

"왜, 그때가 좋았던 것 같아?"

"글쎄 뭐 그렇지는 않은데…… 너 생각나니? 수업 끝나면 우리 둘이 팔백원짜리 커피 한 잔씩 시켜놓고 그 집 영업 끝날 때까지 너가 쓴 시나 내가 쓴 소설 읽고 평해주고 그랬던 거."

추억을 더듬는 사람의 눈빛은 그럴까. 찻잔을 집어드는 그녀의 눈빛은 검게 풀어져 아주 먼 곳으로 천천히 걸어가고 있는 성싶었다.

"그래, 그랬었지. 내가 그때 언니한테 했던 말 기억해? 독설가라고 말이야. 담당과목 교수님보다 더 그랬잖아. 내 습작품 갖고 언니가 그럴 땐 정말 가슴이 다 오그라드는 것만 같았다니까."

"그랬었니…… 나는 네가 쓴 시를 읽는 게 참 좋았었는데."

"그래? 몰랐어. 그런 말 안 했었잖아, 언니."

"내가 너한테 안 한 말이 그것뿐이겠니."

"그런데 오늘 언니 되게 이상하네, 왜 안 하던 말 하고 그래?

지난 일 꺼내가면서 말야."

잡티 하나 없이 미농지 같이 깨끗한 그녀의 얼굴을 쳐다보며 그렇게 말은 했지만 조금도 이상하다는 생각은 하지 않았다. 만약 그때 여느 날과 다른 느낌을 받았더라면 그녀를 돌려보내지는 않았을 텐데. 그런다고 뭐가 달라졌을까…… 그때 나는 풀기가 빠져 보이고 조금은 침울한 듯한 그녀와 마주하고 있는 게 모처럼 편안하다고 느꼈을 뿐이다. 그것은 그녀도 마찬가지였던 것 같다. 어느 장소에서든 늘 허리를 꼿꼿이 세우고 자세를 흐트리지 않던 그녀가 상 밑으로 다리를 길게 뻗고 있었으니까. 스타킹에 감싸인 그녀의 발가락이 내 무릎 언저리에서 움직거리고 있었다.

"요즘은 책을 읽어도 여엉 머리에 들어오질 않아. 너무 나이가 들어버렸나봐."

"내 참, 그게 나이랑 무슨 상관야. 그리고 내가 보기에 언닌 책을 너무 많이 읽는 것 같더라. 학교 다닐 때도 그랬지만."

그랬었다. 그녀는 동기들 사이에서 '걸어다니는 도서관'이라는 별명을 얻기까지 했었다. 여러 권을 읽기보다 한 권을 몇 차례씩 되풀이 읽는 나와는 달랐다. 직장생활을 하던 스물한두 살 적부터 점심시간을 아껴가며 화장실에서 책을 읽곤 했었다고 들었다. 한동안 그녀는 무념의 상태에 빠져 있는 듯했다. 어둠이 그녀와 나 사이를 에워들고 있었다.

"지금 쓰고 있는 건 무슨 이야기야? 언니."

"그런 얘기 하지 말자, 재미없어."

"……."

"얘, 나 벌써 서른다섯 살이다."

그녀는 자조하듯 꽤 시니컬한 음성으로 말했다. 나는 그녀의 잘 정돈된 손톱을 바라보며 별다른 뜻 없이 고개를 끄덕이고 있었다.

"나는 스물아홉이야 언니."

"너 벌써 그렇게 됐니?"

"그러엄. 근데 이상하지 언니, 나는 내 나이를 부정하고 싶지가 않아."

"…… 인정하는 것도 쉽진 않을 거야…… 너 그럼 나 처음 만났을 때가 스물여섯 살?"

"그래 맞아. 그러고 보니 우리 관계도 꽤 오래 지속된 거네. 난 사실 언니 처음 만났을 때 말야, 그때 지하철역 안에서. 언니가 참 싫더라. 언니랑 단짝이 될 줄은 꿈에도 몰랐어. 그리고 이렇게 오래 만나게 될 줄은 더더군다나."

"스물여섯 살이 되도록 뭘 할 건지 결정하지도 않고 학교에 입학한 네가 그땐 한심해 보였었어. 그렇게 허술해도 되는 나이가 아니었잖니."

"어쩌면 내심 언니의 그런 질책이 두려웠는지도 몰라."

"그때랑 지금, 우리 뭐가 달라진 걸까."

"……."

"나는 시를 쓰는 네가 좋았어."

그녀의 목소리가 갑자기 튀어올랐다. 느닷없는 기습이었다. 바닥에 몸을 눕히고 한쪽 팔로 머리를 괴고 있던 나는 스르르 일어나 자세를 고쳐앉았다. 그녀의 목소리가 나를 힐난하는 듯 들려왔기 때문이었다. 그녀는 어느새 눈까지 치올려뜨고 있었다.

"그런데……?"

"……."

그렇게 묻지 말았어야 했다. 그런데도 나는 형형히 눈동자를 빛내고 있던 그녀에게 곧장 그렇게 묻고 말았다. 내 어투가 지나치게 도전적인 탓이었는지 그녀는 더 말을 잇지 않았다. 그러나 그녀가 무슨 의미로 내게 그런 말을 했는지는 충분히 헤아릴 수 있었다. 눈초리를 내려뜨리며 그녀가 다리를 모아 무릎을 끌어안았다. 나는 좀더 허리를 세우고 앉았다. 공기마저 순식간에 무거워지는 것만 같았다. 모든 것이 어색해지고 있었다.

"너무 늦었네."

그녀가 자리에서 일어났다. 곧 가겠다는 말을 하겠구나, 짐작하고 있던 참이었다. 우리의 대화는 항상 이런 식으로 끝나고는 했다. 내가 소설을 쓰기 시작한 이후부터…… 그녀가 침대에 펼쳐놓았던 바지를 들고 화장실로 들어갔다. 그녀를 이렇게 보내면 안 될 것 같았다. 그녀가 정말 내게 하고 싶은 이야기, 내가 미처 그녀에게 할 수 없었던 이야기들을 모두 풀어내버리고 싶었다. 그런 마음은 진작부터 품어오고 있었지만 선뜻 내키지 않았었다. 우리에게 시간이 전혀 없었던 것도 아닌데. 그녀가 화장실로 걸어들어가는 것을 보며 나는 오늘 밤 그녀와 아주 긴 이야기를 해야겠다는 작정을 했다. 일방적인 나의 독백이라고 해도 좋았다. 우리는 서로를 이해하지 못한 채 거품 같은 만남을 지속해온 것이다, 지난 사 년 간이나. 누구도 먼저 이야기하지는 않았지만 그렇다는 것을 우리는 잘 알고 있었다. 나는 보다 그녀를 이해하고 싶었고 이해받고 싶었다. 우리가 영영 절연할 수 있는 관계가 아니라면. 옷을 갈아입고 나온 그녀에게 말했다.

"언니, 자고 가지 그래."

사이렌 소리에 잠을 깼다. 열한시 사십분. 초저녁부터 잠들었었나. 퍽 곤한 잠을 잔 것 같다. 이제는 무감각한 저 소리. 치를 떨게 했던 저 소리와도 곧 헤어질 것이다. 오후에 집주인이 찾아왔다. 용건은 간단했다. 방세를 올려달라고 했다. 오백만원. 그러겠다고 대꾸했다. 물론 어쩌자는 작정도 없이. 통장에 얼마가 남아 있더라. 방법은 두 가지가 있다. 넷째언니의 집으로 들어가는 것, 하나는 좀더 높은 곳으로 이사하는 것. 다락처럼 어둡고 좁은 방으로. 선택해야 한다.

한 시간이나 그를 기다렸다. 커피를 마시고 또 콜라를 주문했다. 목안이 칼칼했다. 얼음을 씹어 먹었다. 며칠째 전화를 받지 않았다. 집으로 찾아갔지만 문은 잠겨 있었다. 어렵게 한 약속이다. 그는 나타나지 않는다. 마지막 얼음을 다 씹어 먹었다. 그만 돌아가려고 했다. 그때 그가 나타났다. 통유리로 나는 그가 걸어오는 것을 지켜보고 있었다. 그런데 그는 맞은편 찻집으로 들어가버렸다. 내가 약속장소를 착각한 것일까. 자리에서 일어서려고 했다. 카운터에서 내 이름을 부르는 소리가 들렸다. 전화가 왔다고 했다. 건너편 찻집으로 들어간 그가 탁자 위에 놓인 수화기를 붙들고 있는 게 보였다. 내 앞에 놓인 전화를 들었다.

나야. 늦어서 미안해요.

곧장 그의 음성이 흘러나왔다. 나는 왜 그곳으로 간 것인지 묻지 않았다. 다만 다시 목안이 따끔해지는 것을 느끼고 있을 따름이었다.

할말이 있어요.

……?

무슨 말을 하려는가. 길 하나를 사이에 두고 그는 나를 바라보고 있다. 나 역시 수화기를 든 손에 힘을 주면서 그를 똑바로 바라본다. 가까이서 눈을 들여다볼 수 없는 게 유감이다. 무슨 말을 하려고 그는 지금 저기에 앉아 있나. 헤어지자는 말? 당황하지 않는다. 그럴 일이 아니니까.

나는 지금까지, 한 곡도 작곡한 곡이 없어요.

그가 말했다. 내 반응을 기다리고 있는 눈치다. 통유리 밖의 그는 고개를 수그리고 있다.

……누구든 타인에게는 전혀 이해받을 수 없는 자신만의 다른 생(生)의 한 자락씩은 있는 법이다. 나는 길을 뛰어넘어 그에게 달려가고 싶다. 그런데 느닷없이 웃음이 터져나왔다. 참을 수가 없었다. 수화기를 붙들고 카페가 떠나가도록 웃기 시작했다. 저 건너에서 그가 당황하는 게 한눈에 보인다.

왜, 왜 그래요?

그의 목청이 높아졌다. 일방적으로 전화를 끊어버렸다. 그에게 어떤 말도 하지 않았다. 단 한마디의 말도. 사꾸만 웃음이 나왔다. 미친 여자처럼 나는 깔깔거렸다. 사람들이 수군덕거렸다. 개의치 않았다. 그는 모를 것이다. 내 웃음의 의미를…… 맞은편 찻집에서 몸을 웅크리고 앉아 있는 그의 모습이 마치 나를 보는 것만 같다. 지금 나는 혹시 거울을 보고 있는 건 아닐까.

재경에게 다녀왔다. 열흘 동안 틀어박혀 있었다고 했다. 뺨이 더 패여 있었다. 그 동안 무얼 했는지는 말하지 않았다. 나도 묻지 않았다. 이제 나와 상관없는 일이다. 싱크대 위에는 우동과 라면, 참치, 햄 같은 인스턴트 식품이 널려져 있었다. 김밥이라도 사올까, 하는 걸 말렸다. 냉장고를 뒤져 시든 양파와 감자를 넣고 국을 끓였다. 된장이 없어서 대신 고추장을 넣었다. 밥도 새로 지었다. 시간이 아깝지도 않아? 밥을 짓고 국을 끓이는 내 옆에서 팔짱을 지른 채 재경이 중얼거렸다. 우리의 마지막 식사였다.

저녁을 먹고 오랜만에 꽤 긴 이야기를 나누었다. 그러나 우리의 거리는 한 걸음도 좁혀지지 않았다. 그렇다는 것을 그애도 알고 있겠지. 하지만 시간이 별로 없다. 아마도 오늘 이후 그애를 만나는 일은 다시 없을 것이다. 훗날 그애가 오늘을 기억해도 특별한 기미를 알아채지 못하도록 노력했다. 그애가 덜 고통스럽도록. 가방을 집어드는데 등뒤에서 재경의 목소리가 들렸다. 언니, 자고 가지 그래…… 걸음이 헛놓이는 걸 느꼈다. 집에 돌아와서 전화번호 수첩을 찢어버렸다. 또 잊어버린 건 없나.

이제 이 글도 거의 끝나가고 있다. '이제'라는 부사를 무려 세 번이나 썼다. 수정해야겠다.

아무래도 자료를 좀 찾아야 할 듯 싶었다. 서초동 국립중앙도서관에 갔다. 지난 시사주간지나 과학잡지들을 뒤져보았다. 삼천 년 안팎을 주기로 찾아온다는 헤일-밥혜성에 관한 자료들. 『과학동아』 일월호면 그런대로 충분하겠다. 삼십 분이나 줄을 서서 기다린 끝에야 겨우 복사할 수 있었다. 비로소 소설을 시작할 수 있을 것 같다. 오랜만에 유쾌해졌다.

시간이 남아 계간지와 월간지들을 훑어보았다. 재경의 소설을 발견했다. 발표한다는 말을 듣지 못했는데. 언제부터인가 재경은 나에게 그런 말을 하지 않았다. 이상한 일은 아니다. 제목, 「몽유(夢遊)」. 그 소설의 마지막 문장은 이랬다. '삼천여 년이 지나 헤일-밥혜성이 다시 태양계를 찾았을 때 지구는, 그리고 당신은 어떤 모습일까'.

복사한 자료들을 찢어버리고 말았다.

누에는 자기 몸의 이천 배나 되는 실을 품고 있다고 한다. 그 꼬물거리는 작은 것이.

자꾸만 체중이 내려가기 시작한다. 사십사 킬로그램까지 떨어졌다. 무엇보다 책상 앞에 오래 앉아 있는 것이 힘들어졌다. 불거진 등뼈가 의자등받이에 받혀 아프다. 어깨며 관절이 쑤시기도 한다. 두어 시간 연속으로 책을 읽는 것도 안경을 쓰고 스탠드를 밝히지 않으면 어렵다. 내 몸에서 차츰 썩는 냄새가 나는 듯싶기도 하다. 좁고 높다란 방이 검은 항아리처럼 느껴진다. 너무 민감해져 있나. 약국에 가서 종합비타민제 한 통을 사왔다. 요즘 나는 하루 한 알씩 종합비타민을 복용하고 있다. 식사량도 늘리고 있는 중이다. 하지만 체중은 불어날 기미가 없다. 어쩐지 이 모든 것이 나이 탓만 같다.

누가 그랬던가. 소설은 몸과 상상력의 휴가라고. 소설에 관한 이론서를 읽다가 문득 그 문장이 떠올랐다.

미셸 빅토르의 『새로운 소설을 찾아서』를 읽다가 이 부분에 밑줄을 그었다. '문체란 단어들이 문장 안에서 선택되는 방식일 뿐만 아니라 문장들이 서로 이어지는 방식이며, 문단들과 에피소드들이, 서로 이어지는 방식이다.'

재경에게 전화를 걸었다. 방금 밑줄 그은 부분을 읽어주었다. 별로 귀담아듣는 눈치가 아니었다. 그렇대? 하더니 나 지금 비디오 보고 있는데, 했다. 나는 인사도 없이 전화를 끊어버렸다. 어쩌면 이 부분, '소설이 시적일 수 있고 시적이어야 하는 것은 단지 몇 문단에서만이 아니라 그 전체에서이다'라는 대목을 읽어주었더라면 솔깃해했을 것이다. 그애를 안다. 전화를 끊고 나자 괜히 짜증이 솟구쳤다. 새벽까지 아무것도 할 수 없었다. 시계만 들여다보고 있는 중이다.

어머니의 칠순잔치가 있는 날이었다. 얼마 전부터 계속 언니들로부터 전화가 걸려왔다. 벌써 일주일째 전화를 안 받고 있다. 수감중인 큰오빠도 올 거라 했다. 형제들은 모두 장흥으로 떠났겠다. 나만 제외하고. 며칠 후에 넷째언니가 들이닥칠지 모른다. 잔소리를 늘어놓겠지. 지긋지긋한 가족들. 아예 집을 비워둘까. 재경은 가족이기주의적인 분위기를 견딜 수 없었다고 했다. 맏딸인데도 불구하고 집을 나왔다. 졸업한 그 이듬해에. 그애가 집을 떠난 이유는 나와는 아주 다르다.

나에게 가족은 없다.

사월 이십이일. 지금까지 나는 단 한 편의 소설도 쓴 적이 없다. 단 한 편의 소설도…… 내가 완성한 글이 있다면 그건 유일하게 이 노트뿐일 것이다. 누군가에게 꼭 누설하고 싶은 비밀이었다.

사월 이십삼일. 모든 준비를 끝냈다. 새벽 두시쯤 재경에게 전화를 걸었다. 우리가 지상에서 나눈 마지막 대화는 이랬다.

잠이 안 와…… 저 사이렌 소리 때매 증말 미치겠어.

방을 옮기든가 커피를 좀 줄이지 그래.

……이상해.

뭐가?

잠이 안 오는 게 아니라 잠들기 싫은 거 같어. 못 깨어날까봐.

왜, 언니 잘 안 써져?

…….

내일은 좀 나아지겠지.

완희언니의 노트는 거기서 끝나 있었다. 내일은 좀 나아지겠지…… 그날 전화를 끊고 나서 나는 그녀의 심상찮은 목소리에 마음을 쓰다가 이 닦을 생각도 하지 못한 채 잠이 들어버렸다. 하지만 잠에서 깨어난 후에는 언제나처럼 그녀를 잊어버렸었다. 불과 이십 일 전에.

그녀와 내가 마지막 만남을 가졌던 그 시간처럼 어둠이 나를 에워들고 있었다. 불을 밝혀야겠다는 생각도 들지 않았다. 한바탕 꿈이라도 꾼 것이라면. 한 편의 길고 긴 소설을 읽고 난 기분이었다. 마지막 장을 덮고 나면 주인공의 이름조차 기억나지 않는. 어쩌면 지금까지 내가 읽었던 그녀의 노트는 정말 한 편의 소설일지도 모른다. 완벽한 허구의. 그럴지도 모른다. 그렇다면 그녀의 짧은 유서나 죽음은……? 몸을 움직일 수가 없었다. 나는 의자에 쪼그리고 앉아 시간이 흐르는 소리에 귀를 열어두고 있었다. 보다 더 짙고 무거운 어둠이 몰려들었다. 덮어두었던 노트를 다시 펼쳤다. 반 넘게 남은 노트 뒷장을 후르륵 넘겨보았으나 아무런 글자도 없었다. 꿈이라도 돌이켜보는 양 한 장 한 장 천천히 넘겨보았다. 어떤 글자도 남아 있지 않았다.

관 뚜껑을 덮는 심정으로 그만 노트를 덮어버리고 말았다. 그런데도 도무지 이 글이 끝났다는 생각이 들지 않았다. 설명하기 힘들지만 남은 무엇인가 꼭 있을 것만 같았다. 그리고 이제는 그녀의 죽음조차 믿을 수 없었다. 그녀의 삶이 그랬던 것처럼 현실과 허구를 구별할 수가 없었다. 그녀의 죽음 이후 가장 두려워지는 순간이었다. 마침표도 없는 그 노트 앞에서 내가 무엇을 할 수 있었겠는가.

한시가 지나는 것을 묵묵히 바라보다가 의자를 밀치고 일어섰다. 내가 무엇을 해야 할지 차츰 깨달아지는 순간이었다. 더이상 망설이지 않겠다…… 나는 수화기를 들었다. 이제는 깊숙이 각인되어버린 전화번호를 눌렀다. 그녀의 노트를 읽을 때처럼 긴 시간을 두고. 손가락 끝이 파르르 떨리고 있었다. 신호음이 오래오래 울렸다. 한 번 더 전화번호를 힘주어 눌렀다. 손가락 끝에 숫자가 묻어나올 것만 같았다. 이번에도 받는 사람은 없었다. 대체 지금 내가 무엇을 하고 있는 건가. 수화기를 부여쥐고 스스로에게 묻고 있었다. 한데도 어처구니없다거나 정신을 놓아버리고 있다는 생각은 들지 않았다.

정녕 꿈이었을까. 오랫동안 수화기를 들고 있다가 내려놓으려는 순간, 저켠에서 누군가 전화를 들었다. 불시에 오래전에 죽은 사람을 맞닥뜨린 것처럼 머릿속이 아뜩해졌다. 흩어지는 정신을 애써 끌어잡으며 숨을 몰아쉬었다.

여보세요 여보세요…… 언니, 언니 맞지? 대답해봐, 대답해보라구!

추궁을 하듯 내 목소리는 집요하고 단호했다.

다 알고 있어. 너, 너, 아직 거기 있는 거지?

나는 내가 무어라 중얼거리고 있는지도 모르면서 저켠에 대고 은밀히 속삭거렸다. 그러나 내 목소리는 귀에 들려오지 않았다. 어쩌면 나는 아무 말도 하지 않았는지 모른다. 수화기 저편에서는 기척이 느껴지지 않았다. 미세한 숨소리조차 없었다. 혼기가 빠져나간 빈 몸뚱어리처럼 힘없이 비틀거리다가 이윽고 수화기를 내려놓고 말았다. 얼굴에서 열기가 올라오고 있었다. 꿈이었나. 손바닥을 뺨에 대보았다. 눈물이 흘러내리고 있었다. 그녀의 죽음 이후 처음 흘리는 눈물이었다.

그녀와 완전히 헤어지기 위한 의식이 필요했다면 이것이야말로 진정한 의식일 터이다. 성냥을 그으며 나는 이렇게 웅얼거리고 있었다. 진전도 없이 며칠째 끌어안고 있던 소설과 그녀의 노트에 불을 당겼다. 내 손은 조금도 머뭇거리지 않았다. 양은냄비 속에서 불길이 솟구쳐올랐다. 미완성인 내 몇 장의 소설과 그녀의 노트가 파닥거리며 몸을 뒤챘다. 불티가 튀었다. 나는 몇 발자국 더 뒤로 물러서 욕실벽에 등을 기댔다. 검은색 옷을 차려입은 나는 비석처럼 우뚝 서서 불길이 사위어가는 것을 오래도록 바라보고 있었다.

더듬거리며 날짜를 헤아리다가 나는 창틀에서 비켜 섰다. 미처 깨닫지 못한 사이에 여러 날들이 지나 있었다. 여태도 봄이라는 게 믿기지 않을 지경이었다. 수화기를 들고 잠깐 망설이지 않을 수 없었다. 너무 늦게 연락을 하는 건 아닐까 하는 자책과 그럼에도 꼭 하지 않으면 안 될 말들을 떠올려야 했기 때문이었다. 그리고 곧 '열린문학'으로 전화를 걸었다. 나는 전화를 받은 사람에게 이렇게 말했다.

죄송합니다만 이번에 청탁받은 소설은 쓸 수가 없겠어요, 예…… 아니, 테마와 상관없이, 네에…… 마감일요? 아니 아녜요, 연기해주셔도 어렵겠네요, 정말 죄송합니다.

희디흰 꽃가루가 천지를 뒤덮고 있던 오월 어느 아침이었다.

진선미 그리고 불멸

권여선

1965년 경북 안동에서 태어나 서울대 국문과 및
동대학원을 졸업했다.
1996년 장편소설 『푸르른 틈새』로 제2회 상상문학상을
수상함으로써 문단에 데뷔했다.

진선미 그리고 불멸

불멸

그는 오락실의 소음을 손바닥으로 막으면서 연우와 통화를 했다. 비음이 섞인 연우의 목소리가 작게 울렸다. 통화를 하는 내내 그는 설치류의 이빨을 가진 연우의 돌출한 입모양을 생각하고 있었다.

"바쁜가보구나."

연우가 이렇게 중얼거렸을 때 그는 틈도 주지 않고 되받아 물었다.

"왜 그렇게 생각해?"

"그냥……."

그는 입을 다물었다. 안 오고 전화하니까, 라고 잠시 후에 연우가 덧붙였다. 그는 시끄러운 오락실의 기계음을 뿌리치기 위해 머리를 세차게 흔들고, 곧 갈게, 라고 말했다. 전화를 끊으려는 순간 연우가 다급히 물었다.

"저녁은?"

"먹었어."

"응, 알았어."

그는 전화를 끊었다. 자신이 왜 연우를 계속 만나고 있는지 알 수 없었다.

"종교에 대해서 생각해본 적 있어?"

그는 팔짱을 끼고 연우를 물끄러미 쳐다보며 물었다.

"고등학교 때 잠깐 교회 다녔었어. 친구 따라서."

연우는 찻잔을 내려놓으며 살짝 웃었다.

"어땠어?"

"뭐가?"

"교회 다녀보니까 어땠냐고?"

연우의 갸름한 얼굴이 긴장하여 발그레 달아올랐다.

"어떻다기보다는…… 종교생활하고 나하고 잘 안 맞는 것 같았어."

"종교생활이라……."

그는 고개를 숙였다.

연우는 찻쟁반의 짧은 다리 끝에 걸린 머리카락을 집어내며 종교생활이란 말 대신 신앙생활이라고 말하는 게 더 나았을지 모른다는 생각을 했다.

"신에 대해서 생각해본 적 있니?"

연우는 고개를 살그머니 저었다. 그녀로서는 그가 뭘 생각해 봤냐고 물어오는 것처럼 곤혹스러운 일은 없었다.

"별로 심각하게는……."

그는 그녀의 애매한 말을 끊고 요즘 읽고 있는 책에 대해 말을 꺼냈다.

"난 요즘 학문의 역사라는 게 다신의 투쟁으로 점철되어온 게 아닌가 하는 생각을 해."

"다신?"

앞으로 이어질 풍부한 내용을 암시하는 뜻에서 그는 천천히 고개를 끄덕였다.

"다신……."

그녀는 수줍어하며 물었다.

"다신 사랑하지 않으리, 옛날에 뭐 이런 노래 있었지?"

"잘 모르겠는데."

그는 고개를 숙이고 찻잔을 들여다보았다.

"그 노래 우리 고등학교 다닐 때 무지 유행했던 건데. 다신 사랑하지 않으리, 다신 미워도 않으리, 이런 노래 몰라?"

"몰라."

그는 짧게 대답하고 입을 다물었다.

"그 노래 참 좋았었는데……."

그녀는 슬쩍 눈가를 문질렀다.

"아, 참! 그 다신의 결투, 그 얘기 계속해봐."

"다신의 결투?"

그가 씁쓸하게 웃음을 터뜨리자 그녀는 찻잔을 딸깍거리며, 뭐 어쨌든, 그런 얘기…… 라고 중얼거렸다.

"차라리 권투라고 하지 그래?"

그녀는 얼결에 한 주먹 얻어맞은 복서처럼 멍한 눈길로 그를 쳐다보았다. 쥐덫에 잡힌 쥐가 명상에 잠겨 죽음을 기다리는 표정이 아마 저런 표정일 거라고 그는 생각했다. 그는 왜 자신이 이성의 신을 숭앙하게 되었으며 앞으로 어떤 방식으로 학문에 정진할 계획인지 하는 그 모든 진지한 얘기를 접었다. 그는 홀짝 차를 마셨다.

"이거 재스민차야. 향이 괜찮지?"

그는 대꾸 없이 자리에서 일어났다.

"나가려구?"

그녀도 따라일어서며 스웨터를 걸쳤다. 그들은 어두워진 동네 골목을 걸어내려왔다. 가로등 빛을 머금은 단풍이 곱게 반짝였다.

"꽃보다 더 낫군."

그의 말에 그녀는 그의 시선을 뒤쫓았다.

"향기가 없잖아?"

"여자들은 왜 그렇게 냄새에 집착해?"

"집착하는 건 아냐."

그는 걸음을 빨리했다. 그녀가 자꾸 쥐를 생각나게 하고 있었다.

연우를 자취방까지 데려다주고 서둘러 헤어지려는 찰나였다.

"우리 그만 만나."

그녀는 이렇게 말하고 새색시처럼 고개를 갸웃한 자세를 취했다.

"그러길 바래?"

그는 침이 목에 걸리는 느낌이었다.

"바란다기보다…… 그게 좋을 것 같애, 우리 서로에게."

그는 어조를 낮추어 또박또박 말했다.

"그러길 바라냐고 물었어."

순간 그녀는 묘하게 고집스런 표정을 지었다.

"응. 그러길 바래."

"그래, 그렇게 대답하면 되는 거야. 간단명료하게 자기 감정을 밝히면 되는 거야. 서로에게 좋을 것 같다느니 어쩌느니 하는 말은 지금 우리의 대화에선 아무 의미도 없어."

"그렇게 생각한다면, 뭐……."

그녀는 스웨터 앞자락을 잡아당겼다.

"이유가 뭐야?"

"이유?"

"그만 만나고 싶을 땐 이유가 있을 것 아냐? 나한테 어떤 불만이 있다든가."

"너한테 불만이 있다고는 안 했어."

"그럼?"

"글쎄, 뭐라고 설명하기는 그런데…… 어쨌든 자꾸 이게 아니다 싶은 느낌이 들어."

"이게 아니라니?"

"오늘만 해도 그렇잖아? 아침부터 난 참 쓸쓸한 생각이 들었어. 널 만나고 싶기도 했고. 그런데 넌……."

"연우야, 넌 조금 전에 나한테 불만 있는 게 아니라고 했어."

"불만은 아냐."

"그럼?"

"자꾸 쓸쓸해지는 것 같애. 너를 만나면."

그는 난감했으며 오줌이 마렵기도 했다.

"우리 어디 가서 맥주나 한잔 더 하면서 차분하게 얘기할까?"

그녀는 뾰족한 입을 쫑긋거리며 고개를 끄덕였다. 그들은 걸어올라온 길을 다시 걸어내려갔다.

"춥지는 않니?"

"별로. 너는?"

"난 괜찮아."

사실 그는 오줌이 마렵고 오한이 났다. 그는 연우와의 결별을 가능한 한 유예시키기 위해, 잠시 지성의 분출구를 막아 주지주의의 신을 기절시킬 작정까지 하고 있었다. 그렇지 않아도 그의 협소한 지성은 작금의 돌발사태를 제대로 파악하지 못하고 자칫하면 경기를 일으킬 판이었다.

"어디로 갈 건데?"

연우가 물었다.

"넌 어디 가고 싶니?"

"예전에 갔던 그 카페 어때?"

"어디?"

"왜 우리 대학 처음 들어왔을 때 갔던 데 있잖아?"

"대학에 처음 들어왔을 때?"

"너 그때 반팔 입고 있었으니까 여름이었나? 아니, 아주 덥지는 않았고 초여름쯤이었다. 저기, 옛날에 너 살던 하숙집 이편 골목에 있는 카페 작은 거……."

그녀는 열심히 팔을 흔들어 방향을 제멋대로 가리키며 설명을 했다.

"아, 로만스?"

"아니, 거기말고. 왜 탁자마다 장미 한 송이씩 꽂아놨던 데 있잖아?"

그는 어느 카페에서건 장미를 본 기억이 나지 않았다. 그는 불길한 예감을 품고 물었다.

"아, 거기 꽤 멀지 않나?"

그녀가 고개를 까딱했다.

"응. 이제 생각났구나. 그 집 어때? 난 좋던데."

"그래, 좋아. 거기로 가."

어딘지 몰라도 그 멀다는 카페까지 무사히 갈 수 있을까 의심하며 그는 애써 요의를 참고 걸었다. 헤어진다는 말만 아니었어도 연우 때문에 이런 고통을 참을 생각은 없었다. 그러나 하여간 그녀가 먼저 헤어지자는 제안을 하고 그가 묵묵히 그녀의 말에 따르는 방식으로 그들 관계가 결말나는 것은 도저히 용납할 수 없었다. 지금 당장 참을 수 있는 것을 참는 수밖에 다른 방법이 없었다. 그러나 야속한 연우는 먹이를 비축한 쥐어멈처럼 한가로이, 그러나 그가 평소에 가장 좋아하는 사색적이고 침착한 걸음으로 느리게 걷고 있었다.

시간이 흐를수록 참을 수 있는 것과 참을 수 없는 것의 자리가 불분명해졌다. 그는 어느 순간 바지가 젖고 있음을 알았다. 일단 시작된 그 흐름은 이미 돌이킬 수 없었다. 그는 뒤도 돌아보지 않고 기역자로 꺾어진 골목 안으로 무작정 뛰어들었다. 13인의 아해처럼 골목을 질주하면서 그는 쿤데라가 소설 『불멸』에서 폭로한 어떤 위대한 천문학자에 관한 이야기를 생각했다.

그 천문학자는 황궁에서 식사를 하다가 천한 볼일로 식탁을 뜨는 일을 피하려고 너무 노력한 끝에 마침내 방광이 터졌다고 한다. 그 학자의 모든 학식과 인내와 자제력이 창조해낸 방광의 빅뱅을 쿤데라는 '우스꽝스러운 불멸'로 규정했지만, 바지에 오줌을 싸면서 정신없이 달리는 그에게는 그 방광 폭발의 순간이야말로 바로 위대한 한 사람의 천문학자가 신의 반열에 올라서는 순간, '가장 진지한 불멸'의 순간으로 생각되었다.

그는 심한 패배감을 느꼈다.

신이 되기 위해서는 영웅의 계곡을 지나쳐 너무나 오래 달려야 하는 것이다.

학문

오래된 책을 수집하는 여인이 있었다. 이때 오래된 책이란 옛 시대의 고전을 말하는 것이 아니라 책이라는 물건 자체의 수명이 오래된 것을 말한다. 다시 말해 낡고 닳은 책을 말한다.

책수집가의 대부분이 그녀와 비슷할 것이다. 새책은 수집가의 혐오를 자극한다. 새책은 수집가의 성체성을 보장해주지 않기 때문이다. 구매자와 혼동되는 것은 수집가에게 견딜 수 없는 모욕이다. 그러나 정통적인 수집가들이 책의 희소성과 원본성을 중요시하는 데 반해 이 여인은 묘하게도 책의 연륜만을 중요시했다.

늙은 책을 수집하는 이 여인도 늙었다. 그녀는 노처녀였고 일생을 살아오는 동안 미혼모가 될 기회조차 잡은 적이 없었다.

그러나 그녀는 조금도 불행하지 않았다. 오히려 그녀는 빠른 노화에 비례해서 열락의 절정을 향해 한 걸음씩 접근하는 인간의 입매를 굳혀갔으며 더욱 광적인 수집열에 사로잡혔다.

그녀는 일주일에 한 번씩 외출을 했다. 낡은 삼베옷을 입고 갈대처럼 바람에 버석버석 흔들리며 시내를 향해 걸어가는 그녀의 여윈 모습은 푹 삶아놓았다가 꽉 짠 채로 말려져 어찌 펴볼 도리가 없는 베보자기처럼 보였다. 게다가 그녀 입가의 미소라니. 최악의 불행을 겪고 난 후에 비실비실 웃기 시작하는 여자가 주변 사람들을 경악하게 하듯, 그녀 입가의 깊은 주름의 고랑이 만들어내는 은은한 미소는 보는 사람들을 질겁하게 했다.

시내에서 그녀가 들르는 곳은 고서적을 전문으로 취급하는 헌책방들이었다. 그녀에게 허락된 생명이 끝나기 이틀 전까지도 그녀는 낡은 삼베옷을 입고 고서점을 전전하며 오래된 책이 없나 뒤지고 다녔다.

그녀는 자신도 모르는 사이에 차차 책의 수집가에서 먼지의 수집가로 변해갔다. 그녀에게 가장 즐거운 시간은 한결같이 낡고 더러운 책들로 가득 찬 창고에서 먼지가 뽀얗게 내려앉은 책들을 만지며 그 중의 몇 개를 꺼내 순수히 책의 날개에서 떨어지는 분말들로 인해 기침을 하는 때였다. 그녀에게 책의 귀중함의 척도는 낡음 오로지 그것뿐이었다. 모서리가 닳아 나달거리고 손끝에서 책장이 바스라지는 감촉은 그녀를 전율하게 했다.

그녀는 항상 먼지를 몰아낼 위력을 가진 물을 두려워했다. 비나 눈이 오는 날이면 그녀는 외출을 삼가는 것은 물론 하루 종일 불안에 떨며 전전긍긍했다. 그녀는 마른 바람이 황사를 몰고 오는 봄날의 날씨를 가장 좋아했다. 물에 닿거나 물을 섭취하지 않아도 그녀의 불안은 수그러들지 않았다. 그녀는 말린 음식만 먹었다. 책 창고에 들어서면 그녀는 입을 쫙 벌렸다. 입안을 적시고 있는 침을 책의 먼지 속에 말리고자 함이었다. 몸이 바싹 말라가고 오줌의 양이 현저히 줄어들자 그녀는 기뻐했다. 기침을 할 때마다 나오던 가래가 피로 바뀌었다. 그녀는 휴지에 피를 뱉어 그것도 책의 먼지 속에 마르도록 내버려두었다. 그렇게 한 방울씩 피를 말려가는 일은 그녀를 기쁘게 했다.

책들이 부서지듯 그녀도 조금씩 부서졌다. 그녀의 임종 장면은, 낡은 책을 향한 것이든 먼지를 향한 것이든 간에, 그녀의 수집가적 열정을 가장 잘 요약하면서도 절묘하게 배반하는 지점을 내포하고 있다. 아니, 그녀의 죽음이야말로 그녀의 삶에서 가장 문제적인 지점이며 많은 논쟁거리를 야기하는 부분이다.

그날의 날씨는 훌륭했다. 비록 봄은 아니었지만 겨울 가뭄이 계속된 지 오래여서 거리에는 먼지가 풀풀 날렸고 찬 대기 중에는 보이지 않는 흙가루들이 촘촘히 배어 있어 사람들은 눈도 제대로 뜨지 못하고 마스크를 쓰고도 마른기침을 해댔다. 이토록 마음에 흡족한 임종의 날을 고르기도 어려울 것이다. 삼베옷을 입은 그녀는 불이 활활 타고 있어 더욱 건조하기 짝이 없는 창고 구석 책더미 위에 누워 몇 권의 책을 펼쳐 덮고 있었다. 그녀는 종이의 표면처럼 마르고 갈라진 손가락으로 책의 먼지를 쓰다듬었다. 미세한 먼지들이 코와 입속으로 스며들었다. 입안은 바싹 말랐고 혀는 마분지처럼 굳었다. 그녀는 눈을 감고 있었다. 몸이 먼지처럼 가벼워져 두둥실 떠오르는 느낌이었다. 이런 황홀의 순간은 일찍이 없었다. 모든 것이 완벽했다. 그녀는 바싹 말라 죽어가고 있었다. 마침내 죽음에 도달한 순간 그녀는 너무도 기쁜 나머지 눈물을 흘렸다.

눈물!

이것이 문제였다.

예기치 않게 눈물이라는 불순한 악마의 침이 한 방울 떨어짐으로써 그녀가 추구해온 모든 것이 헛되어지고 그녀의 순결한 삶 전체가 그야말로 하나의 오점으로 얼룩지게 된 것인지, 아니면 그녀가 마침내 자신의 몸속에 남아 있던 마지막 물 한 방울까지도 바깥으로 배출함으로써 스스로 더이상 썩지 않는 먼지의 화신이 되어 승천한 것인지 아무도 판단할 수 없었다.

지고지선

동남아시아나 아프리카의 가난한 나라에서 태어난 아이들에게도 기회는 얼마든지 있다. 그들을 위해 세계 각국은 여러 가지 배려와 협조를 아끼지 않고 있다.

유럽이나 미국 등지에서는 이들에게 의료품과 식량을 보냄으로써 한시적인 구호에 만족하지만, 일부 아랍권 국가에서는 고국의 부를 증대시키는 임무를 띠고 팔려온 이런 종류의 아이들을 위해 '캐멀 자키(camel-jockey)'라는 직업을 독점적으로 제공해줄 뿐만 아니라 일단 고용되고 나면 그들이 죽을 때까지 그 직장에서 부당하게 해고당하는 일이 없도록 마음을 써주고 있다. 미리 말해두지만 캐멀 자키는 캐멀리어(cameleer)나 캐멀 드라이버(camel-driver)같이 낙타를 모는 실용적인 기술을 터득하여 밥벌이를 하는 천한 낙타몰이꾼과는 전혀 다른 직종이다. 이제 그 우아한 직업에 대해 이야기해보자.

나라마다 독특하게 투우나 투견, 투계의 전통이 있듯, 아랍의 몇 개 나라에는 투낙타의 전통이 면면히 이어져오고 있다. 아랍인들은 거대한 스타디움에서, 초원이나 사막에서, 혹은 장터 구석의 차일 친 마당에서, 힘센 낙타들을 싸움 붙이고 구경하길 좋아한다. 낙타의 싸움에는 예외 없이 크고 작은 내기돈이 걸리지만, 특히 캐멀 자키가 등장하는 싸움에는 엄청나게 많은 돈이 걸린다. 이런 의미에서 캐멀 자키는 어쩌면 낙타의 잔등이라기보다는 돈의 잔등에 올라탄 기수인지도 모른다.

캐멀 자키는 네 살에서 일곱 살 사이의 어린애여야 한다. 일곱 살, 그 이상은 안 된다. 왜 안 되는지에 대한 정설은 없다. 낙타가 빠르고 자유롭게 움직이기 좋도록 등에 올라탄 사람이 가벼워야 한다든가 어린아이의 순수한 피와 정기가 낙타에게 좋은 효과를 미친다든가 하는 등의 갖가지 속설이 있을 뿐이다. 네 살, 그 이하도 안 된다. 여기에는 왜 안 되는지 유력한 정설이 있다. 네 살 이하의 아기들은 낙타 위에서 제 힘으로 몸을 가누고 앉아 균형을 잡을 수 없기 때문이다.

낙타의 전투가 시작되기 전 예쁘고 화려하게 성장을 한 어린아이가 낙타의 혹 사이, 소위 U계곡이라 불리는 곳에 앉혀진다. 가난하고 죄 많은 집안에서 태어난 아이들이 언제 이런 호사를 누릴 수 있으랴. 값진 보석이 박힌 모자를 쓰고, 상아로 만든 단추가 달린 조끼를 입고, 몇 년 만에 한 번 꽃이 필까말까 하다는 선인장에서 막 따내온 꽃으로 장식한 부드러운 가죽신 코에다, 향료와 분말로 온몸을 아름답게 분장한 캐멀 자키를 보면 관중들은 절로 탄성을 터뜨린다. 이 순간은 오로지 캐멀 자키를 위한 시간이다. 그는 사랑의 화신이며 천사이다.

그러나 일단 싸움이 시작되면 관중들의 눈은 삽시간에 붉게 충혈된다. 낙타들의 싸움은 격렬하고 어린 캐멀 자키들의 몸은 부드럽다. 캐멀 자키들은 사전에 어떤 훈련도 받지 않았기 때문에 아무리 꼼꼼히 낙타에 붙들어매어도 낙타에서 떨어지는 일이 잦다. 그들은 빨리 도망치지도 못하고 판단력도 느리기 때문에 사망률이 높다. 낙타의 세찬 한 번의 발길질에 장파열이나 경추뼈 파괴로 즉사하는 경우가 대부분이다. 축제에는 희생이 필요하다. 아름다운 캐멀 자키들은 단숨에 죽거나 회생 불가능한 불구가 됨으로써 관중들의 흥분을 증대시키는 촉매의 역할을 한다. 죽음의 U계곡에 앉아 낙타를 모는 아이들, 그들은 오로지 일회용품이다. 가난한 나라의 여인들이 아이들을 쉴 새 없이 많이 낳아도 좋은 이유가 여기에 있다.

버림받은 어느 사막 한 귀퉁이에는 사랑하는 법을 배우지 못해 일생 동안 한 번도 사랑하지 못하여 괴로워하다 알라의 가르침도 계율도 망각한 채 자살해버린 한 소녀의 무덤이 있다. 그 묘비에는 이런 명문이 새겨져 있다고 한다.

'세상 사람들이여, 잊지 말지어다! 신이 우리에게 사랑에 대해 비용을 치르게 하시는 방법이 얼마나 무한한지를…….'

이 글귀를 끌질하던 손의 주인에게 죽은 캐멀 자키들의 묘비에 파넣을 글귀를 부탁한다면 그 비문은 다음과 같을 것이다.

'세상 사람들이여, 잊지 말지어다! 수요와 공급을 조절하시는 보이지 않는 신의 손길이 얼마나 자비로운지를…….'

오래 달리기를 중시하던 시대가 있었다.

그 시대 사람들의 시각과 후각은 지금에 비할 바가 아니게 훌륭했다.

누군가 그들 앞에 나타나 그들의 눈이 현저히 퇴화하여 언젠가는 현미경이나 망원경을 발명하여 사용하지 않는 한 진딧물의 움직임을 관찰하거나 하늘 저편을 꿰뚫어보는 일을 도저히 할 수 없는 지경으로 전락하리라는 것을 예언한다면 그들은 경악할 것이다. 게다가 사냥물이나 탈영자를 추적하기 위해 단지 냄새를 잘 맡는다는 이유로 개 따위의 열등한 동물에 의존해야 하리라고 말한다면 그들은 큰 소리로 웃어버릴 것이다. 그들은 집을 뛰쳐나가 숲이나 들판을 쏘다니는 개나 고양이의 냄새를 맡고 그것들을 찾아내 데려온 수십 명의 마을 아낙들을 떠올리면서, 그 예언자의 발언을 유머의 일종으로 이해할지도 모른다.

그래서 그 시대 사람들은 오직 오래 달리기로만 승부해야 했다.

적을 붙잡는 데에는 꼭 지켜야 할 하나의 원칙이 있었다.

'속도를 내어 앞질러서는 안 된다는 것.'

눈과 코가 발달한 그 시대 사람들은 잡아야 할 상대방을 붙들기 위해 오래 달리는 것만이 가장 공정한 규칙이라는 것을 알고 있었다. 속력이라는 값싼 기술을 동원하여 붙잡는 것은 반칙이었다. 오로지 상대방이 지쳐 녹초가 되어 멈추어 설 때까지 끊임없는 인내심을 가지고 뒤쫓아야만 했다. 도망치는 사람이 너무 빨라 시야에서 사라지거나 어떤 은폐물 뒤에 숨더라도 시각과 후각이 발달한 그 시대 사람들은 적을 놓치는 일이 없었다. 따라서 오래 달리는 능력은 부당한 짓을 한 자들을 붙잡는 임무를 가진 사람들에게뿐만이 아니라 부당한 짓을 하고 붙잡히지 않으려는 사람들에게도 필수적인 구비 조건이 되었다.

전설적인 오래 달리기 명수가 있었다. 그 시대의 풍속에서 보면 다행스럽게도 그는 부당한 짓을 하고 도망치는 데 그 능력을 사용한 것이 아니라, 부당한 짓을 한 자들이 도망치면 달려가 붙잡는 데 그 능력을 사용했다. 입에서 입으로 전해져 내려오는 바에 의하면 그는 팔십이 될 때까지도 오래 달리기에서 젊은 청년 누구에게도 뒤지지 않는 끈기와 인내를 자랑했다고 한다. 그러나 영웅이 등장하는 모든 전설의 아우라는 비극적 색채를 띠기 마련이므로, 그토록 탁월한 오래 달리기 선수에게도 팔십 평생을 관통하는 깊은 상처가 있었다고 한다. 전설적인 오래 달리기 선수는 임종을 앞두고 이렇게 말했다고 전해진다.

"내 생전에 오래 달려서 붙잡지 못한 자는 아무도 없었다."

그는 깊은 한숨을 쉬며 덧붙였다.

"단 한 사람을 제외하고."

오래 달리기의 재주를 미풍양속을 위해 사용하여 집안의 가업을 잇기로 결심한 막내아들이 눈을 크게 뜨며 물었다.

"대관절 그 사람이 누구입니까?"

자신의 대를 이어 오래 달려야 할 막내아들을 바라보며 그는 오랫동안 침묵을 지켰다. 그러나 그는 자신에게 주어진 시간이 많지 않다는 것을 알았다. 막내아들이 불혹의 나이에 접어들었다는 점이 그를 안심시켰다.

"나도 그가 누구인지 모른다. 그는 떡을 훔쳐 먹고 도망을 친자이다. 나는 그를 뒤쫓았다. 그는 쉬지 않고 달렸다. 나도 쉬지 않고 그를 뒤쫓았다. 우리는 사흘 동안이나 달렸다. 어느 때는 천천히, 어느 때는 빨리, 그는 나를 등뒤에 두고 달렸다. 그러는 사이에 또 사흘이 지나갔다. 비가 왔고 바람이 불었고 따가운 햇살이 내리쪼였다. 나는 그 녀석에게 어느 날 아침엔 싱그러운 이슬처럼 반짝이는 우정을, 어느 날 저녁엔 핏빛 노을처럼 불타는 적개심을 느꼈다. 또 사흘이 지나갔다. 우리는 바닷가에 도착했다. 별빛이 초롱초롱 내리는 밤이었다. 그 녀석은 망설이지 않고 바다로 뛰어들었다. 나도 바다로 뛰어들었다. 우리는 바다에서 달리고 또 달렸다. 어느새 육지는 아득히 멀어졌고 망망대해에서 우리는 똑같이 지쳤다."

그는 숨을 헐떡거렸다. 그러나 아직 떠날 시간이 아니었다. 전설의 틀을 완성시킬 임무가 아직도 그를 삶에 묶어두고 있었다.

"바다에서도 그 녀석은 계속 달렸다. 그놈은 결코 멈추지 않았다. 그러나 나는 비겁하게도 돌아갈 길을 생각하지 않을 수 없었다. 더이상 앞으로 나아갔다가는 영영 뭍으로 되돌아가지 못하리라는 생각이 들자 나는 초조해졌다. 녀석은 계속 달렸다. 바다에서의 이틀이 지나갔다. 결국 나는 그와의 열하루 동안의 경주를 끝냈다. 나는 닷새 밤낮에 걸쳐 겨우 뭍으로 돌아올 수 있었다. 녀석은 이겼고 나는 살았다."

막내아들은 아무 반응도 보이지 않았다. 그러나 그는 아들이 자신의 말을 이해했으리라고 믿고 싶었다. 이제 죽어도 좋을 시간이었다. 그는 천천히 말했다.

"지금 생각하면 왜 그때 그 녀석과 함께 더 나아가지 못했는지 모르겠다. 오래 달려서 도달하게 된 곳이 죽음이라는 점에서 그때나 지금이나 상황은 똑같아 보인다. 그러나 전혀 아니다. 그때 나는 자유롭게 달릴 수 있었고 그를 이길 수도 있었다. 지금처럼 패자로서 죽음을 향해 등떠밀려가는 것이 아닐 수 있었다."

그는 숨을 거두었고 전설은 완성되었다.

해설

죽음을 넘나드는 몇 개의 풍경

강 상 희(문학평론가)

죽음은 그 누구도 체험할 수 없으며, 관념으로만 존재하는 무거운 기호(記號)이다. 생각해보면, 죽음은 언제나 타자가 마지막으로 지상에 남기는 기호일 뿐이다. 주검 앞에서 우리의 생각을 키우는 것은 죽은 자의 현신이 아니라 그가 생전에 엮어놓았던 기호와 관계의 그물이다. 실체로서의 죽음은 다만 사람이 생물학적 존재의 일종임을 말해줄 따름이다. 그러나 죽음에 의해 비로소 환기되는 타자의 영상, 목소리, 몸짓은 그 진정성에 비해 그리 오래 지속되지 않는다. 죽음의 기호 앞에서, 살아남은 사람들은 타자의 삶을 재구성하고, 그와의 관계를 재편하고, 그 기호로부터 자기 생의 동력을 구한다. 그래서 죽음은 의미와 사태의 종결이 아니라 출발점이 된다. 이러저러한 방식으로 죽음을 다루고 있는 소설을 읽는 독자는, 더이상 벌어질 일이란 없기 때문에 '무슨 일이 벌어질 것인가' 하는 의문보다는 '무슨 일이 벌어졌던가' 하는 데에 관심을 집중할 수밖에 없다.

소설에서 다루는 죽음은 타자가 엮어놓았던 기호와 관계의 그물이 '최초로' 펼쳐지는 계기로 작용하는 경우가 대부분이다. 그곳에서 시간은 거꾸로 흐른다. 소설의 스토리와 플롯은 끝과 결말을 향해 앞으로 나아가라고 재촉하지만, 시간은 거꾸로 흐른다. 살아 있는 동안 은폐되었던 삶의 세목, 비밀, 음모, 간계들은 타자의 죽음에 의해, 죽음이 강제한 역행적 시간의 힘에 의해 비로소 그 베일이 벗겨지게 된다. 죽음을 제재로 다룬 소설의 전형적인 서사 구성 방식에 대해 말한다면 대체로 이와 같을 것이다. 조경란의 서정적인 단편 「중독」이 바로 이 경우에 해당한다고 할 수 있다.

「중독」이 다루고 있는 것은, 기호론적으로 완결되지 못한 생의 보충물로서의 죽음이다. 진정한 내면의 교류 없이 그저그렇게 알고 지내온 한 여자가 자살한다. 그녀는 이 소설의 화자에게 유서와 생의 기록이 담겨 있는 소포를 보낸다. 이제 타자로서의 한 여자의 죽음은 자기 생의 여백을 화자에게 던져놓았다. 그 여백에 화자는 타자의 죽음으로부터 추적될 수 있는 비밀을 써넣어야만 한다.

물론 화자와 자살한 여자는 모두 젊다. 그런 점에서 이 소설이 그리고 있는 것은 청년기에 흔히 갖게 되는 낭만적 우울로서의 죽음이라고도 할 수 있다. 오직 젊은이의 죽음만이 독자들을 형이상학자로 만들지 않는가. 자연사가 아닌 죽음, 특히 젊은이의 죽음은 일종의 스캔들이 되어 독자들을 미로 속의 사유로 밀어넣는다. 이제 화자는 단 한 번도 자신의 것으로 생각해보지 않았던 죽음을, 타자의 죽음을 통해, 비로소 정면 응시할 기회를 제공받는다.

타자의 죽음 바라보기는 폭로의 형식으로 구성된다. 평소 화자가 자기 생의 테두리에서 배제해왔던 타자의 생은 다면체의 풍경으로 나타난다. 혈혈단신인 줄로만 알았던 그녀가 지리멸렬한 혈연 관계에 부대끼고 있었다는 사실, 문학(관념)에 대해 광적인 헌신을 바치고 있었다는 사실 등이 전면에 부상하게 되는 것이다. 죽은 자가 남긴 노트는 언제나 관념의 덩어리일 터, 그 관념의 덩어리들을 통해 생을 재구성하는 일은 대단히 어려운 일이다. 혼돈과 모순, 당혹으로 점철된 기록이 죽음의 정연한 논리를 마련해줄 이치가 없다. "누구든 타인에게는 전혀 이해받을 수 없는 자신만의 다른 생의 한자락씩은 있는 법이다."와 같은, 비장하지만 평범하기 그지없는 인식도 화자와 독자를 혼란으로부터 구하지는 못한다.

「중독」은 '타자의 죽음 바라보기'라는 내적 형식이 초래하는 혼란을 고스란히 담고 있다. 화자와 독자는 그 죽음으로부터 심리적 거리감을 가지지 못하고 함께 혼돈 속에 빠져버리고 만다. 밀고 끄는 서사의 힘에 따라 비밀 추적이 이루어지는 것이 아니라 죽은 자가 남겨놓은 관념의 궤적을 따라갈 때 생의 비밀은 여전히 베일에 가려지게 되는 것이다. 관념을 따라가느냐, 사건과 행위를 따라가느냐에 따라 죽음을 제재로 다룬 소설의 전개 양상은 크게 달라질 수밖에 없다. 태양을 똑바로 바라볼 수 없듯이, 우리는 죽음을 똑바로 바라볼 수 없다. 조경란의 「중독」은 그 자명한 사실을 다시 한번 확인해주고 있다.

물론 사건과 행위를 따라가는 서술이라고 하여, 죽음으로 인해 촉발된 생의 출렁임이 원천적으로 무화되는 것은 아니다. 다만 관념을 취할 때 드러나는 죽음의 불투시성이 이제 구체적인 육체성을 갖추면서, 사건 · 행위의 결과물인 죽음이 우리의 생활감각으로도 납득할 수 있는 수준으로 전화된다는 점에서 중요한 차이를 갖는다고 말할 수 있다. 김이정의 「수의(壽衣)」에서 이러한 차이를 볼 수 있다.

「수의」가 다루는 죽음은 우리가 생활세계에서 목도하는, 그리고 고전적 취향의 영상물이 즐겨 그리곤 했던 죽음의 풍경이다. 일종의 '상가(喪家) 소설'이라고 할 수 있는 「수의」는 근 30년의 시간을 압축하기 위해, 선별된 사건과 행위를 통해 굵은 땀의 스토리 라인을 깁고 있다. "제사와 문중의 대소사가 끊이지 않"는 종가집이 있다. 주인공인 나의 아버지는 그곳의 종손이다. 소설은 그 아버지의 부음으로부터 시작된다. 그 부음은 우선 "선뜻 기억나지 않는 낯선 목소리"에 실려온 "해독 불능의 언어"이다. 자신의 생으로부터 밀어내고 싶어했던 가족사(家族史)가 이제 흑백 사진처럼 주인공 앞에 도열하게 된다. "화석" 혹은 "사물"로밖에 인식되지 않았던 아버지의 종가로 가는 주인공은 '잘못 초대된 손님'일 따름이다. 화석과 사물에 숨결을 불어넣지 않는 한 아버지의 죽음은 언제까지나 타인의 것일 수밖에 없다. 그 숨결을 불어넣는 것은 주인공이 큰어머니라고 불렀던 아버지의 아내가 30년 동안 만들어놓은 수의이다. 고통과 미움을 인고하기 위해, '상실의 시간'을 채우기 위해 만든 수의는 이 몰락해가는 종가의 사람들을 화해시켜주는 매개로 작용한다. 주인공 역시 "그 동안 부재했던 내 마음속에서 아버지는 조금 더 오래 살아 있어도 괜찮은 사람이 아니던가"라는 자기 화해에 도달하게 된다. 역설적이게도, 죽음을 통해 비로소 '화석과 사물'에 생명력이 부여되고 있는 것이다. 죽음은 이처럼 소멸의 그림자를 드리워 살아남은 사람들의 화해를 도모한다. 그러나 이 화해의 지점에는 감정의 순화는 있지만 인식의 거리(距離)는 없다. 그렇다면 이 지점은 죽음과의 최초의 거리이자 생의 새로운 출발점이라고도 할 수 있을 것이다. 김이정의 「수의」는 이 출발점에 도달하는 전형적인 길을 보여주고 있는 셈이다.

죽음과 어느 정도 심리적 거리를 가지게 될 때, 우리는 사회적 관계망 속에서, 마치 거미줄에 걸려든 벌레처럼 버둥거리다 죽어갈 수밖에 없는 죽음의 모습들을 발견할 수 있다. 그러나 그 사회적 관계망에서의 죽음만을 다룬다면 거기에는 절박하고 처절한 심정이 누락될 수밖에 없다. 그 누락 부분을 채우는 것이 바로 '운명적 계기'의 설정이다. 윤효의 「아주 오래된 연서」는 그 운명적 계기의 자리에 '사랑'을 밀어넣고 있다. 전형적인 애정의 삼각 구도를 통해 작가는 사랑의 어긋남과 시대적 상황을 교차시키면서 죽음을 운명적 필연성으로 전화시키고 있다. 특히 이 소설에 사용된 고백체 서술은 그 운명이 얼마나 큰 흉터로 내면화되어 있는지를 드러내는 데 효과적인 방식으로 작용하고 있다. 고백체가 마련할 수 있는 내면적 진실성의 분위기가 한껏 조성되고 있는 것이다.

"죽음은 낯선 것이 아닙니다. 스물여섯 살 이후 그건 삶만큼이나 나를 압도해왔습니다."라고 화자는 말하고 있거니와, 이러한 죽음은 불길하면서도 매혹적인 유혹이다. 우리 삶이 어느 정도 죽음 충동으로부터 생의 동력을 얻고 있는 것처럼, 화자는 죽음의 절대적 가능성을 회피하는 방법론으로 '죽음에 이를 만큼의 사랑'에 대해 말하고 있다. 이러한 구도는 우리에게 썩 낯이 익은 것이다. 사랑으로 초극하는 죽음. 단독자로서 맞아야 하는 죽음을 '함께' 맞이할 수 있는 방법이란 사랑 이외의 것이 있을 수 없다. "만약 세상에 마지막 날이 온다면 지구 온 거리에 마지막 연인을 찾는 사람들로 북적거리겠지요." 청년기의 낭만적 우울이 찾아낼 수 있는 죽음 초극하기의 방식일 것이다. 그 초극의 방식은 우리를 위로한다. 그 위로는 물론 환각을 수반한다. 환각이란 대상 없는 지각이거니와, 「아주 오래된 연서」에서는 이것이 "너무 무거운 날개 땜에 잠시 칭얼거렸을 뿐 아직도 긴장하며 저 하늘을 날고 있"는 죽은 타자들의 환영으로 제시된다. 현존하지 않는 타자를 기억하는 방식, 이것이 바로 사랑이요 사랑에 수반하는 환각인 것이다. 우리는 소설의 다섯 가지 제재라고 하는 '태어남 밥 사랑 잠 죽음' 가운데 사랑과 죽음의 결합을 이 소설에서 보고 있다. 이 비극적 아름다움의 세계는 낮은 목소리로 우리를 위로하지만, 죽음이 지니는 절대적 소멸의 필연성마저 지워버리지는 못한다.

죽음의 절대적 가능성은 사랑의 매개를 통해서만 초극되는 것은 아니다. 죽음의 필연성을 깨닫는 일은 곧 죽음의 우연성을 깨닫는 일과 크게 다르지 않기 때문이다. 속된 용법을 따른다면 필연은 운명이 아니지 않은가. 우연이야말로 운명이요, 그 운명이란 늘상 비극이나 파멸의 모습으로 나타나는 생의 최소치이지 않던가. 그렇다면 운명이란 언제나 결과론의 산물일 수밖에 없을 것이다. 돌아보니 운명이지, 운명이기에 기꺼이 받아들인다고 말하지는 못하리라. 김영하의 「총」은 우리가 흔하게 목도하는 그런 우연한 죽음의 상황을 그리고 있다. 탈영병이 있다. 그가 왜 탈영했는지의 이유는 분명치 않다. 흡사 사르트르의 소설을 연상케 하는 이 소설은 비극적 상황에 '던져져 있는' 주인공의 모습을 그리는 데서 시작한다. 이 소설 전편에 울려 퍼지고 있는 총 소리는 출구 없는 상황에서 세상 밖으로 내보내는 절망의 신호로 들린다.

「총」의 죽음은 사회적 스캔들이다. 그러나 이 스캔들은 사회적 관계에 충격을 가하는 그런 종류의 것은 아니다. 그것은 피투성(被投性)을 본질로 하는 실존의 죽음이며, 모든 것을 체계 아래 복속시키는 현실 원리에 대한 초월적 저항의 모습으로 나타난다. 우연이란 사실 일상적 삶의 일부분, 우리가 받아들이지 않으면 안 될 우리 자신의 존재 근거이다. 실존의 모습을 가장 강렬하게 제시할 수 있는 폐쇄적 상황 구조를 설정한 이 소설은 죽음이 가지는 '끝장'이라는 속성을 잘 보여준다. 그 끝장은 모종의 메시지를 전달하려고 하지만 역설적이게도 그것의 내용은 텅 비어 있다. '텅 빈 항아리'라는 인간 존재의 운명이 그러하기 때문일 것이다. 폐쇄적 상황 자체는 인물과 소도구들로 꽉 차 있지만 그 의미는 공동의 상태인 것이다. 거기에서 타인과의 의사 소통의 가능성은 철저하게 배제되어 있다. "너무 시끄러워서 아무것도 들리지 않는 세상. 소리를 질러야만 다른 사람의 이야기를 알아들을 수 있는 세상. 그게 편했다." 주인공은 그런 상태를 동경하는 인물이다. 그가 살고 있는 생활세계는 다른 사람의 생활세계와 전혀 겹치지 않는다. 단편 「총」에 따르면 우리 모두는 저 나름대로의 생활세계를 하나씩 지니고 있다. 따라서 의사 소통의 가능성이란 없으며, 만남의 필연성도 없다. 모든 것은 우연이다.

이제 모든 것은 누구의 탓도 아니다. 왜 하필 이 집에 들어온 것이냐는 여자 아이의 질문에 주인공은 대꾸하지 않으며 이런 생각을 한다. "그건 나도 모른다. 왜 엘리베이터에서 7층을 눌렀는지 그리고 하필 그때 너희 집 대문만 열려 있었는지 나도 모른다. 그러니 내게 묻지 마라." 그러나 우연성에 대한 그러한 인식은 곧 운명의 인식으로 바뀐다. 윤효의 「아주 오래된 연서」가 필연을 운명으로 인식했다면 김영하는 우연을 운명으로 인식한다. "어쩌다, 어쩌다 여기까지 오게 됐을까? 40대의 가장은 왜 죽어 널브러지고 비틀스를 좋아하던 여고생은 왜 내 몸 아래에서 죽어가고 집 나간 어미는 죽을 자식을 보러오고 공포에 질린 특공대는 이미 죽은 몸 위에 총알을 쏟아붓고 왜 사람들은 사람들의 이야기를 들어주지 않고, 왜 나는 사람들을 죽게 만들고, 왜……?" 주인공의 이런 의문 "왜?"는 죽음으로써조차 해결될 수 없는 종류의 것이다. 피투성을 인간 존재의 본질로 생각하는 한, 그렇다. 문제제기만 있을 뿐 해답이란 없다. 우리의 삶은 기실 이러하지 않은가. 우연의 반복으로써 필연을 맞이하기보다는 단 한 번의 우연으로 죽음에 이르는 선천적인 질병. 인간의 운명이 아닌가. 김영하는 그렇게 말하고 있다.

청년기의 죽음이 필연 혹은 우연의 운명으로 나타난다면 우리의 긴 일상적 삶은 그러하지 않은 경우가 보다 일반적이다. 죽음은 인생유전의 마지막 고비일 뿐, 그리고 다른 존재의 상태를 예비하는 그런 과정에 불과할 수도 있다. 이런 인식은 불교적 사유나 민간신앙의 죽음관과 친근성이 있다. 이 사생관(死生觀)은 우리의 현재적 삶의 고통을 넉넉하게 감싸안아준다. 우리는 영안실을 사교장으로 활용하는 생의 긍정력 못지않게 죽음에 대한 이러한 관념에도 익숙하다. 윤회, 인연, 연기설의 순환고리 속에 있는 삶과 죽음. 한창훈의 「가던 새 본다」와 강규의 「금 여름－불망(不忘)」이 바로 그러한 세계를 그리고 있다.

「가던 새 본다」는 고려속요 「청산별곡」으로부터 그 주제의 원천을 구하고 있다. 이 소설의 밑바닥에는 넉넉한 도피주의, 끈끈한 낙관주의가 깔려 있다. 죽음을 앞둔 할매가 있다. 온갖 고난과 파란으로 점철된 할매의 삶, 그 넋두리는 죽음을 압도하는 무게를 갖는다. 그 사설의 재미, 인생유전의 파란만장함에 들려 죽음을 유예해준다는 발상은 아라비안나이트의 세계의 연장이다. 죽음 유예의 방식으로 이야기의 세계를 펼쳐 보이는 것은 어쩌면 우리 삶의 본질일지도 모를 일이다. 이야기는 죽음의 자연성에 대항하는 문화적 장치의 일종인 셈이다. 따지고 보면 사회, 문화, 종교 따위의 제도도 근본적으로는 죽음의 불안을 공동적으로 은폐하려고 하는 무의식의 모티브에서 나온 것이라 하지 않던가.

한창훈의 문체는 해학적이어서 이 소설의 주제, 세계관과 궁합이 잘 들어맞는다. 죽음을 '끝장'나버리는 두려움의 대상으로 생각하지 않고 만물 순환의 한 계기로 파악하는 이러한 민중적 사생관은, 그러나 죽음의 모더니티와는 관계가 없다. 죽음 역시 사회적 순환의 한 장치이며 온갖 권력이 가로지르는 이벤트라는 냉정한 설명을 생각할 때, 한창훈 류의 인식은 낯익은 것이면서도 낯선 부분이 있다. 개밥을 먹고, 개고기를 먹으면서 "그럼 검둥이나 나는 처음부터 다른 것인가 같은 것인가" 하는 순환의 인식에 도달하는 순간, "어쩌면 할매는 이미 영감이 되어버렸고 어쩌면 영감은 죽는 순간부터 할매의 몸속으로 들어와 할매가 되었겠다 싶기도 했다"고 생각하는 순간 직선으로 표상되는 삶과 죽음의 모더니티는 사라지고 원으로 표상되는 저 초월적인 윤회, 인연, 연기의 세계가 시작된다. 그리하여 우리는 모두 "바리데기처럼 길고 긴 여정을 이제 서서히 끝내"고 "저 똥처럼 흙으로" 가는 존재가 된다. 이러한 방식으로 죽음을 초극하는 일, 오직 우리의 소설만이 행할 수 있는 방식은 아닐까. 유토피아나 피안을 상정하지 않고도 죽음을 넘어설 수 있는 방식, 죽음을 절망의 근원으로 생각하지 않는 방식을 우리는 한창훈의 소설에서 목도하고 있다.

강규의 「금 여름—불망(不忘)」도 「가던 새 본다」와 동류의 것으로 읽힌다. "스물아홉과 서른셋. 청춘의 벼랑을 미적미적 넘어가는 여자와 남자"를 묶어주는 끈은 인연설과 주역의 세계이다. "꽃문 닫집 명부전" 그런 걸 찍는 여자와 사진을 찍는 남자를 운명의 끈으로 묶어주는 "부모미생전"의 인연은 그 배경에 희미한 죽음의 그림자를 깔고 있다. 이 그림자는 설화의 세계에까지 드리워져 있다. 이 소설의 등장 인물들이 현실적 공간에서 행하는 일들은 설화와 주역의 세계에 비한다면 티끌과도 같은 것들이다. "사는 게 더 어렵니, 죽는 게 더 어렵나" 식의 햄릿 형 질문에 대해 이들이 취하는 태도는 대단히 현세적이다. 그 현세성은 세속의 모더니티와는 또다른 것이다. 모든 것이 다른 것과 교환될 수 있는 절대성 부재의 세계를 살고 있는 우리에게 그 무엇과도 교환될 수 없는 죽음의 기호는 현세의 가치들인 '수복다남자(壽福多男子)' 라는 길상어들에 의해 그 절대적 공포의 정도가 감소된다.

이 소설 역시 문체의 힘으로 제재의 무거움을 극복하고 있다. 맛깔나는 문장과 어휘들은 제재의 무게를 한껏 덜어내고 있다. 이 능수능란한 문체의 세계에는 공포가 들어설 자리가 없다. 죽음을 예비하고 명부전 근처를 얼씬거리는 여자에게도 죽음은 현세의 절대적 대립항이 아니다. 생에 대한 절망의 근거가 모호하기 때문이며, 현세적 가치들에 대한 낙관적인 긍정이 있기 때문이다. 우리는 그 '수복다남자'의 현세적 가치들과 인연의 영겁성을 운명으로 받아들이는 모습을 본다. 문체미학 속에 용해되어 스러져버린 죽음의 공포, 이제 죽음은 그 형체를 산산이 부서뜨리고 삶 속으로 무너져 내린다.

죽음의 모더니티는 종종 알레고리의 모습으로 나타난다. 알레고리란 이미 협의의 리얼리티를 포기하는 데서 나오는 것일진대, 죽음에 관한 형이상학적 혹은 감성적 사유는 알레고리에서 전혀 문제가 되지 않는다. 백민석, 송경아, 권여선 들의 소설은 실체로서의, 관념으로서의 혹은 정서적 등가물로서의 죽음을 다루지 않는다. 그들의 소설은 죽음의 외연을 확장한다. 이들에게 소설의 제재인 죽음은 이제 독자의 인식 확장을 목표로 하는 매개로 여겨진다. 그리하여 독자는 공감보다는 비판적 거리를 가질 것을 요구받는다.

백민석의 「믿거나말거나박물지 두 개」는 '캘리포니아 나무개'와 '음악인 협동조합'이라는 소제목의 이야기를 담고 있다. 이 두 이야기는 세기말의 공포를 죽음의 알레고리를 통해 드러내고 있다. 감히 그 실체를 종잡을 수 없는 '캘리포니아 나무개'는 이 세상의 모호성과 다의성의 기표로 제시된다. 그 실체 없음은 바로 세기말이 처한 공포이다. 무엇인지 도통 알 수 없고,

또 무어라 규정하는 순간 그 형체가 사라져버리는 것들에 대한 공포는 현대의 속도에 대한 비판으로 이어진다. "생산의 속도가 너무 빨라 의미의 속도를 추월하는 것이다. 그렇다면 그것은 죽음일까 죽임일까" 하는 작가의 물음은 의미의 추적을 따돌리는 생산—즉 탄생에 연루되어 있는 죽음(소멸)의 필연성에 대한 조심스러운 대답이다. 두번째 이야기는 한 달 후면 21세기를 맞는 첫날 첫아침에 이십대의 종말을 맞이할 것이라 믿는 화자의 인식으로부터 첫번째 이야기와 주제를 공유한다. 그들에게 서서히 다가오고 있는 세기말의 공포, 다가올 세기의 공포는 죽음으로부터 촉발되는 니힐리즘의 한 모습을 보여준다. "자네도 그걸 보고 있나!" 하는 단말마 같은 탄식, 지극히 추상화된 죽음, 그것은 '의미 없음'의 세계를 보여주는 작가의 독특한 장치이다. 그렇다면 백민석의 소설은 생산 자체가 이미 소멸인 이 세상에서, 의미 부여되지 않은 것들에게 바치는 조사(弔辭)라고 할 수 있을까.

세기말의 공포를 송경아는 색다른 방식으로 그리고 있다. 「작은 토끼야 들어와 편히 쉬어라」는 일종의 가상소설이라고도 할 수 있을 터인데, 여기에서는 희생 제의의 변형된 방식으로 죽음이 다루어지고 있다. 이 죽음은 따라서 생물학적이거나 형이상학적일 수 없다. 그것은 문화적 장치로서의 죽음이자, 상징계에 속하는 죽음이다. 세기말의 구원의 사상으로 작가는 UFO를 상정하고 있거니와, 이러한 발상은 리얼리티 여부를 떠나 상징적 의미를 갖는다. "정체와 퇴보의 조짐"을 보이고 있는 현대문명의 치유책으로 작가는 철저한 세대 교체를 말하고 있다. 백민석의 소설이 니힐리즘을 바탕에 깔고 있다면 송경아의 소설은 대단히 과격한 단절의 방법을 찾는다. 작가는 십자가의 모티프를 통해 이전 세대가 담당하고 있던 문화적 역할을 무화시키고 그들을 희생 제의의 대상으로 삼는다. 특히 소설의 등장 인물들이, 가정을 해체하고 근친상간의 가능성을 통해 새로운 문화 세우기를 염두에 두고 있음은 현대문명의 뿌리 전체를 부정하는 소설적 발상이라고 할 수 있을 것이다. 레비스트로스가 간파했듯이 근친상간의 금지는 인류문명을 규정하는 심층의 구조이다. 이 심층 구조를 기반으로 하여 가정과 사회, 국가가 구성될진대 이 소설은 그 뿌리를 부정하고 있다. 오누이간의 근친상간의 가능성을 넌지시 언급함으로써 그는 한 세대 혹은 현대문명 전체의 부정 이후에 태동할 새로운 가능성의 기초를 암시한다. 문화적 장치로서의 죽음, 낯설지만 풍부한 소설적 가능성을 지닌 영역일 수 있을 듯하다.

권여선의 「진선미 그리고 불멸」은 네 개의 작은 이야기로 구성되어 있다. 제목에서 암시받듯이 죽음은 항상 그 대립항으로 불멸을 상정한다. 이 소설은 따라서 죽음과 죽음의 타자라 할 수 있는 불멸의 함수관계를 따져보는 장편(掌篇) 모음이라 할 수 있을 것이다. 첫번째 이야기인 '불멸'은 감각적으로 말한다면 머리와 몸의 낙차에서 유래하는 비감을 그리고 있다고 할 수 있다. 불멸을 꿈꾸는 인간이 한갓 생리적 현상을 참지 못하는 생물학적 존재임을 다소 희화적으로 그리고 있는 이 이야기는 생의 연장으로서 꿈꾸는 불멸의 지난함에 대해 말하고 있다. 두번째 이야기 '학문' 역시 삶 전체를 통해 온몸으로 밀고 온 역사(役事)가 눈물 한 방울로 무화되는 허무의 풍경을 보여주고 있다. 이 두 이야기에서 보듯이 죽음은 소멸의 씨앗을 품고서 우리 생의 곳곳에 잠복해 있다가 생의 연장, 즉 불멸의 가능성과 의지를 우스운 것으로 만들어버리기도 한다. 극한의 속도조차 추월할 수 없는 죽음의 상황이라는 고전적 인식을 담고 있는 네번째 이야기와 함께, 세번째 이야기는 "수요와 공급을 조절하시는 보이지는 않는 신의 손"이라는 비유를 통해, 체계 속에서 개체가 얼마나 초라하게 소멸될 수 있는가를 보여줌으로써 우리가 죽음에 부여하곤 하는 경건한 아우라를 일소해버린다. 죽음에 이르는 내면의 궤적이 현실감을 얻지 않을 때 공감될 수 없다면, 역으로 권여선의 소설은 그 외적 양상만을 간략하게 기술함으로써 현실감의 요구를 일축하고 있는 것이다.

우리가 살펴본 바처럼 죽음을 제재로 한 젊은 작가들의 소설은 대단히 넓은 폭의 스펙트럼을 갖는다. 죽음의 고전적 정의로부터 죽음의 모더니티, 알레고리화에 이르기까지 그 주제 영역은 매우 다채롭다. 우리의 독서에서도 충분히 밝혀졌듯이 죽음을 다루는 소설은 독자를 일깨우려는 계몽의 의도 없이도 충분히 무겁다. 죽음이라는 초월적 기호를 대하는 작가의 예의이기 때문일까. 아니면 이미 죽음의 제재만으로도 독자의 심정은 충분히 무거운 상태임을 작가가 알아차렸기 때문일까. 어쨌든 죽음에 관한 소설은 작가의 글쓰기와 독자의 읽기를 압도하는 엄청난 무게를 지니고 있는 것만은 틀림이 없으리라. 죽음이 우리의 실제 삶을 압도하는 무거운 기호인 것과 마찬가지로. 죽음은 우리가 넘어서본 적이 없고, 넘어설 수도 없는 무한의 벽이다. 그러나 그 벽을 우리는 종종 이야기로써 넘나든다. 그렇다면 죽음에 관한 이 소설들을 읽는 일은 죽음을 넘나드는 일종의 환각체험이 되기도 할 것이다.

꿈꾸는 죽음

1판1쇄 · 1997년 9월 10일
1판2쇄 · 1997년 10월 8일
지은이 · 강규 한창훈 김이정 송경아 심영하 윤효 백민석 조경란 권여선
펴낸이 · 강병선/펴낸곳 · 도서출판 문학동네
주소 · 110-521 서울시 종로구 명륜동 1가 31-9
출판등록 · 1993년 10월 22일 제22-188호
전화번호 · 765-6510~2, 743-2036 / 팩스 · 743-2037

값 6,000원

ISBN 89-8281-076-5 03810